玄靈的天平

白虎宿主與御儀靈姬

秀弘——著
韭方——繪

推薦序——信念的火花、價值的對峙和未知的真理

中正大學心理學系臨床心理學碩士班　沈士閔

三年又十個月前，在一個不斷燃燒火焰的爐邊，我接過了《玄靈的天平》的初稿。那時候的我，從沒想過自己有天將為其寫序，著實驚嘆。

那是一種奇妙的感受，故事中的人物於伸手可及的真實場所展開一場奇幻冒險，虛幻與現實的融合，消弭距離感的表現手法滿足了我中二的幻想。每讀完一個篇章，我會閉上雙眼想像書中場景，透過實際的地名和生動的描寫，腦中便能繪出栩栩如生的畫面。這些心像，幫助我進一步揣測人物的心境、體悟與想法，隨著故事推進，重新比較角色前後的表現差距，其成長將更為顯著。我喜歡進入特定角色的視點，以其個性、經驗和目標猜測下一步將如何進展，這是相當有趣的讀法，屢試不爽，在此推薦給拿起本書的各位讀者。

秀弘老師為《玄靈的天平》的背景設定作了嚴謹的規劃和考據，讓人得以一窺臺灣民俗信仰的神祕面紗。固有的世界觀下，存在於每人心中的價值觀因互相矛盾的信念，常有驚心動魄的激烈衝突；因信念不同，相互碰撞的火花格外引人注目，核心價值觀對峙的結果，得出的結論是否即為真理？這個問題的答案將有數千，甚至數萬種。

每個人都有屬於自己的故事，各個故事又彼此纏繞，交織成更多、更龐大的故事，形成錯綜複雜卻有規律可循的世界，世界與世界的交疊，形成了《玄靈的天平》書中，神明和凡人共存的特別宇宙。琢磨其中道理，並提出自我解釋，亦為閱讀本書的樂趣。

很高興能見證《玄靈的天平》的出版，這是秀弘老師費盡心力、嘔心瀝血的創作之一。人之所以努力，或許就是期待一點一滴的灌注，終將獲得回報。希望閱讀本書的讀者，能夠進入《玄靈的天平》的世界，結識生活於這個宇宙的人們，與他們結伴經歷一連串的冒險。

推薦序——天平兩端的困境、抉擇與成長

芝加哥大學化學博士　馮啟瑞

閱讀好友的原創小說，是種不常見的機遇。能為摯友秀弘的《玄靈的天平》寫推薦序，遠比發表耗時數年的研究成果更不可求，也更感到三生有幸。

記得近四五年間，鮮少召集的高中好友聚會中，總能聽見秀弘談論寫作的話題，由於是我跟不太上的內容，遑論提出任何有助益的建言。然而，討論當下卻能感覺秀弘眼神散發出的燦爛光輝，那是身心投入熱愛事物才有的光芒，是種獨特的浪漫。

兩年前，飛往美國前一刻，從秀弘手中接下傾注心力的《玄靈的天平》自印刷本，忙碌之餘終於抽出空檔，在芝加哥搭往舊金山的火車上讀完。在這個注意力是稀缺資源的年代，《玄靈的天平》是部讓我不分神、一口氣讀完的小說。故事主旨大抵可濃縮為：執意追尋逝去之人事物的主角，面臨影響諸多生命，甚而危及珍愛之人的一連串抉擇時，該如何決定。

個人尤其偏好能夠細細品嚐、引起共鳴的作品，最能引起共鳴的一種，往往有著與人生經歷相仿的情節和易於帶入的人物，或擁有能夠從心之角度理解的人物本質。我在大學畢業前的一年間，面臨如何看待自我與人生的難題，並不斷掙扎著。很幸運地遇到生命中的貴人，展示未曾見識的處事態度和人生哲理，

頓時理解，原來世上還有這樣的人，為我埋下形塑自我信念的種子，因此，讓我非常能夠理解、帶入本書主角的處境。此外，仔細挖掘這部作品，便能發現正、反派角色們經歷過的掙扎與困境，從而衍伸出其所抱持的想法，和意外地單純的衝突。立體飽滿的角色刻劃，也能感受到角色們各自懷抱的信念，在彼此的個性交織之下推動故事，從中獲得些許的成長。本書並非強硬地利用情節轉折推動故事，讓我相當享受其中的人物刻畫。

這是我願意再讀一遍的好作品，在地題材且具有強烈帶入感，情節鮮明，結構完整而不鬆散，角色有趣且富深度。誠摯推薦本書給各位，享受系列故事的第一部曲，仔細品味裡頭的各個人物，期待故事如何展開，並逐步理解由此建構的，宏大的獨特世界。

目次

推薦序——信念的火花、價值的對峙和未知的真理／沈士閔 003
推薦序——天平兩端的困境、抉擇與成長／馮啟瑞 005
第一節　潛行 009
第二節　九降詩櫻 016
第三節　御儀宮 039
第四節　加害者 061
第五節　新的觀點 081
第六節　背負期望 098
第七節　尾隨 122
第八節　危險交易 159
第九節　願景館 173
第十節　勢均力敵 183
第十一節　潛伏的真相 205
第十二節　對峙 230
第十三節　虎騎士 261
書末彩蛋　睡美人 269

外傳　機場捷運劫持事件的另一端　272
後記　神明眷顧的比翼鳥　279

第一節　潛行

翻越塵世與神域間的朱紅高牆，偌大廟宇空無一人，靜謐莊嚴。

週日的老街總是燈火輝煌，原先清晰可聞的鼎沸人聲，隔了道牆，界分為動與靜、陽與陰的兩極世界。

緊抓牆垣的雙掌有些發疼，確認腳下沒有異物便安心鬆手。雙腳落地時，發出一絲沉悶低響，立定不動，環顧四周，確認無事才繼續前行。

胸前口袋驀地一陣騷亂，小小的布丁鼠探出頭來。

她觸電似的快速甩頭，將數量可觀的黃色細毛沾黏在我的白襯衫上。

正要發難，她搶先說：「到了沒咪？」

她的雙爪緊抓袋口，探出整個身子，圓睜大眼望向前方。

眼前是玄女宮宏偉莊嚴的後殿，一般香客到不了的神祕殿堂。緊閉的紅色木門，秦叔寶與魏遲恭的門神浮雕極為精緻，甚至可以感覺祂們炙熱雙目裡飽含的熊熊怒火。

門神的腰間有兩個巨大金環。講究門把的宮廟，絕不簡單。

「小倉，那邊。」我指著紅門下方的狹小縫隙。

名喚小倉的布丁鼠，眨了眨眼，說：「比想像中小得多了。」

錶上時間剛過九點，再不久便是宮廟的閉門時刻。

十分鐘。臨淵般的時限。

小倉一躍而下。

從我口袋算至地面約莫一米七，這點高度對她而言並無障礙。她一落地便向前衝刺，四個小爪彷彿上緊發條般飛快撥動。

小倉將整個腦袋埋進門縫時，我一面注意周遭動靜，一面打量空無一物的殿前廣場。緊貼前殿之處雖然有座壯觀的戲臺，周圍配置卻一點也不像觀眾席。

不愧是後殿藏著寶物的宮廟，連這點都考慮進去了。

戲臺上，亦即前殿正背後的中央處，鐫刻某位不見經傳的仙女。說是仙女，原該突出的頭像已被雨水侵蝕得無比光滑，只能依稀辨別五官。右手持劍，左手出指，全身上下僅有右腿的環帶鍍了層金，其餘均是尋常的泥巴灰。仙女浮雕的正對面，有隻體型巨大的猛虎，尖牙銳利，足以傷人。

伸手想要觸摸，後殿方向驀然傳來聲響，繪著秦叔寶的門扇，緩緩開啟。

賣力推門的小倉，五官皺成一團。

她小小的身軀讓我想起妹妹，淡淡的眉、鼓鼓的頰、及肩的褐色頭髮，小倉的人形姿態始終無法擺脫國小幼童的嬌弱樣貌。

「為什麼……我覺得……」喘不過氣的小倉咬緊牙關。「翔哥哥正想著什麼討人厭的事情……」

「苦勞還是讓我來吧。」

「請不要……迴避我的問題……」

我抿嘴忍笑，將偌大木門一把拉開。

小倉雙手倚著膝蓋，上氣不接下氣，幾秒鐘的勞動簡直像要了她的命。

摸摸她的頭，我說：「要多運動，才有力氣。」

「翔哥哥，你找個窄得要命的門隙鑽過去，然後凝聚大量精神化為人形，再來推這誇張的爛門，看能有多從容。」

「我啊，大概會一腳把門踢爛。」我瞄向右腳，兀自咂嘴。

跨入後殿，眼前只有一張斑駁的褪色供桌，殿堂深處有座兩米高的仙女神像。

雙手合十，雖知無濟於事，形式上姑且稟告一聲。

「是那個吧？」

順著小倉的指頭，我看見耀眼炫目的金色環帶，夢寐以求的神聖法寶。

環帶上刻滿無法辨別的字樣，分不出是梵文還是滿文，總之，絕不是中文。

跳過橫擋在中間的木柵欄，來到神像下方，伸手一握。

看似堅固的環帶，剎時裂成兩半。

「這是怎麼回事！」

傳說中，這法寶應是堅不可摧的。

丟下手中毀壞的法器，抬頭瞪著仙女像。

在立體視覺學的建構下，仙女像彷彿回瞪著我。定睛一瞧，注意到神像周身有道詭異的黑紋，宛如魚鱗，又彷若網格，整齊連綿成列，好似車輪之印，橫掃而過。

如此褻瀆的行徑，究竟出於何人之手？

隨手拍了張照，牽起小倉的手，頭也不回地步出後殿。

說時遲，那時快，連接前殿的牆外傳來細微人聲。

時限到了。
抬起手腕，盯著名為腕環機的智慧型手環，按下側邊的快捷鍵。
嘟聲還沒響，對方便接了起來，說：「時間到了？」
「對。」我說：「馬上就出去。」
「東西到手沒？」
「哼。」
「這樣啊……」話筒那兒傳來幾聲乾笑。「那我就按下去啦。」
牆外人聲越來越近，距離恐怕不到五公尺。
為什麼東西是假的？玄女宮一介泱泱大廟，怎能收藏如此假貨？
抱起小倉，讓她先行翻越那道兩米半高的石牆，我搔搔頭，嘆了一大口氣，步回後殿。
「翔哥哥！」小倉以氣音悄聲說：「你要去哪？」
我擺擺手，重回什麼也沒有的殿室。縱使不得其物，也不能空手而回，既然謠傳此地有真貨，至少會有蛛絲馬跡可作線索。我可不想白忙一場。
霎時，腕環機猛然震動。
甫一接起，對方劈頭便問：「小翔，你人呢？」
「我想找找看別的線索。」
「別鬧了。」
「五分鐘。」
「小翔！」

「阿光，五分鐘。拜託了。」
「不行啦，這樣──」
「莊崇光！」我厲聲打斷。「幫我撐幾分鐘，拜託。」
短暫的沉默，簡直能看到話筒彼端，噘起嘴巴，皺著鼻翼，頻繁推眼鏡的阿光。
過了幾秒，他長嘆一口氣。
「兩分鐘。」
「四分鐘。」
「三分鐘，不多不少。」
「成交。」
切斷通訊，立即聽見前方不遠處，傳來火災警笛的嘹亮巨響。想必是阿光的傑作。
著手翻找仙女像旁的雜物，不少物品看似頗具價值，對我來說卻形同糞土。我要的東西只有一個，而那玩意兒不在此處。
一個由紅色綁帶牢牢綑住的灰黃紙捲，映入眼簾。
扯掉綁帶，啪地一聲攤平開來。中大獎了。
「嗚！」
右腿冷不防傳來一陣劇痛。
咬著牙，右手緊抓不停顫動的腿肌。儘管知道用力按壓無法舒緩疼痛，人類仍會依循本能，照做不誤。
痛楚有如向上攀爬的細藤，自腿上腰，由腿入骨；一時有如觸電般發麻，頃刻又有如撕裂般劇痛。高抬幾乎無法動彈的右腳，單腳鶴跳，以極其可笑的姿態抵達牆緣。

取出腕環機，摁下阿光專屬的快捷鈕。

不待接聽，我疾奔斑駁的紅漆外牆，踢了兩步，雙手向上攀抓。右腿才剛輕觸石牆，源於腳底的炙熱之感一路燒向心頭，麻得我險些鬆手。右手掌心被牆頂的碎玻璃割了一劃，刺痛飛快襲入腦門。

咬緊牙關，左掌猛力一握，雙臂使勁撐起身軀，頂著滿頭大汗，奮力翻過這道可恨的高牆。

腳板重新踏上凡俗之境，雙臂肌骨僵硬得像塊冷凍魚肉。

廟外夜市依然人聲鼎沸，廟內雜沓紛亂，彷彿與外頭世界均無關聯。

一個舔舐糖葫蘆的小妹妹，圓睜雙眼盯著我瞧。大口喘氣之餘，悄聲對她說了句「我是三太子」，想不到她竟興奮得猛拉母親衣角，逼得我只好閃身躲往他處。

阿光坐在新莊廟街最有名的豆花攤旁，與小倉一人一碗，大快朵頤。見我走來，他咧嘴一笑，滿嘴珍珠，揮手喊道：「大盜回來啦！」

「我累得跟狗一樣，你倆倒吃得挺愉快的。」

「來一點嗎？」他笑著吞下口中豆花，說：「甜食可是人類最偉大的發明。你啊，人生會有缺憾的。」

「等會兒你的腦袋也會很有缺憾。」

他瞄向我手中的紙捲，問：「那就是你冒了大險也要拿的線索？」

他的聲音太大了。我環顧四周，只見附近男女全專注於自己的對談，沒人在乎周遭事物。唯有此時，才會誠摯感謝都市的冷漠。

攤開紙捲，小心翼翼地遞給阿光，他隨手抽了張面紙給我，以免汗水破壞紙捲上的字跡。翻越高牆流下的熱汗，與情緒緊張滲出的冷汗，足足用掉三張面紙。

小倉端起塑膠碗，將豆花大口全吞下肚，舔了舔嘴，心滿意足。

盯著陳舊泛黃，宛如隨時會散掉的紙面，阿光放下湯匙，視線變得銳利無比，那是碰上有趣事物或新奇機械才會露出的表情。

「看來，」他闔上眼，字斟句酌似地停頓數秒。「很多宮廟都有那法寶的複製品。那個叫什麼來著……」

「玄穹法印。」

「對。」他笑了笑，說：「既然玄女宮的法印也是複製品，或許只有『這個』才是真貨？」

他的指尖落在紙捲中央，某座廟名之上。

我點點頭，說：「東西會假，但文字不會假。」

「那就簡單啦。」阿光放下紙捲，埋頭吃起那碗只剩甜湯的豆花。

想起仙女神像上烏黑的詭譎紋路，心頭不禁蒙上一層陰影。我不是唯一一個在找玄穹法印的人，甚至不是動作最快的那個。

盯著發黃的紙面，兀自沉思。

古老的紙捲上，以筆觸柔軟的行書繕寫了七個法寶和七間廟名。玄穹法印，就藏在新莊最大、最莊嚴的宮廟——御儀宮裡頭。

咬緊牙關，擰捏右腿，像要捏死隱藏其中的玩意兒一般，滿懷恨意。

待我拿到法寶，定要將這妖物徹底消滅。

第二節　九降詩櫻

極為平凡的上學日，我起了個大早，與阿光一同跟蹤那名留著烏黑長髮的女同學。
不管怎麼揉，殘留眼角的睡意仍舊讓我視線模糊不已。
「到底為何如此變態地跟在別人身後啊？」
阿光搖搖食指，咂了砸嘴，說：「這你就不懂了。有時，跟蹤才是真正的追求啊——痛！」
我的拳頭突然很想追求你的腦袋呢。
「你不是要我想辦法找出御儀宮的警備漏洞嗎？」
他努了努下巴，示意前方牽著淑女車，不知為何始終沒騎上去的女同學。
阿光說，她的名字叫九降詩櫻。
對這名奇特女孩的印象得追溯到小學三年級，她日本人般的姓氏和那雙澄澈晶亮的眸子，讓人難以忽視。
九降，在稀有的複姓之中，更是極其迴異的一類。乍看之下好似新竹九降風的念法，卻讀作九「翔」，予人莫名的親切感。
小學期間整整六年，她一直坐在我右手邊，儘管如此，卻連一次交談都沒有；或者有，只是瑣碎得無從憶起。小學畢業後，我進入住家附近的國中就讀，再次遇見九降詩櫻。這回，雖未與她同班，卻可頻繁聽聞相關消息。儘管我打混得很，國中仍是升學為主的階段，免不了得注意成績。

永久占據校內第一名位置的九降詩櫻，對我而言，是難以望其項背的遙遠存在。

她走路的步調不快，規律有韻，穩重優雅。阿光和我緊隨其後，保持二十步的安全距離，且走且停。每回遇到轉角，都能清晰望見她的側臉。她比以前漂亮多了。

與小學時俏皮的兩條辮子不同，升上國中的九降詩櫻留著一頭秀麗黑髮，橫越中背，直逼腰間，長得不可思議。深邃的髮色比墨色還深，行於日下，閃映一抹炫目的光澤。瀏海造型未曾改變，自小學起便始終是切齊的平直流絲，僅有偏右一角微微分開，隱隱露出白皙的前額。兩側鬢髮，各繫一顆束著紅緞帶的鈴鐺，只要稍微轉頭，便會叮鈴作響。

幾年不見，仍能透過醒目特徵，一眼認出她來。

阿光「嗯」地拉著長音，用氣音說：「你看，小詩櫻她……」

我屏住呼吸，靜待後續話語。

阿光皺起眉宇，思忖半晌，歪著頭。

「小翔不覺得，她胸部超──大的嗎？」

「你果然是個變態。」

「太傷人了吧。不過，小翔沒有否定呢。」

我猛拉住他，後退幾步，與九降詩櫻保持更遠的距離。

阿光雙手叉腰，覷著眼說：「你瞧，小詩櫻站直身子時，大腿間的股下三角超級誘人。」

「她明明就在走路，虧你看得清楚。」

「想像嘛，想像一下。」

「想像不了。」

「快看！趁現在紅燈，停住了、停住了──就是那邊！膝蓋之上、裙襬之下、大腿之間！」

「我不看，絕對不看！」

朝他後腦賞了一拳，阿光摀著頭，嘟噥幾句，停止胡鬧。

總覺得九降詩櫻早就注意到身後之人的詭異行徑，雖會轉頭確認兩側，卻沒直接回頭張望。或許只是單純注意路況，但我感覺她的眼角，似乎已將我們捕捉在目。

暖風輕輕拂過，她鬢邊的小鈴叮噹作響。

燈號轉綠，人車再次前行。

「她到底跟御儀宮有何關聯？」我問。

阿光突然瞪大雙眼，像見了鬼似的直瞅向我。

「幹、幹嘛？」

「小翔不知道？」他似乎真的很驚訝。「小詩櫻是御儀宮的大名人啊！學校不是特別安排一個小房間，專門給她用來為學生做人生諮商？」

我還真不知道。

「她太醒目了，要私下堵她，就得趁一大清早。」

「其他時間不行？」

「不太方便。往後你就知道了。」

經過兩個紅綠燈，眼前便是東明高中的校門。

位在新莊副都心黃金地段的東明高中，校地之寬廣，校舍之華美，初來乍到之人無不瞠目結舌。據說，東明校地的所有權人，與某位大地主有血緣關係，才能輕易取得這堪稱天價的超廣闊精華土地。令人不解的是，該人為何在收購土地之後，免費奉送給中央政府，建設這座公立中學。

雖是成立未滿十年的年輕學校，卻招攬了各縣市強力師資，意在挑戰金字塔頂端的明星學校。設計得極似凱旋門的高聳拱形校門，高調彰顯建校者的豐厚財力。

九降詩櫻踏進校門，笑容滿面地與警衛寒暄，繼而轉入單車停放區，將那輛應已使用多年的粉紅淑女車倚上鐵架，牢牢鎖上。

她把單車鑰匙收回書包，抬起頭，直朝我倆的方向看。簡直像作足準備，意欲和我們交談似的，瞇起雙眼，嫣然一笑。

對此，我也只能苦笑。

阿光忽然拍我的肩，說：「小翔，今天好像是我值日，先走囉！」

「喂！你這——」

話還沒說完，他已一溜煙跑向教學大樓，眨眼便不見身影。

「死阿光，居然把爛攤子丟給我。」

「什麼樣的爛攤子呢？」

輕柔和緩的聲音傳入耳中。

回過頭，笑臉盈盈的九降詩櫻，近在眼前。

東明高中的純白襯衫與黑百褶裙，配上她的白色過膝襪，活像量身訂做一般合適，長髮的柔亮光澤襯著明潤雙眸，渾身散發清甜雅緻的古典美。

順著頸上的藍色領巾，望見她白皙如雪的鎖骨線條，以及阿光所說的豐滿上圍。

暗叫不好，我趕緊挪開視線。
這樣下去，絕對會被貼上變態的標籤。
她緊盯著我，靈動的眼眸彷彿藏滿好奇心，晶光閃耀。
「啊！」她雙眼圓睜，唇瓣微啟。
「怎、怎麼了？」我的聲音跑成D小調，嚴重走音。
「你是……足球隊的沈雁翔同學嗎？」
「不——咦？」我愣了愣，說：「對，是我沒錯。」
原以為她記錯了人，想不到入耳的姓名卻正確無誤。
她展露笑靨，像個收到精巧禮物的女孩，笑容綻放燦爛的光彩。
「果然是沈同學，想不到我們又同校了。」
看來，她記得我們同校很長一段時間的事實。我搔搔臉頰，不敢直視那副太過耀眼的欣喜面容。
「但我已經不踢足球了。」
「唔咦，不是嗎？」
她的目光向下移，視線止於我的右腳。那裡絕無肉眼可見的顯著之處，倘若真能發現什麼，抑或從中感覺出什麼，該等人士絕不尋常。
她的目光有如見了異象的貓，定睛凝睇，久久不移。
不一會兒，她抬著眼，輕抿下唇說：「原來不踢球了啊……」
「沒辦法，總覺得提不起勁。」
這是謊言。

雖不知道她聽出多少，隱約覺得自己騙不過這個女孩。

「你們很害羞呢。」她摀著嘴，輕聲一笑。「從富貴路附近就跟著我了嗎？」

正解。或者說，是富貴路與中港大排交界的位置。

這不就代表她一開始便注意到我們了？

雙頰不禁脹熱起來，真想找個洞跳進去。

她靦腆地說：「原以為你們會和我搭話，所以沒有騎上單車。」

「對不起。」

害女孩子多走將近一公里的路，真是罪孽深重。

要是長成一雙蘿蔔腿可就糟了，賠都賠不起。

「既然跟了那麼久，想必是有要事必須找我？」

被迫切入正題。

斂起五官，環顧四周，確認四下無人。沒想到，這個無心的舉動竟被誤會了。

「抱歉，我不該在如此開闊的場合發問。」

她伸出右掌，向著不遠處的社團大樓。

「請跟我走。」

「不用吧，沒什麼大事，隨處談談就行了。」

「別擔心。」她瞇眼含笑，「只是想邀請你參觀我的祕密基地，偷偷炫耀一下而已。」

聽到偷偷炫耀四個字，我忍俊不禁，嘴角上揚。雖無非去不可的理由，卻也找不到拒絕的藉口。

上了賊船，就得出航。

呼出一道長長的鼻息，搔搔後腦，輕輕頷首。她嫣然一笑，將我的反應看作同意，率先邁開步伐。無可奈何之下，只能緊隨其後，朝那棟至今未曾踏入的大樓前進。

東明校園全境為一正方形，邊長完美相等。社團大樓位於教學大樓的另一端，兩棟大樓恰好構成正方形的前後相等對邊。

校園裡除了註定得早起的體育性社團外，近乎處於混沌的沉睡狀態，人聲罕聞。悅耳鳥鳴悠揚婉轉，清風帶起落葉的沙沙聲響，彷彿妖精呢喃般細柔而清晰。九降詩櫻小心避開新綠的草皮，一走一跳，跨越沒有鋪石的泥地，留下淡淡的小巧足印。我不自覺踏上那串小腳印，縮小步伐，跟隨其後。

那頭烏黑長髮左搖右晃，有如鐘擺，頗有催眠之效。

社團大樓的走廊牆邊貼滿招生海報，儘管已是下學期，各社團仍滿心期待新成員的加入。

整棟樓彷彿冰封一般，比外頭更安靜，也更寂寥，幾乎能聽見足下鞋帶敲上鞋緣的細小聲音。

「歡迎來到消災解厄、祈願降福的『萬福社』。」

「有這種社團？」

「當然是開玩笑的。」

九降詩櫻瞇著眼笑，用鑰匙開啟一扇比周圍各房更為乾淨的鐵門，背靠門板，迎我進入。像個辦公室一樣整齊的空間，倚靠窗緣的最深處，排列幾套稍嫌老舊的課桌椅，兩側則擺了數張小學用的矮木椅。中央的木桌前方放了張四腳椅，活像個正規迎賓室。

她繞過木桌，伸手示意，請我坐下。

「將你請來如此偏僻的地方，真的很抱歉。」她一面說，一面取出抽屜內的長條紙片。「因為我有尚未完成的工作，加上這裡比較安靜……希望沒有造成困擾。」

「還真是個有模有樣的辦公室。」

「不如說是工作室呢。」

她靦腆地笑了，拿起攜帶式毛筆，在長條紙片上書寫文字。看不懂的文字。屏氣凝神，提筆寫完一串不似中文的句子，她在紙片最上方畫了個八卦，寫上一個相對較大的「癒」字。唯一能夠辨識的癒字，以我外行的標準，工整至極。

她輕輕朝紙片吹了口氣，抬起頭問：「唔咦，你不是有事情找我嗎？」

不小心看呆了，竟然忘記自己的來意。我甩甩頭，說：「我想詢問有關御儀宮的事。」

她沒停止書寫，埋頭處理第三張紙片。

過了半晌，雖然仍未抬頭，她卻悠悠開口。

「什麼樣的事情呢？」

「一言難盡。」

「總有方法能說清楚的。」

她的臉蛋微微泛起一絲笑意。

猶豫幾秒，思忖著最好的表達方式，這才發現，根本不存在什麼好的表達方式。

「全部吧。」

「全部？」九降詩櫻頭一次因為我的話語停止書寫。她偏著頭，說：「從開天闢地算起？」

「有辦法從那麼久遠的時刻說起？」

「能。」她歪著頭，骨碌碌地轉動眼珠，旋即搖頭。「不能。」

我想也是。

「簡單來說，我想知道御儀宮的主祭神明、祭祀方法和建築細節。」
「這些事項，宮廟導覽都有喔。」她笑著說：「需要幫你拿一本嗎？」
「導覽上的比較……怎麼說才好，粗淺？簡單？總之不是我想知道的部分。畢竟，那只是給觀光客看的東西，不是真正深入的資訊。」
這樣的回應不知是否妥當。
「這樣啊……」
她輕輕頷首，似乎被我說服了。
一不留神，她寫完的紙片，疊起來都比書本高了。沒想到毛筆字也能寫得那麼快，也沒想到居然會有隨身帶著毛筆的高中生，更沒想到原來世上還有這種無須沾墨便能書寫的毛筆。
她將最初那疊長條紙片通通寫完，小心翼翼地收進腰間的小布囊。
「我直接帶你去參觀，行嗎？」
「咦？」
「順便充當解說員。」她搗著嘴笑。「雖然一定比任何志工都差就是了。」
由她親自導覽，或許是個不錯的機會。
「每個拜殿都能參觀嗎？」
「不是全部。」她搖搖頭，發出叮鈴聲響。「敝宮的後殿和祭殿不開放參觀。」
後殿通常就是擺放寶物的位置，不能參觀的話便毫無意義。
「無論如何都不行？」
「理論上不行。」她抬起頭，指尖抵在頰邊，似乎思忖著什麼。「宮廟人員和靈道子徒可以自由出入，但你不是，所以……唔咦？」

九降詩櫻雙眼圓睜，輕聲驚呼，開始翻找書包。她的書包裝滿課本和教科書，與我塞滿小說的側背包截然不同。換作是我，真要找出特定物品，恐怕得花五分鐘。

不一會兒，她抽出一張廣告紙。

「這個或許可行！」

遞過來的，是張極其樸素的黃底素面廣告，上頭寫著「御儀宮靈姫諸聖起轎繞街鑾轎生甄試」。字都讀懂了，意思卻半點不通。

「敝宮下個月初將舉行一次繞街，由於每回需要的人數並不固定，加上這次有幾位師妹回鄉，人手短缺，因此特別舉辦這場甄試。」

「神明繞街？」

「不是神明，是巫祝繞街。」

巫祝，亦即可以降神或乩童的巫女。從未見過，亦未聽聞這種由巫祝繞街的不明儀式。

「如果你願意報名甄試，不只名義上方便參觀，或許還能破例進入後殿。畢竟，甄試生先行了解宮廟各處，還算是個有模有樣的好理由。」

「到時候我真的得出席那場甄試？」

「當然囉，不然怎麼當作理由？」

「不能隨便胡謅，騙騙廟方人員了事嗎？」

「當然不可以，怎麼可以這樣騙人。」

她鼓起腮幫子，蹙起眉宇，氣呼呼地望著我。

啊啊，這傢伙的個性太認真了。

「開玩笑的，別當真。」我苦笑說：「一定會去的。」

「那就好。」

她的笑容重新歸位。

「放學後，請在單車棚等我。」

「今天？」

「你不是要參觀漱宮嗎？」

這步調感覺有點快，比想像中倉促許多。

「不會造成什麼困擾嗎？讀書、交際或門限之類的？」

「放心，」她瞇著眼笑，「我每天都在宮內。」

聽起來像血汗勞工，可她燦爛的笑靨，儼然是個被榨乾還很開心的小童工，毫無辛勞疲態。

站起身子準備離去，九降詩櫻猛然揪住我的右手。

突來的作用力，害我險些跌倒。

「怎、怎麼了？」

她盯著我的右掌，覷起雙眼說：「你受傷了嗎？」

不說我都忘記了。瞅著在玄女宮外牆劃傷的掌心，我說：「小小皮肉傷，結了痂，很快就會好。」

「十指連心，掌甲接骨。掌心的傷好得很慢，且將伴隨刺骨般地神經疼痛。」

她將我的右掌攤平，上頭傷口已然結痂，線狀的烏黑硬皮像風乾的血痕，又像墨染的長河。周圍的紫紅色瘀腫倒像燈泡暈光，淡淡淺淺的。

「你是傾向長痛不如短痛，還是短暫劇痛不如漫長微疼的人？」

「這不是完全不同的問題？」

「不盡然。」她淺淺一笑，說：「總之，選一個吧。」

我闔上眼，細思其中意涵。

倘若是咬牙便能撐過的短暫痛苦，就不算劇痛。

「我選長痛不如短痛。」

似乎對這答案相當滿意，她揚起嘴角，喜形於色。

「我想也是。那麼……」

九降詩櫻伸出右手，中指與無名指交疊於食指，小指自然放鬆，拇指緊依食指下緣。

維持著怪異手勢，她將右手橫擺在我的傷口上，由左至右，緩慢挪移。

一股輕如細流的暖意，自她指尖傳來。

數秒過去，那股微熱逐漸消散，沿著筋骨流向身體各處。低頭凝視，掌心的結痂逐漸消失，彷彿海浪沖刷沙灘上的刻字一般，最終連個痕跡都沒留下。

此刻情緒，絕非驚訝二字所能形容。

九降詩櫻背後的百葉窗，恰好撒入一道炫目日光，看起來活像個在世神明。

啞口無言，只能凝視那雙深邃的星子眼眸，兀自驚嘆。

她垂著眼，迴避我的視線，靦腆說道：「這是『快』的方法，但不會疼就是了。」

「九降詩櫻，妳到底是……」

她將食指豎在兩瓣櫻唇中間，輕輕吐出一句話語：

「這是我們之間的小祕密唷。」

※　※　※

阿光的筆尖緩慢朝我眼球接近，近在眼前的黑圓筆頭，色澤竟比不上九降詩櫻那頭深邃烏亮的明眸。

默然呆坐，滿腦子都是右掌的神祕奇蹟。

人在一年八班，心卻懸在一年一班。

阿光大嘆一口氣，將原子筆扔回桌面。

「小翔，你真的怪怪的。小詩櫻到底說了些什麼？」

祕密。她說了，那是個祕密。只能搖頭。有氣無力地搖頭。

「御儀宮的漏洞，有頭緒了嗎？」

「有。」

不管怎麼說，九降詩櫻的確開啟一個看見玄穹法印的機會。然而，面對她神祕詭譎的力量，我很懷疑是否真有奪走法寶的辦法。她身上究竟隱藏多少祕密，不弄清楚的話，根本無從估算風險。

鐘響之後，班導師一反常態，遲遲沒有踏進教室。

難得的清閒，同學們無不愉快地嬉鬧暢談。無暇胡鬧的我，絞盡腦汁，想方設法亟欲弄清九降詩櫻究竟施展了什麼「巫術」。無論怎麼自我解釋，藉由手勢迅速恢復外傷，絕非人類所能為之。

教室鐵門驀然開啟。

頃刻間，室內陷入異於平常的狂亂喧鬧。

「阿光，怎麼了？」
張大嘴巴的阿光眨了眨眼，指向前方。
講臺上，身穿套裝的班導身旁，站著一位眼神犀利的藍髮少女。
俏麗的深藍中長髮，恰好及肩，短而清爽，髮尾貼近頸部，略顯內彎，寬寬的鬢角宛如日本姬髮的特有樣式，瀏海則瀟灑地撥向左側，俐落簡潔。
那是未曾見過的髮色，汪洋般澄碧的湛藍。
她細瘦嬌小的身材和健康陽光的腿肌，與蒼白如雪的肌膚不太搭調，像個北國住民。
班導師清清喉嚨，待吵鬧聲稍加停歇，方才開口。
「這是今天要加入我們班的特別觀察生。那麼，請您簡單自我介紹一下。」
您？班導剛剛說了「您」嗎？
藍髮少女揚起嘴角，滿臉自信，露齒燦笑。
「我叫李輕雲，職業是天才，專長是解決難題，興趣是拯救世界。」
她停頓幾秒，骨碌碌地轉動深藍眼珠，聳了聳肩。
「就這樣吧。」
結束莫名其妙的自我介紹，她輕盈一躍，離開講臺。
李輕雲是個特別瘦小的女孩，儘管身軀纖細，肩頭窄小，卻散發強悍無比且難以接近的氣場。
她逕直朝我走來，毫不遲疑，在我座位左邊停下。
我與那個座位的主人不熟，但據知是位頗有人緣的同學。附帶一提，那是我最沒興趣，甚至想主動迴避的類型。

李輕雲瞄了我一眼，眼睛覷成一弧弦月。
這才發現，她連睫毛都是藍色的，簡直是個用藍色墨水浸染而成的人。
她面向左方座位的主人，雙手叉腰，仰著頭說：「我要坐這個位子。」
「咦？」那男生有些錯愕，「這裡有人了。而且，一般來說，轉學生應該坐在空位吧……」
「我是觀察生。」
「性質跟轉學生差不多吧？」
「所以？」
「所、所以妳應該去找空位坐才對吧？」
「那你去找空位，我坐你的位子。」
「這也太不講理了……」
她眉頭緊皺，雙目宛如要噴出藍焰一般，揚聲說道：
「我沒打算跟智商低於兩百的賈第蟲講理，你的智能級別太低了，滾！」
這傢伙並不打算交涉，完全是來吵架的。
那男生──抱歉我真的不知道他的名字──臉都氣紅了，一時卻不知怎麼回嘴。
儘管面有難色，班導卻遲遲沒有插手管事。
賈第蟲到底是什麼，恐怕無人知曉。誰會沒事知道這種東西。
啟動腕環機，決定先查維基百科。應該就是學名Giardialamblia的玩意兒，我按下投影螢幕的連結，進入網頁。蘭氏賈第鞭毛蟲，腸道感染的常見寄生蟲之一，人類宿主可能引起腹痛、腹瀉和吸收不良等症狀。
居然把人罵成有害寄生蟲，這傢伙的嘴真不是普通惡毒。

不知折騰多久，左側座位終究被這藍髮傢伙霸佔了。望著黯然離去的男同學，連我也不禁感到同情。

李輕雲一甩俏麗藍髮，以氣宇軒昂、傲視群倫的姿態入座。

「喂，別盯著我看，你這頭野老虎。」

「才剛入座就想吵架嗎？」

「沒想跟你吵，」她哼了一聲。「我打算單方面用言語霸凌你。」

真心無語。

她手撐著頭，皺著眉說：「坦白說，為了你們這些無聊的傢伙，千里迢迢跑來這所爛學校，我可是打從心底感到不快啊！不對，應該說『超級霹靂無敵不爽』！」

「這改口也未免改得太長了。」

「之前的學校超無聊的。」這傢伙完全沒理會我的吐槽，自顧自說道：「每天都是考試、考試、考試，無聊透頂。喂，你們冥間高中有什麼好玩的？」

「是東明高中！冥間還能有高中嗎？」

「比方說驅魔除妖社、生化研究社、謀殺實行社、童貞終結社、男男歡樂社之類的。」

「沒有！世界上哪有這麼鬼扯的社團！還有，別在中間偷偷夾雜名字聽起來超危險的社團！」

「喂，你去創一個吧，童貞終結社。」

「聽人說話啊……」

「對了，」她瞄向我的桌面，努了努下巴。「你最好先把筆袋收起來。」

望向桌面，只有課本、鉛筆盒和未開封的鋁箔包紅茶。

瞅向她，只見她挑著眉，不打算多加說明。

「啊，抱歉！」

一位正在回收作業簿的女同學，經過我的桌子時，意外撞倒桌上的鋁箔包。

明明尚未開封，鋁箔包卻因為自身瑕疵而溢出飲料，沾濕我的鉛筆盒。

「真是糟糕呢。」李輕雲聳聳肩，打了個呵欠。

「我要睡了。」

「喂，妳——」

她雙臂一伸，無視前座同學，以跳水之姿趴上木桌。不出幾秒，呼吸便規律起來，就這麼睡著了。

這轉學生才現身不到十分鐘，我已累得險些虛脫。

性格怪異不提，李輕雲無視他人的能力堪稱一流。正常的轉學生在下課空檔都會被大批學生團團包圍，東問一句，西問一句，全身都是話題，持續數日。她則輕鬆避開這些麻煩，或者說，「嚇跑」了這些麻煩。

除了睡覺之外，她花了很多時間組裝一支卡通手錶。那是支淡黃色的果凍透明錶，外觀有許多近似飛馬或獨角獸的彩色圖樣。

熱愛把玩機械、擅長改裝物品的阿光，咧開嘴笑，湊上前去。

「這是什麼手錶啊？」

敢於搭話，勇氣可嘉。周圍的同學紛紛投來目光，看來，大家都對這名奇妙的轉學生深感好奇，只是沒人願意鼓起勇氣，上前充當砲灰。

李輕雲瞥了他一眼，儘管滿臉不悅，卻一反常態地開口回覆。

「七彩飛馬。」

「七彩什麼？」

「別讓我說兩次。」

「妳誤會了，我問的不是圖案，而是功能。」阿光一臉雀躍，興致勃勃地說：「瞧妳那麼細心拆裝，鐵定改了什麼有趣的零件吧？」

她冷不防揚起嘴角，哼笑一聲。同樣是笑，她上揚的嘴角卻像一把惡意滿盈的鐮刀。

「我們很快就會知道了。」

話語方落，她將最後一個螺絲扣緊，整支手錶猶如未曾拆解，完美無瑕。

下一秒，錶已落在我手腕上。

「喂！」

我的叫喊慢了半秒，果凍似的透明錶帶業已牢牢繫上，彷彿事先調查過腕圍一般毫無間隙，緊貼皮膚，像副手銬。

嘗試將之扳開，錶卻動也不動。

既非高級扣帶，亦非孔洞式的簡易栓鎖，這奇異的手錶活像出廠時便只有環帶，完全沒有解開的位置。

「這是什麼鬼東西啊……給我拿下來！」

李輕雲冷冷說道：「這可是救命靈丹——啊，小心左邊。」

霎時，我不小心施力過猛，左臂撞上從旁經過，綁著麻花辮的嬌小女同學。

對方痛得喊不出聲，眼角泛淚，站都站不穩了。連忙道歉的我，狠狠瞪了李輕雲一眼，她則一派輕鬆地翹起二郎腿，吹著口哨，轉起手中的鋼珠筆。

「什麼救命靈丹，根本是緊箍咒！」

「說得真妙。」她笑了笑，「到時你會明白，這玩意兒擔負著整個世界的未來，比你個人的存在偉大多了。忍耐吧，渺小的阿米巴蟲。」

這傢伙存心是來找碴的，正欲開口，一名臂上扣著繡有學生會三個字的黃色環帶，戴副粗框眼鏡，梳起油頭的陌生男同學，清清喉嚨，冷眼瞪視。

「請不要騷擾李輕雲同學。」

「誰騷擾誰啊，妳看這個！」

我伸出手，讓他看清那支手錶。

學生會男同學瞥了一眼，朝李輕雲點頭致意後，頭也不回地離開教室。

這傢伙到底什麼來頭，一會兒班導，一會兒學生會，莫非全世界都怕她不成。

滿腦子疑惑，加上手腕那支詭異的卡通錶，導致下午的課一堂也沒聽進去。

李輕雲睡了整個下午，沒有老師介意，也沒有巡堂出言責備，彷彿她肯乖乖待在此地，便是至高福分一般；人人順其自然，從其所願。

放學鐘聲一響，正想找李輕雲理論，突然想起上午的約定。

此時此刻，還有另一位需要費神的人物。

腦中才剛浮現九降詩櫻的身影，那張清秀的臉蛋赫然探入窗口，出現在我座位旁。

靠走道的位子雖說方便，卻有這種被人突襲的壞處。

襯著黑瀑般的秀髮，九降詩櫻白皙的頸項格外引人注目。

「沈同學，我得去一趟教師辦公室。若請你稍微等我一下的話……會不會造成困擾？」

「妳幹了什麼壞事嗎？」

「唔咦，什麼意思？」

「居然嚴重到被抓去辦公室訓話。」

「算是壞事嗎？」她偏著頭說：「應該是要領國語文競賽演說組的冠軍獎狀。這果然是壞事吧？」

怎麼可能，呆萌也要有個限度。

「放心吧，我會在棚子附近等妳的。」

「啊，謝謝你。」

九降詩櫻臉上的表情，宛如聽了比演說組冠軍還更振奮的消息般，笑得燦爛無比。映著橘紅色的夕陽光暈，眼前女孩頓時化作一幅以日落為題的精緻油彩畫。

離開前，她笑著向我身後的某人招手。

轉頭確認，一位女學生恰巧放下揮舞的臂膀。開學至今已過了一個學期，我卻從未與之交談，甚至連簡單的點頭致意都沒有，儘管如此，我仍知道她的姓名：邱琴織。

明明是高中生，她卻上了淡妝、燙了頭髮、戴了褐色隱形眼鏡，絲毫不把校規放在眼裡。然而，她卻是教師眼中的優等生，或許是過於耀眼的學科能力，掩蓋了操行的微小瑕疵，每個人似乎只看見她突出的成績表現，與成熟的對答談吐。

身為風雲人物的她，是一向遠離麻煩的我，最不想接近的人。

邱琴織望著九降詩櫻的背影，臉上漾起溫柔的暖笑，微眯的雙眸下蘊藏奇異的至親情感。

彷彿注意到我的目光，她警覺地瞥來一眼，和善笑靨頓時轉為黯淡。

她的笑容後彷彿隱藏了些什麼，比起九降詩櫻，缺少幾分暖人的溫度，覷成一字的炯炯雙眸散發銳利光芒，彷彿隨時要穿透我的身子一般，凌厲至極。

「想不到你跟詩櫻如此要好。」她瞄了我制服左胸的繡字，哼笑說道：「沈雁翔。」

邱琴織冷然的雙眼閃過一絲微慍，她湊近身子，嘴唇貼上我耳畔。

「不管你存什麼邪心、安什麼惡意，只要傷害詩櫻，我絕不饒你。」

她說話時，呼出的氣息冰涼得令人發寒。

我瞪大雙眼，倒退一步，她的臉上仍掛著皮笑肉不笑的表情。光瞅著她，右腿便隱隱發熱，感知她不自覺顯露的敵意，竟牽動了沉睡的靈物，讓我半身麻痺，只能咬牙忍耐。

「這只是小小的警告。」她斜睨著我緊捏大腿的憔悴模樣，冷笑一聲，說：「切勿踰矩，別做傻事。」

與九降詩櫻相同，邱琴織毫不掩飾地將目光移往我的右腳，彷彿對我體內隱藏的詭密了然於胸。

她哼了一聲，頭也不回，轉身離開。

全身不爭氣地鬆弛下來，登時忍不住想，或許把御儀宮納入目標，打一開始就是不智之舉。

然而，箭在弦上，不得不發。

「嘿！」

「哇啊！」我被來自後方的喊聲嚇了一跳。

阿光嘻笑的臉，讓我鬆了口氣，同時升起一股無名火。

「我是來求八卦的。」他一把勾住我的肩頭，說：「小琴織跟你說什麼？堂堂一位千金大小姐，有什麼話要跟你說？身為智多星，我有必要知道。來，快跟好哥哥分享，我絕不會四處宣揚的。」

不只四處，這傢伙鐵定會八處宣揚。東明高中智多星的渾號背後，可是一張超級大嘴巴。

「原來她是有錢人。」我喃喃道。

「有錢？不不不，家住豪宅、車開超跑才叫有錢，小琴織的狀況，叫超級有錢。小翔沒聽過邱家企業的霧昇集團嗎？工業用空氣清淨機的最大出口商，大範圍水霧降溫器的先驅研發者，世界知名的尖端科技集團，動搖國本的臺灣三大中樞企業之一。」阿光吹起口哨充作伴奏，說：「『朝霧般舒適，昇陽般和煦，霧昇企業』——等等，你連這廣告詞都沒聽過？」

還真沒有，腦中毫無相關記憶。或許偶爾該看電視，才能避免這種資訊代溝。

「我從開學時便一直注意她了。」阿光用手肘撞我的腰，「別插隊喔，我可是連小琴織家裡專用的凱迪拉克車號都倒背如流呢！」

「就只是個跟蹤狂。」

「是很專業的跟蹤狂——不對，爭這個有點悲哀。」

我嘆了口氣，搖搖頭說：「御儀宮，或許不是個好目標。」

「為什麼？」他似乎對這突來的發言感到訝異。

「莫名其妙閃過這個念頭，純粹的第六感。」

「想不到小翔也相信第六感。」他拍拍我的肩，「這時候才道德感發作，讓爸爸有點驚訝啊。」

「我可沒那種東西。」

「偷東西是不對的。雖然我每次都出手幫忙，但你要曉得，我可是百般不願意呢！」我才不信。他嘻笑著，說：「是不是該嘗試別的方法啦？」

我白了他一眼，說：「莫非要直接進去跟對方說『哈囉請問是否方便借貴宮祕寶一用』？」

面對我的嘲諷，他撇了撇嘴，聳聳肩說：「好運總有一天會用完的，多加嘗試才能尋出新路徑。況且，小詩櫻看起來很信任你，別辜負人家啦！」

「我可不打算倚靠任何人。從頭到尾，都是我自己的問題。」

一把拉起書包，不經意地瞥見掛在內側的草莓吊飾。吊飾扣環早已生鏽，不管用多貴的拭銀布都無法完全抹去，可能打一開始就是瑕疵鍍銀，根本無從修復。

身為吊飾主體的紅色草莓則保持得鮮亮如新，幾無瑕疵。

每一天，我都將它帶在身邊，確保沒有刮傷，正如確保她不再受到傷害一樣。

——『哥，請別擔心……』

緊閉雙眼，我猛力甩頭，卻怎麼也拋不開這道思緒

倘若沒有這隻右腳，我就不會失去一切；倘若沒有我，就不會害了她。

一切都是我的錯。

第三節　御儀宮

九降詩櫻牽著淑女車，對眼前的男同學搖頭，輕擺右手。
她的臉上仍是熟悉的溫暖笑容，眉宇間卻混雜些許無奈。
「因為我在等人，所以……」
「等人？果然已經有男朋友了嗎？」
男同學緊咬下唇，眼眶泛紅，只差沒閃出淚光。九降詩櫻連忙擺手，使勁搖頭，鬢邊鈴鐺叮鈴作響。
「不是這樣的。」她雙頰染上一抹緋紅，「只是朋友。不對，不一定是朋友，但——」
「居然是比朋友更高的存在？不，我的天啊……」
男同學嘴裡迸出諸多難以理解的語句，使九降詩櫻無力招架，笑容被無盡的困擾籠罩，黯淡不少。
她低垂的眉宇下，骨碌碌的大眼睛四處尋找救兵。
晶亮澄澈的雙眸，瞧見了我。
「沈、沈同學！」
她展露燦爛笑靨，直朝向我，大幅揮手。雀躍的神情簡直像在太平洋漂浮七天，終於看見漁船似的，面容欣喜，光彩照人。
我嘆了口氣，隨意舉手示意，走上前去。

「抱歉，讓妳久等了。」

「不要緊的，來得正是時候。」

她的笑容一點也不像被糾纏的人，溫柔恬適，自然不做作。

面朝那位一見到我，彷彿活見鬼似的男同學，她笑著說：「我在等的對象，就是這位沈雁翔同學。」

「你……」男同學一臉欽羨，幾乎眼眶泛淚，拉著我喊：「你這幸福的傢伙！」

還沒來得及解釋，他已抓起書包，摀著臉飛奔離去。

暖和的風悠然拂過，我和九降詩櫻併肩而立，目送來去如風的青春少年消失在校園的另一側。她禮貌地向對方揮手道別，絲毫不管對方根本無法望見。

「那是妳朋友？」

叮鈴叮鈴。她搖了搖頭。

「是突然和我搭話的男生。」九降詩櫻說：「可能認為我一個人在這枯等會很無聊，好心陪我聊天，卻因為我無心的舉動而誤會，突然決定告白。」

「所以妳就拒絕了？」

「當、當然囉！」她睜大雙眸，似乎覺得我的話語相當不可思議。她說：「因為，是我的舉止招致對方誤會，進而錯認為理想的伴侶，才突然告白……是我不好，害別人草率做出決定。」

「真是新穎的想法。」

她驀地站到我面前，抬起頭，圓圓大大的眸子近在眼前。

「你難道不覺得，談戀愛這種事需要長時間的認識與了解，妥善思考彼此的未來，最後再慎重地向對方表達自己所做的決定嗎？」

「妳先退後一點……」我將身子向後傾了十五度角。「這種事情不用這麼計較，妳覺得如何，那便是如何，我的想法一點也不重要。」

她又向前湊近一些，我只得再後傾五度角。

九降詩櫻圓睜雙眸，身子幾乎貼上我的胸膛。

「我想知道你的想法。」

我的腰開始疼了，一來是因為後傾二十度角，二來是因為許久沒有鍛練肌肉，整體耐力顯著下降之故。她似乎真的很想知道，偏偏我對這些事情沒什麼見解，只得找些話語隨意搪塞了。

輕咳兩聲，作為暖場。

「以我而言，時間長短不是關鍵。」

她眨了眨眼，輕輕點頭，嘴裡發出三聲「嗯」。

誠摯希望她別聽得如此認真，這全是隨口胡謅，毫無參考價值。

「只要打從心底在乎彼此、關心彼此、扶持彼此，就算只認識了一個月也無妨，感情不是花時間就能長出來，既不是養牛種菜，也不是戲棚下站久了就是你的。重點不在於期間久暫，在於心意。」

說到「心意」二字，我輕拍胸口，同時注意不去碰到她離得太近的豐滿上圍。

「只要心意相通，彼此相愛，開心的時候一同歡笑，難過的時候相伴而泣，遇到困境時共同面對，遭遇劫難時相互扶持，便足夠了。」

無法長時間盯著她近在眼前的眸子，話講一半便移開了視線。頭一次碰觸這種話題，對象竟是不太熟的女孩，真不自在。說得頭頭是道卻全憑幻想，將來定會成為笑柄。

數秒過去，九降詩櫻那雙圓潤的深邃眼眸眨也不眨，直瞅著我，不發一語。

我的表情必定可笑得很。瞄了一眼，只見她保持前傾姿勢，目光未曾轉移。不同的是，那雙澄澈透亮的眸子，從原來的認真專注，逐漸化作詫異驚奇，閃耀動人光彩。

「好厲害……」她抿了抿嘴，「原來你的思慮如此細膩，真是太讓人欽佩了。」

她又前傾一些，逼得我只得再次後仰，這姿勢儼然已成華爾滋舞步，可惜男女舞者站錯了位。

「原來如此。相處時間長也不代表適合在一起，畢竟有很多交往數年的藝人最終仍是分道揚鑣了。」

「不，妳舉的並不是通例。」

「更有人愛情長跑十幾年，終於結了婚，卻撐不過考驗而早早分離。」

「不，這也不算通例……」

「嗯！」她含笑的俏皮模樣讓人難以直視。「真是學了一課，謝謝你！」

「不對，就說了那些不是通例——」

「唔咦？」她的眉毛垂了下來，似乎有些失望。

「唉，算了，隨妳高興吧。」

「嗯，那就隨我高興了。」

見她再次燦笑，誠摯希望這名女孩不會因為我毫無經驗的胡謅，弄得下半輩子悽慘無比。

與她併肩離開校園時，夕陽幾乎落到山後，橙黃色的天空漸漸變得烏黑，天際線已不再明晰，與緩緩落下的夜幕融為一體。

和上午一樣，總是默默體貼周圍之人的九降詩櫻，並未跨上淑女車。

「其實妳可以騎上單車，我腳程快，不要緊的。」

「那樣的畫面不太好看。」九降詩櫻摀嘴輕笑，「距離不遠，讓我陪你走一段路吧。」

她是個說話一定會注視對方眼睛的女孩，然而，我卻無法迎接如此耀眼的目光。與她對話，不消三秒，便不自覺想移開視線。

我放慢腳步，從她右側繞到左側，一面注意前方來車，一面觀察周遭環境。從坐落於新莊副都心的東明高中出發，九降詩櫻沿著新北大道走，目前仍不見任何宮廟形影。

冷不防地，耳中聽聞她輕笑兩聲。

「怎麼了？」

「你真的很溫柔呢。」

她伸出食指，先指著自己，隨後轉向我。

「特地繞到左邊，是因為車道在左側嗎？」

望向左方，確實是車道無誤，但我繞到這側的主要原因是她身子不矮，只高出半顆頭的我，老是墊腳觀察四周也未免太過奇怪。

小小的舉動，卻被誤會成紳士的體貼，真是個心地善良的女孩。

「妳身高多少？」

「唔咦？」她眨了眨眼，歪著頭，沉吟半晌才說：「大約一百六十五公分。開學時好像量過，但是沒特別記住——啊，體重我是不會說的！」

「我又沒問。」

一百六十五，果然跟我想像的差不多高。

「你呢？」

「不重要。」

她鼓起雙頰，活像隻花栗鼠。

「唔唔……人家都老實講了，就你不守規矩。我生氣了。」

「生氣的話就不給妳栗子吃。」

「栗子？」

她歪著頭，微蹙眉宇。

不小心隨口說了句蠢話。我撇撇嘴，無可奈何地說：「一百七十五公分左右。」

「好高！」

「只比妳高了十公分。」

「對啊，十公分耶，真厲害。」

「並沒有……」

臺灣男性平均身高約一百七十二公分，換句話說，我不過稍微超越平均值，實在稱不上突出，沒有為此驕傲甚或大肆宣揚的必要。話說回來，我也不知道一百六十五公分的女孩到底算不算高。

「女生的平均身高約莫一百六十公分，比男生整整矮了十二公分喔！」

簡直像施展讀心術一般，她在我內心疑惑浮現的同時給出了答案。宮廟人員果真不簡單。

若她所言屬實，我倆只比平均值略高一些，並無大幅領先。

「我們都是超越平均的人呢，真開心！」

「只超過一點點而已，依舊屬於平凡人。」

「這樣不行哦，」她說教似地伸出食指，「勝不驕，敗不餒，才是一場好勝負。」

「這又不是比賽，只是數據。」

閒談之間，那座掛滿紅燈籠的壯觀建築，映入眼簾。

因夜幕籠罩而顯得陰暗的空曠街道，在朱紅光輝的映照下顯得明亮不少，更往前去，紅光所及之處聚集了各式各樣的零售攤位。位在新莊廟街對面，介於新莊路與豐年街之間，同樣屬於老城區的一部分，緊鄰堤防而杳無人跡，卻因廟宇林立而匯集大量小販，組成全新的夜市。

喧鬧的商圈雖無政府定名，卻熱鬧非凡，人聲鼎沸。

九降詩櫻陪著停下腳步，四處張望的我，一同觀賞這充滿活力的市街商流。

若說勞工是機械的螺絲，這群支撐夜晚市街的小販便是螺絲裡的潤滑油，他們讓從事勞動的人們有個溫暖的休憩之地，補足體力，為明天的勞動做準備。

九降詩櫻悄聲說：「我們走另一邊吧，別打擾他們工作。」

她似乎相當熟諳附近的通路，左彎右拐，流暢地轉進小道，像個森林長大的孩子般熟知每棵林木，一街一巷，熟門熟路，昂首闊步引領前行。狹窄的小巷中，不時瀰漫烤肉的撲鼻香味，偶有香濃誘人的湯頭甜味，讓我數度升起掏錢包的衝動。要不是她緊拉我的袖口，此刻早已奔向鐵桌，好好吃上一碗藥燉排骨了。

數分鐘後，她停下腳步，定睛凝睇。

正前方處，高聳連天的石造牌門，佔據了全部視線。

「這就是敝宮的山門。」

我仰起頭，望著刻有「新莊玄穹御儀宮」七個大字的巨大木製匾額。

先不說御儀二字之意涵，光是玄穹一詞，便如雷轟電掣，讓我呆楞許久。

玄穹法印的真品，必定在此。

九降詩櫻在前領路，一面提醒我注意切勿踏上擺有靈石的旁道，一面介紹廣大圓石舖地兩側的精緻石雕。她提到了八仙過海和呂洞賓的故事，雖是頗富深度的講述，我卻心不在焉地四下觀望。

御儀宮內沒有可供攀爬的牆，儼然是座由廂廊包圍的堅實堡壘，廊頂複雜的雕飾看似可攀，實則連個像樣的立足點都沒有。

開始擔憂脫身的方法了。

「那邊就是敝宮的三川殿……啊！」她睜圓雙眼，摀著嘴說：「對不起，我介紹時常不自覺使用專門術語，不懂的話隨時可以提問。」

「不要緊的。」

反正我也沒在聽。

她春蔥般的指尖所向，是廟宇的殿門，約莫一丈高的暗紅大門朝內敞開，檻上牌坊寫著「兩儀玄天」。三川殿內，香客摩肩接踵、踵趾相接，擠得水洩不通，看來真不是個容易下手的宮廟。

步上石階，正要穿越龍門，一個令人冷汗直流的少女赫然出現。

「詩櫻師姐，您今天還真晚——」

那名少女一瞥見我，驀地止住話語。

雖然換上青色斜襟長袍道服，頭髮紮成小圓球包，我仍一眼便認出她來。

她——邱琴織的犀利目光，如同先前出言警告時那般冷冽刺骨，惹得我背脊發麻。

「琴織，這位是沈雁翔同學……」九降詩櫻驀地睜大雙眼，說：「你們是同班同學，對吧？」

「是的。」邱琴織瞥了我一眼，僅僅一秒，像是不願在我身上多加停留似的，秒速移開視線，說：

「請問師姐為何帶他回來？他既非道友，亦非香客，沒有出現於此的正當理由。」

「沈同學是來參觀的。」

話語一出，邱琴織凶狠至極的瞳光激射而來。

見她面色僵硬，九降詩櫻補充說：「同時也是為了應徵抬轎生，先行前來了解宮廟環境。」

「抬轎？」邱琴織雙眉緊蹙，說：「師姐，他不可能沒事跑來應徵。數年來一次也沒踏進敝宮，突然如此殷勤，豈不怪哉？」

邱琴織的目光投向九降詩櫻時，總是飽含滿溢的擔憂和關心，轉向我時則瞬間切換，化作充滿敵意的駭人兇光。

「師姐，這傢伙跑來此處，必定別有所圖！」

「琴織。」九降詩櫻輕聲說：「之前提點過妳，對人要多存善意，給予更多信任。謝謝妳的關懷與操心，但別因此壞了自己的修業之道，積累不必要的疑人業障。」

邱琴織抿起唇瓣，垂著頭，低喃道「謝謝師姐教誨」。

轉身離開，與我交錯之時，她橫眉斜瞪，悄聲說：「別胡來。」

這回的警告倒是明確不少。

九降詩櫻為我點了十五炷香，走在前頭，領著我拜過十五尊神明，直到每一炷香都確實離手，才在宮廟末端的後殿附近略喘口氣，稍事歇息。

實際拜過一輪才知道，所謂最大、最莊嚴的意思，不只展現在規模上，更在於拜殿的總數。記憶中，見過的宮廟往往是三殿式，分有前殿、正殿和後殿，沒有御儀宮這般多出兩三棟廟殿的類型。

我將心中疑惑提了出來。

「三殿式的廟宇確實是主流結構。」九降詩櫻莞爾而笑，說：「敝宮雖有三殿的形式，卻不是傳統意義的三殿式廟宇，由於後殿之外尚有三清閣、四御殿、財神殿和玉皇殿，整體範圍廣大不少。」

介紹著御儀宮時，她總帶著述說老家美好那般，真誠愉悅的歡快笑臉。

「雖不是新莊最古老的廟宇，卻算得上相當體面的泱泱大宮。」

真是謙遜的一句話，不管怎麼看，御儀宮的驚人規模，壓倒性地超越各大廟宇。

雖沒實際走訪查證，這般大小興許已居全臺之冠。

我們並肩坐在宮內花園大池塘旁，以大理石砌成的石椅冰涼舒適，恰好中和了暮春時節微悶的氣溫。視線前方有塊朽木布告欄，上頭貼著一份特別醒目的〈香客祭拜須知〉，字形穩重飽滿，與不久前見過的筆觸相仿，猜想應是出自九降詩櫻之手。

「那個公告是妳寫的？」

「不，」出乎意料地，她搖了搖頭。「那是琴織寫的。」

「那個邱琴織？」

「琴織的書法漂亮得很，一點也不輸給宮裡教授書法的叔叔伯伯。每逢過年，鄰里鄉親大排長龍，只為向她索取對聯呢！」

真是人不可貌相。不，是不能以人廢言；這也不對，是不能以人廢字。

大致晃過一圈，仍沒見到可能藏有法寶的位置，只好出言試探了。

「話說回來，九降……詩櫻。」這名字實在難叫，害我吃了個大螺絲。我搔搔頭，說：「妳們御儀宮沒有銅鐘、法鼓或法印之類的法寶嗎？」

話一出口，便後悔了。

九降詩櫻的笑容雖未因此斂起，卻明顯黯淡不少。

她微傾著頭，鈴鐺叮鈴一響。

「你在找玄穹法印，對吧？」

我心一驚，倒抽一口氣。

「湫宮的法寶，深藏於玉皇殿後的齋醮殿。」她的雙眼瞇成一線，說：「玄穹法印，就在這裡。」

轉過身子，她朝前邁步，乘著夜色的纖瘦身影更顯單薄，有些落寞。

「請跟我來。」

默默跟在後頭，心中卻起了疙瘩。她絕對知道我的盤算，否則不會在這麼多選項裡，立即道出玄穹法印。倘若真是如此，我或許一點勝算也沒有。

穿越後殿旁側的八卦門，九降詩櫻帶我來到靜寂的廟宇深處。沒有香客的嘈雜話語，四周籠罩著近似晨時的寧靜清幽，只聽聞悅耳的蟲噪鳥鳴，在廂廊環繞的天井之間連綿迴響。

面前的殿門沒有牌坊，外頭卻立著石碑，寫了「齋醮殿」三字。與各拜殿不同，此處雖然繪有門神，卻不是常見的秦叔寶和尉遲恭，反倒是驅魔鎮邪之用，怒髮衝冠、目光如炬的持劍鍾馗。

忍不住瞥向右腿，暗忖終於來到徹底脫身的時刻了。

高聳的大門外，立著一名身長至少一米八的纖瘦青年。

他那炯炯目光所散放的銳利氛圍令人在意，微皺的眉宇貌似心懷警戒，自我跨過八卦門起，便像隻監視獵物的猛禽，直瞅著瞧。

「梁君，能幫我開門嗎？」

九降詩櫻以柔和溫婉的語氣向瘦高青年開口。青年將視線自我身上移開，右手一抽，左腕一放，厚實木門上的大栓和鐵鎖轉瞬撤去，深鎖的門扉，應著他的推力緩緩而啟。

禮貌地道謝後，九降詩櫻領著我，進入這座僅以燭火照明的寬廣殿堂。跨過酒紅色的低矮門檻，彷若步離凡俗，踏入另一個世界。神聖的氛圍立即包覆周身，就連吸入的空氣都像帶了神明的獨特氣息，莊嚴肅穆。

看門的青年緩緩將門帶上，木檻發出沉沉的密合聲。

九降詩櫻正色向前，舉步踏上木製矮階，立於最深處的青銅大鼎旁，抬起頭，望著上方。

跟隨那道目光，我看見殿堂之上栩栩如生的浮雕巨龍，精緻的工法，連麵絲一般的鬃鬚都刻製得精細入微。鑲著寶石的雙瞳，宛如迸出兩道赤紅烈焰，凜然肅穆，嚴正威武。

巨龍的雙爪，緊抓一片長寬約一公尺的八卦石板。

卦內陰陽兩儀刻劃得無比細緻，卦外作為太虛之界的圓線，彷彿以精確圓尺作準，一點瑕疵也沒有。太虛之圓的刻線外圍，有七個形狀各異的凹槽，尚可判別的有鐘、扇和環之外形，其餘實在沒有頭緒。

七個槽洞均未填充，彷彿恆久地靜候歸來之物，兀自空虛。

其中，環形槽洞立刻讓我想起在玄女宮看過的法印偽物。

「那個圓環，就是玄穹法印的槽位。」九降詩櫻指向那空無一物的環形凹槽，說：「昨晚，玄女宮差人前來通報，指述藏於廟內的玄穹法印遭到破壞，犯人身分尚未辨明。」

聽聞此事，我斂起表情，默不作聲。

「玄女宮的法印，」九降詩櫻低垂眉宇，望著我說：「是假的唷。」

我知道。非但如此，我還知道那東西作為假貨的品質，劣等無比。

「沈同學，我能向你提問嗎？」

沒有拒絕的理由，沒有拒絕的餘地，也沒有拒絕的必要。

我說了聲請，她便展露微笑，輕輕頷首。
「玄女宮入侵事件，是你——不對，是你右腳的『那個』造成的嗎？」
突如其來的指謫令人心驚，誠摯希望臉上神情沒有露餡。
連右腳都指出來了，九降詩櫻顯然不是能夠隨便唬弄的對象。
「看來，妳知道的事情比我想像中多。」
「請不要迴避這個問題。」
她微微皺起的眉宇透露責備之意，頓時產生一股令人尷尬的距離感。
溫柔的強硬。
「我沒打算騙妳。確實，昨日我曾潛入玄女宮的後殿，嘗試尋找玄穹法印。」
雙手平攤，我吁一口氣，說：「但那個偽造的假貨，在我抵達時就已經壞了。」
她眨了眨眼，指繞鬢髮，像在思忖些什麼。
「真正的法印不會為外力所傷。」她喃喃低語：「不過，那人怎會知道這件事？」
沉思半晌，九降詩櫻輕輕頷首，眉尖恢復原有的弦月形，揚起柔和的角度。
「我相信你。我也不認為是你做的。」
「是吧？」我哼笑一聲，「換作是我，絕對會在發現那是假貨的瞬間，把整間廟宇砸個稀八爛。」
「那樣更糟糕啦！」
她像個洩了氣的氣球，僵硬的身軀漸趨放軟，肩頭不再因戒備而聳起。
輕輕拭去因突來的笑意而擠出的淚珠，她低聲說道：「太好了。」
「這個『太好了』是什麼意思？」

「你不是大家口中的那種壞人。」
「別美化我。」我忍俊不禁，說：「只是慢了一步罷了。」
若能和平解決眼下最迫切的問題，那就萬事大吉了。
她將柔和得近似慈母的目光，聚焦於我的右腿。
「雖然我猜得出你想要玄穹法印的原因，但……」她忽地抬起雙眼，注視著我，肅穆得像正在宣達聖旨。她說：「我必須告訴你，法印本身沒辦法解決這個問題。」
她的話語果斷簡潔，卻令人深感不解。
「我聽說法印可以鎮壓、束縛、滅除妖物，因為原屬玉皇，其強大的力量甚至連神明都能毀滅。」
我一面說，一面觀察她的表情。九降詩櫻靜如止水的面容毫無欺瞞之相，反而像是預料會有這番對談一般，耐心聆聽。
叮鈴，叮鈴。她以極緩的動作，搖了搖頭。
「法印不是這種壞法寶。」
她仰望空無一物的環形凹槽，彷彿該處確實安了法印。
「你知道為什麼玄穹法印明明是『印』，卻是環形的嗎？」
「滾印？」
她摀著嘴，輕笑出聲。
「玄穹法印，是用來『束縛』的法寶。」她說：「各方傳說只對一半，沒錯，法印具有鎮壓靈屬的威力，妖怪、異人、魔靈和神明，無一倖免。然而，它並不會驅散或消弭原有的靈力，只會將其吸納，保存於內，不會使擁有靈力的靈屬之形直接消滅。換言之……」

九降詩櫻垂下眉宇，凝望我的右腿。

「玄穹法印，無法解決你的問題。」

剎那間，耳不聞聲，眼不見物，恍如晴天霹靂。

思緒停擺，腦袋一片空白。

──『哥，請別擔心……』

跨出腳步，我使勁揪住九降詩櫻的雙肩。

「不可能……」我感覺自己的下顎正在打顫。「法印一定能殺死這個鬼東西！」

叮鈴、叮鈴。

她低垂的眉下，倒映燭光的清澈晶瞳籠罩著黯淡的憂愁。

我捏得更緊了，右手五指陷進她有如羽絨鋪被般柔軟的肌膚。

「不要搖頭，不要對我搖頭……」

連這方法都行不通，可就真的無能為力了，由我招致的災厄，將無消弭的手段。

來自左肩的暖意，一點一滴，拾回我四散的神智，拼裝成型。九降詩櫻小巧細緻的手掌，搭上我肩頭，像要熨平我的襯衫一般，輕輕撫過臉頰與臂關節間小小的區域，一來一回，緩慢溫柔。

鬆開緊捏她上臂的手，一時之間，竟想握起那溫柔撫動的春蔥指尖。

瀰漫心頭的莫名膽怯，讓我沒能勇敢地伸手。

「雖然不知道你為什麼如此痛恨那位神靈，」她的聲音顯得空靈而飄渺，彷彿傳自遠方。她說：「所有神明都是為了照料、守護和賜福，才降臨於世的。」

正想反駁，她的指尖抵上我的唇。

「你受傷了，所以不相信神明，這我明白。」

九降詩櫻微仰著頭，展露的笑靨如同旭日朝陽，光耀炫目卻溫暖和煦，絲毫不因我的失禮之舉，不因我的偏頗思維，有所動搖。

「法印雖然無法如你所願，永久驅散並消滅神靈，卻有緩解不平衡之寄宿關係的迂迴方法。」

「稱為寄宿，不如說是寄生。」

「是共生。」

「祂可一點好處也沒給過，動不動就給我堪比夾腿之刑的劇痛。這是寄生，百分之百的寄生。」

九降詩櫻像個任由孩子胡鬧的母親，撝起嘴笑。

「寄宿的部位會痛，鐵定是你的錯。你們就像一對吵架的兄弟，沒人道歉就無法和好。」她抿起嘴，視線下移，說：「問題在於，唯有雙方實力趨於平等，才有和好的機會，畢竟舉著拳頭的哥哥不太可能和哭喪著臉的弟弟和好，對吧？」

「妳的意思是，現在的我弱得像個只會哭的小鬼？」

「舉例而已，千萬別當真。——你的表情也太恐怖了。」

「已經當真了。」

「總、總之，」她迴避我的視線，同時避開話題，說：「既然無法用武力解決，就得另尋對策。比方說，雙方好好坐下來談，順利談妥，不只能相互敬重，甚至能彼此扶持。」

我皺起眉頭，百思不得其解。簡單來說，倘若今天遭到寄宿的是九降詩櫻，神明會因為宿主的力量而予以尊重，不會貿然侵襲，甚至可能傾力相助；反之，毫無力量的我，只能任人宰割。

「所以我得開始修行？」

「不不不，這樣太曠日廢時了，恐怕在修成以前，你已經被神明吞噬了也說不定。」

還、還有這種事啊……

像是察覺我驚詫的僵硬面孔，她笑著說：「不用擔心，目前看來不會發生那種狀況。」

說完後，她轉過頭，小聲咕噥：應該吧。

我的不安瞬間衝破計量表。

「想不到還有遭到吞噬這種後果。」

「唔咦，你不是因為知道『靈之反噬』才來尋找法印的嗎？」

「一言難盡啦，反正要解決的問題從頭到尾只有一個。所謂的靈之反噬，會有什麼症狀嗎？」

「明顯的外在變化，是不時出現的特殊紋路。」九降詩櫻指尖抵於唇瓣，望向我的右腿。「通常是狀似陳舊疤痕的樣態，隨著寄宿關係惡化，紋路會慢慢攀向心窩，然後……」

「然後？」

她搖了搖頭，發出清脆的叮鈴聲。

雖然事先並不知道神靈會反噬宿主，結果論上，仍然必須解決右腿裡的傢伙。

目標並未改變，解決祂，才能拯救她。

——『哥，請別擔心……』

使勁甩頭，拍拍雙頰。

「既然如此，我需要些什麼？」

「玄穹法印。」

「……妳在開玩笑吧？」

叮鈴叮鈴。她眨了眨眼，緩緩搖頭。

「幾分鐘前才說那東西不能解決問題，現在又說需要這玩意兒？」

「我只說沒有『消滅靈屬』的效果，並沒有說不需要。」她拋了個媚眼，抿著嘴笑，俏皮地說：「不用擔心，我說過了，法印就在這裡。」

「但是那凹槽……」

她腆然一笑，頰邊泛起淡淡潮紅。

「玄穹法印，一直都在你的眼前。」

九降詩櫻抿起唇瓣，雙手十指輕輕捻住自己的裙襬，揪著布緣，緩緩提起那堅如長城的烏黑短裙。我看見膝蓋之上那雙緊緻豐滿的大腿，阿光曾經提過的股下三角，底邊兩側隨著她的動作逐漸提升，從原來的高三角，化為細三角。

下一秒，束於她左大腿上，金黃炫目的扣環腿帶，映入眼簾。

「玄穹法印，自始至終，都在我身上。」

九降詩櫻的雙頰灑滿紅暈，撇過頭，不敢正眼瞧我，嬌滴滴的羞澀姿態，莫名可人。

有如大腿環帶的金環，刻著既非中文亦非梵文的奇異字形，那種文字，我在玄女宮的偽物上看見過。

全身的肌肉細胞猶如沸騰一般緊張，臂膀輕顫，起了一身雞皮疙瘩。

終於見識到，名為玄穹法印的神聖法寶。

九降詩櫻倚靠殿內石柱，就著燭火微光，抬起腿，緩緩取下法印。法印的光澤在她將之移開腳尖時，倒映火光而掠出一絲金亮，有如自身散發的光芒一般，炫目耀眼，令人嘆為觀止。

「要在短時間內擁有與神明平起平坐的力量，方法只有一個。」

她平舉雙掌，將法印置於兩臂之間，雙臂以極緩的幅度，向兩旁開展。

「這是……」

不照鏡子也知道，此時此刻，我驚訝的表情必定可笑得很。

她張開的臂膀之間，纖細的身軀前方，金燦奪目的玄穹法印懸浮半空，彷彿牽了一條無形絲線，穩穩地在空中左右旋轉。

九降詩櫻的純白制服受奇異的微風拂動，稍稍澎起。

霎時，原先呈現金黃色澤的法印，逐漸轉作銀白，刻於其上那一連串無法辨識的神祕文字，發出皓白炫光，向外四散，照亮整座殿堂。每回遭遇此種神異場合，寄宿右腿的神靈便會發出不安的躁動，唯獨此時，祂安分得宛如沉眠的貓，一點反應也沒有。

驅散黑暗的淨白之光，漸趨穩定。

「此刻，我體內的靈力全在法印裡面。」

九降詩櫻吸了口氣，緊閉雙眼，嘴角微微上揚。

「使用法印之力，將我的靈力汲取出來，保存其內，透過靈術移轉到你身上。擁有靈力後，便與寄宿體內的神明實力相當，得以平起平坐，和平對談。待一切穩定，再將靈力移轉回來即可。」

「那妳呢？」我皺著眉問：「妳怎麼辦？」

「我？」她側過頭，似乎不明白我的意思。

「把靈力移轉給我的這段期間，妳不就變成凡人了？」

「是的。」

「我可不打算受這種大恩。」

「不這麼做，你的靈魂將在近期之內遭神靈吞噬。」

「那也無妨。」我聳聳肩說：「畢竟是自己招惹的惡害，不該將無辜之人牽扯進來。既然知道玄穹法印無法達到最終目的，逗留於此已無意義，我走了，再見。」

隨意揚了揚手，背過身去準備離開。

剎那間，掛在右腕的卡通手錶突然發出嗶嗶聲響，轟雷般劇烈的強力電流，猛襲周身。

「嗚啊啊啊啊——」

全身癱軟，雙膝跪地，手腕承受電擊劇痛，壓倒性地掩蓋了跪倒時的疼痛。那股電流像要急速攀上腦際一般，在上半身飛快流竄，幾乎可以聽見錶帶間嗶哩嗶哩的細小響聲。

萬針輪番扎刺，難以言喻的痛楚沿著筋骨，在體內蔓延流轉。

右腿不再平靜，異樣之力鼓譟不安。

「沈同學！」

九降詩櫻的聲音變得極其遙遠，原本伸手可及的她，此時彷彿立於數公尺外。

右腿襲來一股更為猛烈的劇痛，比玄女宮那回更熱更燙，整條腿不住狂顫，每吋肌肉都在躍動。

勉力睜開雙眼，視野內竟不見一物，猶如置身於純白空間，疑惑不安伴隨劇烈疼痛，撕裂軀體的猛力拉扯逐漸奪取我的意志。

即使近在眼前，九降詩櫻標誌性的烏黑長髮不再清晰可見，喪失聽覺的我不再聽聞搖晃鬢髮鈴鐺時，一如既往的清脆鈴聲。

視線所及的氤氳白漫，轉瞬被一道純粹的無盡幽黑取代。

虎的嘶吼，震耳欲聾。

「快碰法印！」

九降詩櫻的聲音，赫然驅散籠罩視野的深層黑暗。

金黃轉為銀白的玄穹法印，彷彿置於水下，規律旋轉，朝我飄來。

劇烈疼痛由右腿激散，彷彿有頭凶猛野獸正張起血盆大口，撕咬肉身，拔絲一般地拉扯，一條接著一條連番剝取下來。

別無他法，只得遵從她的指示，伸手輕輕接住那個冰冷的環體。

蔓延周身的疼痛始終沒有消失。擠皺五官，擰眉瞪眼，望著九降詩櫻。

不知何時，她的雙臂搭在我的肩上，彼此軀體靠得很近。

兩人距離，近得可以碰上她的鼻頭。

「失禮了。」

狐疑之際，臉頰感覺一絲鼻息，她踮著腳尖，將溫熱的唇覆了上來。

濕潤的觸感從下唇漫開，除了唇邊的柔軟之外，無法集中精神注意周遭事物。法印引起的刺痛與手銶電流觸發的炙熱痛楚，被九降詩櫻突如其來的吻，驅至九霄雲外，煙消雲散。

一如先前以奇異手勢治療我的掌傷，她溫暖的體溫悄悄帶走疼痛，讓一顆緊繃的心歸於平靜。

九降詩櫻微蹙眉宇，緊闔雙眼，唇瓣輕輕打顫，像是用盡全身之力忍耐，刻意加深吸氣幅度，延長吐氣時間，試圖穩住因緊張而混亂的氣息。

她的身軀與我緊緊相依，隔著衣衫，傳遞而至的怦通心跳怎麼也緩不下來。

幾秒之後，她才退開自己的唇。

微啟朱唇，呼出長息的她，垂著頭，撇過臉去。

「九、九降——」

我有一堆疑惑需要解答，嘴卻被她飛快抬起的手掌摀住。

儘管低著頭，依然可見那對鈴鐺旁的耳朵，一片緋紅。

適才來自唇瓣的濕潤暖意，與觸碰法印的刺痛合而為一，清涼的舒適氣息在我體內流竄，源於腿部的壓力瞬間消失殆盡。

腿部不再感覺異狀，問題似乎解決了。我吁了口氣，緩緩放下心中大石。

鏗鏘一聲，原先漂浮半空的玄穹法印，彷彿斷了線般落於堅實的地面。

法印上的銀白之光消失無蹤，恢復成金黃色的初始模樣。

「玄穹法印，果然在妳身上。」

來自背後的尖聲細語，讓我汗毛直豎，全身警戒。

殿堂大門的方向，立著一名纖瘦高大的人。

九降詩櫻雙眼圓睜，直視來者，嘴裡喃喃地說著什麼。

我揉揉眼睛，重新注視那略顯模糊的身影，儘管身形大不相同，仍能清楚辨別其樣貌。

他正是守在門外，被九降詩櫻稱為梁君的瘦高青年。

同樣的面孔，卻有著截然不同的怪異身長，他的頸子，簡直比整條胳膊還長。

原以為自己看見幻覺，連眨幾回眼睛，那道詭譎身影依舊未變。

那名青年的身軀，儼然是條青藍色的大蛇。

第四節　加害者

生著蛇身的妖怪，僅有面孔和雙臂尚可辨別人形。

那對看似與人類無異的壯碩臂膀，覆滿青藍色的蛇鱗。

一尺寬的蛇首，頂著人臉，嘴裡不時吐出腥紅色的蛇信。

九降詩櫻剎那間的詫異神情業已消失，取而代之的是緊皺的眉宇和冰冷的語氣。

「你不是梁君。」她說：「你是什麼東西？」

「我就是十梁君啊。」那條人蛇咧開滿是唾液的駭人大嘴，說：「改點造型就認不得人啦？真是壞心眼啊，詩櫻大小姐。」

我雙手抱胸，哼笑一聲，說：「變得這麼醜，換作你媽也不認得。」

「小鬼，」十梁君的蛇眼瞪向我，令人不舒服的尖細高音直傳耳膜：「不用那麼急著找死，本大爺是來拿寶物的，晚點再陪你玩。」

他倏地捲動身子，直朝玄穹法印而去。

九降詩櫻縱身一躍，奔上前去，拾起法印。

踏穩身子，她舉起右手，掌心向著十梁君，喊道：「律令大神，萬丈藍身。氣衝雲陣，聲震雷霆。手持斧鑽，呼集天兵。擎烈火車，燒鬼滅精……宗風闡布，道化流行。急急如律令。」

她一口氣唸完風馳電掣的語速，快得讓人聽不清楚。猜想是道咒語的我，期待著強大法術自她掌間迸發而出，一如治癒傷口那時，迅雷般快速。

然而，什麼也沒發生。

「大小姐，妳傻啦！」

十梁君揮舞滿是蛇鱗的右臂，輕而易舉地將她揚飛出去。

九降詩櫻低鳴一聲，環抱肩膀減少衝擊，身子重重摔於殿內的儀式器物架，伴隨巨響，砸壞不少物品。

十梁君靈巧地避開紛亂的雜物，蜷在她身旁，伸手拾起掉落的玄穹法印，覷起細長蛇眼，自上而下，俯視睥睨。

「妳才剛把強如神助的靈力奉送給那小鬼，何來破邪之咒可用？又何來驅魔靈術可喚？妳啊，可要好好記住。」他一把掐住九降詩櫻的頸子，高高舉起。「就是這樣的溫柔，害死了妳。」

我衝上前，雙臂緊扣十梁君的腰，右腿猛力一踹。

他朝前方摔飛的瞬間，我將落下的九降詩櫻抱於臂間，確認她安然無恙，才放下人來。

來到人蛇身旁，踏住那令人感到不適的細長身軀。

「十梁君，你啊，可要好好記住，就是這樣的疏忽，害死了你！」

「你這——」

不等他說完，再次踢出右腳。

這回卻沒有奏效，十梁君單用一隻左手，便擋住飽含神靈之力的沉重踢擊。

「死小鬼……」他咬著牙說：「沒人告訴你，交戰的勝敗取決於經驗嗎？」

他手一揚，我整個人順著那股強大力量摔了出去，背部的疼痛，來自落地時撞毀的散亂法器。

青藍蛇首轉瞬來到眼前，雨點般密集的拳頭在堅硬的蛇鱗包覆下，力道宛如巨鎚一般強勁。腹部與臉部不斷承受衝擊，不只腦袋一片空白，連痛覺傳導都慢了半拍。

視線漸趨模糊，忽見一柄長棍襲來，將十梁君擊退。

九降詩櫻將祝舞用的桃紅長棍甩了一圈架於身後，蹲低馬步，左掌朝前，炯炯目光散發出堅忍不拔的強烈意志，獨特的凜然姿態讓人看得目不轉睛。

那雙晶亮眼眸中的堅毅鬥志，為我燈燭般的弱小意志添了火種。

「誰說沒有靈力就無法對付你。」

九降詩櫻臉上掛著一貫的笑顏，不同的是，緊皺的眉宇下，那雙眼眸溢滿了敵意。

「區區一介妖物，是否太過自滿了？」

「有意思，真有意思，太有意思了啊！」

十梁君抹去嘴邊的血痕，細長蛇眼閃動殺意，捲動身子倏地衝來，速度快得令人難以接應。大尾一揚，輕鬆地將我和九降詩櫻相併擊退，才剛站穩腳步，他的下一擊已然出手。

九降詩櫻蹬至我身前，未卜先知似的，用長棍架住對方大咬開來的血盆蛇口。

下一秒，她側轉身軀，雙臂一撐，甩起長棍將他拋開。

「請務必記得！」

她拉住我的袖口，瞄向我的右腿。

「無論如何，不能在此時放神明出來！」正欲開口，她加強揪於袖口的力道，說：「不管發生什麼事，都絕對不能讓神明出來！」

不待回應，她已邁開步伐，向十梁君攻去。

「我還真是被小看了啊！」

十梁君奮力大喊，橫擺長尾，九降詩櫻舉起棍棒抵擋，卻不勝其力，被強大的作用力甩至一旁，背部的重擊使她姣好的臉蛋皺成一團。

我隨手撿起一塊木片，朝著醜陋大蛇後腦扔。

「喂！」

站直身子，來自腹部的痛楚一刺一刺地，擾亂呼吸。

「你這噁心的傢伙，別光找女孩子玩啊！」

雙腿一蹬，我將右腳直直送向十梁君。

他交錯手臂擋下這記踢擊，卻被延伸的強勁力道推開，不斷倒退，幾乎被逼至牆面。

好不容易穩住腳步，他咬著牙，恨恨說道：「傻小子，你想把猛獸引出來嗎？」

「若能將你咬碎，有何不可！」

我收回右腿，再次踢出，這回他再也站不穩了，高大的青藍蛇身難以招架強勁的踢力，摔飛出去，長尾撞碎掛在一旁的桿架，飛灰飄揚的光景猶如嚴冬風雪，與他狼狽的模樣極不相襯。

十梁君撐起身子，抹去嘴邊紅血，昂首笑道：「有趣，真是太有趣了！」

他蜷起細長蛇身，頭顱朝後一仰，偌大蛇首彈石似地撲來，咧開的大嘴之中，皜白獠牙溢出烏黑唾液。

迅雷般的攻勢，閃也不是，防也不是。

倏地，我受到外力衝擊，向旁跌去。

瞪直雙眼望向前方，只見九降詩櫻纖細的左臂幾乎沒入蛇口，純白制服迅速泛出赤紅，向外擴散，左半身轉眼間已佈滿鮮血。

大量血液汩流而出，使我感到頭暈目眩。

「九降詩櫻，妳……」

「沒事吧」三個字硬生生嚥了回去。

我的嘴唇彷彿瞬間凍結，脫離大腦意志，無法控制地狂顫。

九降詩櫻直勾勾的雙眸頓時失了光采，溫婉卻堅毅的炯炯目光正逐漸消逝。

蛇口咧開，她的身子向旁橫倒，黑色髮絲散入血泊，白皙的右頰浸於血紅汪洋，動也不動。

我奔上前，那副軀體輕得像個孩子，紙片一般，輕如鴻毛。

她美麗卻失去光澤的眸子，凝望著我，嘴裡低喃道：「太好了，你沒受傷……」

「妳在做什麼傻事啊！」

她瞇起的眼，好似一弧弦月。

「不要緊的，沈同學，請別擔心……」

霎時，我的雙腿失去力氣，膝蓋重重撞上凹凸不平的石舖地，再也站不穩腳。

膝頭不疼，疼的是心，甚或比心更為深層的位置。

她的身影、她的話語、她的笑容，與腦海中那段痛苦的記憶重疊，擊碎我殘破心靈最後的防線。

──『哥，請別擔心……』

開什麼玩笑。

「妳們這些傢伙……」

我的上排牙齒緊咬下唇，滲出的溫熱液體，沿著下顎流淌。

「一個比一個更會逼人還命債啊──！」

我淒厲的狂吼幾乎將自己的雙耳震聾。

右腿感到一股湧泉般的涼意，自足底攀升，於腿間循環流動。胸中緩緩傳導一絲炙熱滾燙的暖意，佈滿周身，讓人想起九降詩櫻為我治癒時的奇妙感受。

熱流向下奔竄，與右腳蔓延的冰冷之感融為一體。

相互交融的冷熱之息化為宜人暖流，自右腿逸出，直竄出去。

剎那間，震天獸吼響徹雲霄，虎的吼聲，撼動燭光閃爍的殿堂，地板猛震，柱頂的燭座搖晃不已。

壯碩的漆黑老虎脫離束縛，挺起勃發英姿，氣宇軒昂地立於殿堂中央。與兩年前相同的巨大身形，強壯勇健的烏黑虎軀，白色紋路顯得格外突出，頸邊的金黃環圈，光芒閃爍，耀眼奪目。

傲視一切的黑虎，直盯著十梁君錯愕而不住吐信的蛇首。

他滿臉驚愕，瞪直了眼直瞅向我，喊道：「這怎麼可能！區區一介凡人，哪來這等力量。這才不是猛獸，這分明是——怎麼可能有人能將黑虎將軍降伏於體內……」

黑虎猛然躍起身子，向前撲去。

十梁君側身閃避，巨大的虎爪仍在他佈滿鱗片的蛇軀留下一道深可見肉的偌大傷痕。絲毫不給對方站穩的機會，黑虎一擊又一擊的攻勢完全壓制對方，絲毫不給予喘息的時間。

「嗚……」

「九降詩櫻！」我直奔上前，緊緊環抱住她。「我馬上找人來，妳再撐一會兒——」

「阻止祂，快阻止虎將軍……」她不住顫抖的手揪住我的袖口。

「放心，祂很快就會解決那條蛇的。」

「不行……」

她加強指尖力道，袖口的皺褶隨之加深。

黑虎已將十梁君逼至牆角，再怎麼堅硬的蛇鱗，也無法撐過虎爪的接連出擊，壓倒性的強烈攻勢將他鎮得毫無反抗餘地。

虎將軍接連數次的暴戾狂吼，威震八方的巨響簡直要將殿堂脆弱的木造屋頂掀翻。

突然意識到，此時的黑虎將軍已經不受控制，儼然化作摧毀一切的狂暴災厄。

「倘若神明失控，」九降詩櫻說：「絕對比任何妖物都還危險，不能繼續放任下去。」

「那我該怎麼做？」

「控制祂。」

「我沒辦法控制他。以前不行，現在也不行。」

她搖搖頭，覷起雙眼，費了許多力氣，揚起嘴角，柔聲說：

「不要緊的，我相信你。所以……請你也相信自己。」

截至此時，已有兩個女孩被我牽連得瀕臨死亡，這要我如何相信自己。

一股溫熱的暖意，覆於臉頰。九降詩櫻沾了鮮血的右掌，輕輕貼上我的左頰，她瞇起眼，柔媚地笑。

「我相信你。」

還來不及開口，她的臂膀有如斷了線的木偶，垂落於地。

心頭彷彿遭受長矛刺穿，理智崩裂的清脆聲響迴盪耳內，使我的太陽穴脹痛不已。

九降詩櫻闔上雙眼的形影，與兩年前的痛苦記憶完美重合，現實與虛幻不斷重疊交錯，失去一切的脫離之感，凌駕自我意志。

想要尖叫，唇瓣卻緊緊閉合；想要嘶吼，卻怎麼也發不出聲。

黑虎彷彿感知我內心激烈的波瀾狂潮，攻勢更為猛烈，行動更加殘暴。

每次揮爪，都像張開大口啃噬我的靈魂，除了坦然接受己身意識正在逝去之外，一點辦法也沒有。

啪的一聲，頰邊炙熱的痛楚，讓我剎時回神。

邱琴織的炯炯雙眸，憤怒得像要迸出烈火，懸在半空的右掌不住顫抖。

這記巴掌，中斷了放任意識脫離的鴕鳥心態，同時使我重新回歸這個令人亟欲逃避的殘酷現實。

她的掌摑不止影響我，同時撼動與我意志相連的黑虎將軍。

黑虎的動作有如視覺斷片，完全靜止。僅此一秒，十梁君躍起狼狽的身軀，大口一張。

蛇牙深深陷入帶著白紋的烏黑軀體，雖未見到虎軀淌血，震天虎嘯卻已入耳。

我全身癱軟，側倒在地，連一根指頭都抬不起來。令人作嘔的人蛇，牙尖恐怕帶有麻痺神經的劇毒，只見黑虎渾身震顫，應聲而倒。毒素不只束縛黑虎，同時麻痺身為宿主的我。

邱琴織瞪向十梁君，自懷中取出幾張寫有異體字的黑色咒符。

十梁君遲疑半晌，吐出一口鮮血，甩甩頭，飛也似地翻過高牆，躍出大殿。我想，他不是懼怕邱琴織的力量，而是先前的戰鬥傷得太重，此刻已無力再戰。

邱琴織吁了口氣，調勻氣息，從旁端來一杯飄散濃郁青草香的藥湯，走向九降詩櫻。

發自內心希望她能平安無事。儘管不信任神，此刻的我，仍在心底暗自祈禱。

巨大的黑虎躺在地面喘息，實體身形隨著時間流逝越來越淡，不一會兒便消失無蹤。

腿上冰涼的異樣之感，揭示神明已然歸位的清晰事實。

回到我的體內，一如既往，毫無改變。

眼前一黑，意識驀然墮入深淵。

※　※　※

「哥哥！」

儘管聽見呼喊，我仍緊摟棉被，文風不動。

再讓我睡一會兒。

「哥——」

再一分鐘，不，三十秒就好了。

「哥！」

「咕喔！」

腹部不堪忍受突如其來的強力重壓，我胃裡的殘餘物體險些一吐而出。

睜開雙眼，心柔小巧可愛的臉蛋，近得像要撞上來一般。她跨坐在我肚子上，纖瘦的腿夾住我的腰側。

見我睜眼，她拉直身子，絲毫沒有放棄重壓的跡象。

「痛、痛死了……快給我起來。」

「哥不醒來，小柔就不起來。」手抱胸前的她，噘著嘴說。

「好吧，是妳逼我的。」

伸出雙手食指，分別自兩側夾擊，朝她側腹連刺幾下。

「呀啊！」

心柔像隻觸電的貓咪飛快彈開，鼓起腮幫子，狠狠地白了我一眼。

「搔癢攻擊是犯規！」

「兵貴神速。」

揉揉眼睛，我打了個呵欠，伸伸懶腰。

心柔低聲咕噥幾句，嘟著嘴，一如往常，乖巧地摺起棉被。

脫下睡衣，披上放在枕邊的制服——當然，是心柔幫我準備的。

著裝完畢，輕拍她的頭，我說：「心柔不在的話，我大概每天都會遲到吧。」

「哥實在太沒用了。」

嘴上這麼說，心柔的雙頰卻紅撲撲的，略顯羞澀。我使勁搓弄她的頭頂，故意把頭髮弄得一團亂。

「沒辦法，妹妹太可靠，做哥哥的懶散一點也很正常。」

「不要弄我的頭髮啦——」

心柔經不住我的捉弄，揮舞雙手，跺著腳，生氣的模樣逗趣極了。

只有兩人居住的房舍顯得格外空虛，苦中作樂的我們，卻一點也不感到寂寞。失去母親之後，父親埋首於工作，兄妹倆相依過日子，這種畸形的生活逐漸成為沈家的日常。

心柔負責料理、洗衣和環境清潔，晾衣、洗碗和丟垃圾等簡易勞務，則由我一手包辦。

三口併作兩口，胡亂吃完她所準備的早餐。

「我出門囉！」

必須參加球隊晨練的我，總是早她一步出門。

還在整理碗盤的心柔小跑幾步，趕上來攔住我。

「哥，今晚想吃什麼？」

「方便就好。」再次弄亂她的頭髮，我笑著說：「就為了問這個，手也不擦，把水灑得到處都是。」

她小貓似地甩動小巧腦袋，清秀的臉龐浮上一抹紅暈。

注意到我掛在書包側邊的草莓吊飾，她目光爍爍，輕聲說：「哥還帶著那個啊……好害羞哦。」

「有什麼好害羞的。」我戳了戳她的鼻頭，「這是我最可愛的妹妹親手做的生日禮物呢。」

心柔脹得緋紅的鵝蛋臉，像顆準備爆炸的氣球，雙手不斷捶打過來。

原以為這樣的生活會持續到二十歲。

——原以為。

那天，不過是日曆上極平凡的一頁。

帶領球隊練完最後一輪，背後汗涔涔的，與隊友們隨意打聲招呼便踏上歸途。一小時內完成五十次三角度射門，大腿似乎還不習慣這樣的強度，或許應該重新調整訓練內容。

升上國二之後，十一月的全國中學生足球聯賽，便近在眼前。

那是我加入球隊後，第一次的全國性比賽，為了將來著想，不加把勁可不行。

小我一歲的心柔今年也升上國中，她的舉止比我成熟多了，鄰居阿姨們總稱她為「小媽媽」。對此，心柔總是羞答答地靦靦回應，似乎頗能接受。

加入球隊的我比過去更依賴她，心柔也努力回應我的倚賴，在看不見的地方默默付出。

「我回來囉！」

將鞋子扔進老舊的木製鞋櫃，一反常態，沒聽見任何回覆。

「心柔，我回來囉！」

依然沒有回應。

輕踩門口擺放的粉紅踏墊，將襪腳棉絮留在上頭。換作往常，心柔總會在我打招呼的同時，笑吟吟地迎接，彷彿期待我的歸來一般，滿心喜悅，毫不掩飾。

我喜歡她的笑容，純真自然的微笑。

失去母親後，我希望每天都能看見心柔的笑靨；她嘴角的弧度，與記憶中的母親一模一樣。

我比誰都需要心柔的笑臉。

今天家裡，格外寂靜。

「心柔，妳在家嗎？」

隨手將書包扔上沙發，扯動矮櫃上的古董桌燈拉線，客廳登時明亮起來。一組茶具，褐色茶壺與烏黑陶瓷杯，靜靜擺在父親最愛的那張橘黃波斯地毯上。

心柔嬌小的身軀橫臥在側，指尖與杯緣相接，宛如一幅典雅的油畫。

「心柔，在這裡睡覺會感冒哦。」

輕握她骨架纖細的胳膊，正欲順勢抱起，驀地心頭一驚。

她的肌膚，冷得像冰。

「心柔？」

我使勁搖晃肩頭，她卻毫無反應，連忙將指尖湊近她冰涼的鼻頭，所幸尚能探出一絲微弱的氣息。

隨即輕按她白皙的頸側……

沒有脈搏。

寧靜的脈搏，意味著血液停止循環輸送，也意味著心柔無法獨力撐過接下來的幾分鐘。

勾住頸子，抬起雙腿，抱起她癱軟的身軀，輕輕放上象牙色的沙發，操作腕環機，撥打一一九。

儘管力持鎮靜，我相信接線人員仍能察覺語氣隱含的緊張與恐懼。

他們說，救護車很快就會到。多快？來得及嗎？
切斷通訊，身後忽然傳來細小的聲響。我轉過身，不禁瞪大雙眼。
心柔直挺挺地站著，立於客廳中央，空洞無神的雙眸，直勾勾地朝我凝睇。
她的瞳孔，由黑轉褐，變了顏色。
「心柔，妳嚇死哥了。」
聽見我的話語，她側著頭，似乎不明白其中意涵。
正想靠近，她突然雙腿一蹬，猛力撞擊我的腹部。
「咕嗚……」
劇烈突擊讓我不禁踉蹌，腹部的沉重疼痛襲上背脊。
心柔垂首睨視因痛楚而跪倒在地的我，臉色漠然，不發一語，轉身離去。
那不是心柔，而是其他「東西」。
我撐起身子，追上前去。
「嘎呀！」
她嘴裡發出怪叫，雙手朝我猛抓，突如其來的攻擊迫使我護住臉部，雙臂留下數道傷痕。
心柔手腳並用，宛如野獸邁步，朝中平路方向直奔而去。無暇擦拭臉上血跡，我甩開門緊追後頭。
她熟諳地穿梭大街，面對複雜小巷也毫不遲疑，左彎右拐，自在而行。足球隊的密集訓練，讓我的基礎體力顯著提升，卻始終追不上她迅如脫兔的腳程。
鑽入新泰國中旁的小徑，心柔一股腦兒地猛衝，在巷弄盡頭轉了大彎，進入名為福泰宮的福德正神廟。
這間土地公廟地處偏狹，我一次也沒來過。小小的拜殿前方，天公爐裡只有一柱比線香粗了五倍的貢香。福德宮除了主神拜殿和金爐之外，沒有其他建物，與之相連的是里民活動中心和緊鄰新泰國中的小型休憩公園。

空蕩蕩的公園裡，只有佇立不動的心柔，和氣喘吁吁的我。

「心柔！」我大口喘氣。「妳是怎麼了？」

不理會我的呼喊，她專注探尋某物，在魚池旁的草叢打轉。

霎時，一個嬌小的褐髮女孩跳了出來。

心柔彷彿望見獵物的猛獸，低吼一聲猛撲上前，直朝小女孩的肩膀張口。

我衝上前，一把拉開心柔，她的嘴邊雖有些許血絲，似乎並未咬下女孩的嬌嫩肉體。心柔的力氣出奇得大，使勁抱緊她的上腹，卻絲毫無法阻止強悍且狂暴的躁動。

換作以往，我能毫不費力將她抱離地面；現在，不出幾秒便已精疲力竭。

心柔抬起右腿踢上我的膝蓋，猛烈衝擊讓我一時站不直身，向後摔倒，後腦碰撞堅硬的水泥地，眼前一黑，意識險些消散。擺脫我的束縛，心柔奮力追逐四處逃竄的女孩。那名女孩倏地消失眼前，以為她終於逃出心柔的手掌心，卻赫然發現，她已化為倉鼠，靈活地狂奔。

視線越來越模糊，倒地時的衝撞可能傷及頭部，猛襲右膝的那記踢擊或許折斷了我的腿骨。心柔被詭譎的力量支配，奇異的行徑讓我感到無能為力。

「心柔，妳到底怎麼了……」

觸目所及，是貼近地面的小香爐。比起天公爐，這座迷你香爐裡連貢香都沒有，幾支燃燒完畢的紅色香腳，寂寥佇立。香爐後方，一座頸上掛著金環的黑色虎神，雙目炯炯，昂首蹲踞。

小小的虎像，此時令我感覺無比高大。

神的力量也好，魔的力量也罷，只要能夠拯救心柔，我什麼都肯做，什麼都能犧牲。

名為家庭的概念破碎之後，心柔是我唯一的依靠，我的生命，唯有在她的體貼照料下，方能閃耀。

神明，請幫助我。

請救救我唯一的妹妹。

闔上雙眼，眼眶裡溫熱的濕潤化作淚水，一湧而出。

思前想後，心柔倒臥家中，必是因我平日太過依賴，使她積勞成疾。是我，害她變成這個樣子。咬緊下唇，斗大的淚珠滾落頰側，我無助地向萬靈眾神祈禱。

剎那間，因骨折而疼痛不已的右腳，感到一股難以言喻的沁涼。涼意沿著腿骨攀爬，不一會兒便四散漫開，原本火燒般的灼熱痛楚，好似浸泡泉水一般舒坦。短褲下的右大腿，冷不防多出數枚弦月形的黑紋，像極了虎背紋路，雖不平整，卻散發出狂野的強烈氣場。

撐起雙手，驚覺腿部的痛楚業已消失，四肢比以往更為靈活。

一個箭步，朝失控的心柔直衝而去。注意到我，她回過身打算迎擊。那一刻，右腿紋路猛然襲上錐心劇痛。伴隨這股疼痛，巨大的黑色老虎飛奔而出，自我腿部一躍，直撲上前。

原以為黑虎的猛爪會傷害心柔，不料銳利虎爪竟從她體內揪出一隻銀白色的四尾狐。銀白狐狸轉眼化作人形，姣好的女人面孔、毛茸茸的光滑胴體、奇異的獸形狐耳，格外醒目。

全身赤裸的銀狐女子，被黑虎的利爪刺穿，攫於半空，無法動彈。

心柔像個斷線人偶，全身無力，向後傾倒，我飛快邁出步伐，一把將其扶住。

「哥……？」

聽見這聲叫喚，我的眼眶泛起一股炙熱。

「心柔，妳沒事了？」
「哥……我好痛苦……」
此時，黑虎揮落巨爪，被縛住的銀狐毫無閃避可能，只能眼睜睜看著虎爪劃破自己的胴體。
鮮血灑於半空，宛如湧泉水沫，令人驚詫。
「哥，」心柔的嘴角微微上揚。「請別擔心……」
「心柔，我馬上帶妳去醫院——」
下一秒，心柔全身僵直，雙目圓睜，微啟的唇瓣不住打顫。
與此同時，黑虎爪下的銀狐悲鳴一聲，肉身形體緩慢淡去，宛如氣體蒸發一般消失無蹤。黑虎大口一張，嚥下即將消散的狐狸女子，如同獵食，吞得一乾二淨。
銀狐形體毀滅之時，心柔的靈魂也同時崩解。渾身無力的她，在我懷中陷入恆長的昏迷。
「心柔？」
眼眶一陣濕熱，無法遏止滾滾淌出的潸潸淚水。
黑虎的身影早已消失，自那時起，我的右腿多了幾道細小的半月紋。頃刻明白，那頭猛獸此刻已在我的體內。
瞪視神桌下方的黑虎將軍，咬緊牙關，咒罵無數骯髒的語句。
大腳一踢，將那虎像踹得老遠，翻滾幾圈，碎成兩半。
總有一天，我要殺了祂。
我要殺掉這該死的神明。

※　※　※

──『不要緊的，沈同學，請別擔心……』

猛然驚醒，感覺額前一陣冰涼，伸手觸摸，原來滲了層冷汗。

環顧四周，不見那大幅毀壞的殿堂景色，取而代之的是古色古香的中式臥房。繪有白虎與麒麟的華麗屏風，分隔其間，一張小木圓桌置於床緣，九降詩櫻憔悴的身影端坐在旁。

她左後方，邱琴織皺緊眉頭，滿面憂愁。

「啊！」注意到我的九降詩櫻圓睜雙眼，說：「你終於醒來了。」

我甩甩頭，發現腦袋彷彿塞了鉛塊，沉重得險要壓斷頸子。

邱琴織冰冷的雙眸投射過來，說：「沈雁翔，你怎麼不乾脆死一死算了？」

「琴織！」九降詩櫻低聲喝斥，轉而對我說道：「身體好多了嗎？」

抬起臂膀，發現上頭仍有諸多挫傷和淤血，不過似乎沒什麼大礙。

「妳呢？」我望著她說：「妳傷得比較重吧？」

「還不是為了某人。」邱琴織冷冷地說。

九降詩櫻皺起眉頭，無聲譴責，邱琴織哼了一聲，撇過頭去。

「請放心，琴織為我準備了藥湯，身子已經好很多了。」

「那真是太好了。」

「好個頭！」邱琴織突然發出怒吼：「你這混蛋，什麼也不懂！你害死了師姐啊！師姐身上──」

「琴織！」九降詩櫻皺著眉說：「再說下去，我就要趕人了！」

「師姐，妳為什麼要袒護他？」
邱琴織咬著牙，悲鳴似地沉吟低吼，九降詩櫻則靜默不語，沒有回應。
邱琴織猛站起身，踏著刻意加強力道的步伐，甩門離去。
房內頓時陷入一片寧靜。
不知過了多久，九降詩櫻才悠悠開口。
「玄穹法印，終究是被搶走了。」
「失去法印，我有辦法將靈力還給妳嗎？」
見她搖頭，我嘆了口氣。
「那頭黑色老虎，是因為我得到靈力才跑出來的嗎？」
「是的。對寄宿的神靈而言，宿主靈力就像電池，充飽了，神靈便能發揮更強的力量，也能短暫脫離宿主，獨立活動。然而，倘若沒有互信，彼此的不信任感將會成為負面牽制，不僅無法抑制行動，太過自由的神靈，更可能基於自主意志，趁勢吞噬宿主。」
「那不就什麼也沒改變？」
「有呀，怎麼會沒有變。」九降詩櫻嫣然一笑，「原來的狀況下，你只有遭到吞噬一途，沒有其他活路。此刻，有了我的靈力，便能嘗試與倨傲的黑虎將軍溝通。當然，這得考驗你們之間的信任程度，以及依賴程度。」
「信任程度？零吧！」
「別這樣說嘛。」
我可一點也不信任這頭害了心柔，還賴著不走的混蛋老虎。

「算了。」我搖搖頭說：「我得另尋他法，趁一切平安時確實驅離這隻老虎。」

「為什麼？」

「首先，我不打算和那頭野獸和解；其次，我也不想倚賴任何奇異之力。可能的話，我想回歸平凡世界，當個凡人，過普通的生活。雖然對不起妳，但我不會因此改變想法。我啊，只希望這隻老虎滾出去，滾得越遠越好。」

她眨了眨眼，低眉沉思，花費不少時間才撐起一貫的溫柔笑靨。

九降詩櫻的神色變得有些黯淡，隱約感覺她的笑容蒙上一層陰影，欲言又止，極其悲傷。

強裝出來的嫻雅笑容，在我心上烙出疙瘩，有如深山迷霧，亦如難解謎團，終未消散。

步出私房，獨自一人走上御儀宮的石道。

叮鈴一聲，足下傳來清脆鈴音，低頭檢視，原來是九降詩櫻鬢髮上的紅緞鈴鐺。彎腰拾起，打算折返交還，卻提不起勇氣。

五味雜陳的情緒，讓我不敢迎上九降詩櫻的溫婉雙眸。

法印，人蛇，黑虎；惡鬥，鮮血，昏厥。

接連發生數件奇事，讓人腦袋昏沉，暈厥目眩。搖搖頭，決定另找時機，交還鈴鐺。

跨出三川殿，看見站在山門下的邱琴織。原想默不作聲地離開，她卻跨出步伐擋住我的去路。

「沈雁翔，詩櫻師姐說了些什麼？」

「沒什麼。」

她的眉尖挑動一下，灼灼雙目直瞪向我，說：「師姐有讓你看肩上的黑紋嗎？」

「黑紋？」

「詩櫻師姐中了黑蛇咒。」邱琴織使勁揪住我的領口，「你不知道，對吧？師姐太過溫柔，不願讓你擔心，不想讓你知道那口蛇牙裡藏了什麼致命詛咒！」

「蛇牙？」我皺起眉頭說：「我也有被咬啊，但——」

「所以才說你這混蛋什麼也不懂啊！」

「我就是不懂啊！有本事妳說清楚嘛！」

邱琴織的手揪得更緊，雙眼噴火似地兇惡嚴厲。

「詩櫻師姐，具備極其罕見的先天特質，蘊含最強、最純淨也最豐沛的靈力，是前無古人、後無來者，世所公認的最強靈巫。擁有這份靈力的你，那種程度的詛咒當然能自然解消啊！師姐被咬時只是凡人之身，何來抵禦之力！要不是你……要不是你這傢伙，師姐怎可能被這種蛇咒纏上！」

心中升起一股強烈的不安。

「那個詛咒……」我的聲音變得微弱，「會死嗎？」

「死？死是便宜了呢！」邱琴織犀利的目光，冰冷得像隨時能凍起空氣。她說：「黑蛇咒一旦佈滿周身，師姐會被大蛇的靈體吞噬，成為毫無意識的宿主，行屍走肉般地苟活於世！」

我嚥下唾沫，直勾勾地望著她，呆滯神情恐怕可笑至極。

霎時，一記沉重的巴掌，搧得我跌坐在地。

邱琴織冷峻的面容，自上而下俯視著我，那雙充滿壓迫感的灼灼大眼，飽含無法止息的狂烈怒火。

她的聲音，有如鋒利箭矢，刺穿我空洞的身軀。

「你的存在，對誰來說都是傷害！」

第五節　新的觀點

昨日，在御儀宮發生了太多事，根本不知道自己怎麼回家的。

腳是個神奇的身體部位，就算腦子放空，也總能認得回家的路。與之相比，大腦的意識就沒這麼輕鬆，混沌念頭，始終揮之不去。

抬起重得像灌了鐵漿的頭顱，茫然地倚著床頭。

一如往常，父親並未回家。

失去母親之後，他通常半年才回來一趟；失去心柔之後，至今還沒見過他一面。

彼此不在乎的家人，沒有積極維繫的必要。

伸了懶腰，隱約聽見肩胛骨傳來的格格聲響。昨晚，翻來覆去，輾轉難眠數個小時。好不容易沉沉入睡，卻夢見過往的痛苦景象，著實悲慘。

隨意盥洗，盯著空無一人的廚房，搖頭甩開多餘的回憶。毫無歸屬感的空間，像個為我準備的墳墓。

闔上家門，將身後的寒意捲回屋內，迎面拂來和煦的清風。

「翔哥哥！」

小倉佇立門外，嬌小的身形下，短短的影子宛如西洋棋的兵卒，形體分明。她的人形姿態沒有想像中方便，無法一併轉換衣物，因此必須經常添購，以免像個沒衣服換的可憐小孩。

雖說如此，平時睡在公園的女孩，也夠可憐的了。

「翔哥哥昨天沒來餵我咪……」

「啊。」昨天腦袋空空地回了家，完全忘記她的存在。「抱歉，我碰上一些麻煩事——別哭喪著臉嘛，現在就帶妳去吃點好料！」

「咪！真的嗎？」

小倉瞬間恢復元氣，一掃原有的黯淡陰霾。

偷偷確認口袋裡的錢包，鼓鼓的，應該夠吃一頓大餐。突然蹺課著實不妥，但我的確需要一點時間，整理混亂的思緒。再者，我也不願見到那位強顏歡笑，溫柔得令人揪心的女孩。

「小倉想吃西堤！」

「西餐廳早上都不會開，換別的吧。」

「那就……鼎泰豐？」

這小妮子到底哪來這些大餐名單……

我雙手合十，垂首說道：「小倉大小姐，請您行行好，想個早上有營業且價格不會逼死我的餐廳。」

「咦——」她鼓起雙腮，「翔哥哥大窮鬼——！」

「小聲點啦！」

她的尖聲呼喊引來周圍上班族和學生的側目，這副光景，絕對像個欺負妹妹的王八哥哥，惹得我雙頰發燙。小倉雙手插腰，腮幫子高高鼓起。

「那我要吃很貴很貴的西式早餐！」

「一定要很貴就是了……」我搔搔頭說：「那妳帶路吧。」

才剛踏步，小倉突然拉住我的衣角。
「翔哥哥，那個人有點奇怪。」
不遠處，一位雙眼無神的西裝男子呆立於人行道中央，動也不動。
按理說，正常的人行道可供三位行人並行，臺灣卻常出現電線杆立於中央、電箱建於旁側、汽機車停放擋道等情事，往往只容一人通過。此處，副都心鄰近富貴路一帶，正是如此。
男子擋住了唯一可供通行的狹窄空間。
「讓一讓好嗎？」、「別站在那邊啊。」、「搞什麼啊！」
路上行人的咒罵譴責，此起彼落。
人行道外的車速很快，不是能夠隨便繞上道路的安全地帶。儘管如此，男子依然無視一切，不動如山。他空洞的雙眼直盯前方，該處空無一物，彷彿盯著空氣發愣。
某位學生搭住西裝男子的肩，正欲開口，男子卻猛地扭轉手臂。
下一秒，搭肩的學生飛越馬路，摔向道路的另一端。
我與小倉所在的這一端。
「喂喂，你沒事吧？」
路上行人被這驚悚的一幕嚇傻，引起一陣騷動。我輕搖那名學生的肩，全無反應，應是撞暈了。
「過、過來了！」小倉抓著我的衣角大喊。
西裝男子歪斜頭顱，咧開嘴巴，空洞得好似失去靈魂的混濁雙眼，閃出一絲瘋狂。
他的肩後冒出細長黑煙，或許只是錯覺，累積的經驗使我直覺認定他不是人類，至少不是單純的人類。
他肩上的煙霧一閃而動。

「翔哥哥，小心！」

小倉一把將我推倒，強勁的破風響聲劃過頭頂，黑色的線狀殘影凌空而至。

細長曲起的形態，像極了蛇。

西裝男子依舊面如失神，肩上黑煙團團纏繞，宛如黑蛇盤踞，蓄勢待發。虛空蛇形，捉摸不易。右腿毫無動靜，吃閒飯的老虎似乎打算冷眼旁觀，無妨，我也不想使用那股力量，那種只會害人的野蠻力量。要我倚靠詭譎之力，不如痛快一死。

「小倉，後退！」

一把將她推開，左腳立穩，我朝男子奔去。

趁那虛蛇未能反應，右拳已然出手，一道黑煙頃刻纏上男人腹部，擋下拳擊。

椎心刺骨的劇烈痛楚衝上指節，讓我整條臂膀都麻了，蛇形煙霧的堅硬程度，堪比昨日的十粱君青藍蛇軀。忍住疼痛，揚起右腿。踢擊一向是我自豪的攻勢，經過足球隊的長年鍛鍊，強而有力的腿部總能發揮意料之外的潛能；加以黑虎寄宿，一旦出腳，無論直踢、側踢或迴旋踢，常能一發擊倒目標。

脛骨即將擊上他的腰腹，強勁的黑霧迅速築起一道薄牆，將我推了出去。

單靠左腳立地的我，轉眼間摔飛數公尺遠。連右腳都行不通，可就無法招架了。

得到靈力後，黑虎的寄宿變得相當自由，不再居於右腿一處，往常慣用的消極虎威再也派不上用場。

西裝男子緩步走來，肩上黑煙越加濃厚，幾乎能夠清晰辨識詭譎的蛇身與蛇鱗。

失去黑虎之力，正面攻擊將招致毀滅，赫然發現自己始終依賴這股詭譎之力，倚靠這頭凶猛神靈。

開什麼玩笑。

咬緊牙關朝前猛撲，試圖攻其不備。

耳裡聽見西裝男子受到撞擊時發出的悶聲，他僅駭住一瞬，影霧黑蛇倏地席捲而來，如同捕捉獵物般飛快蜷曲，將我團團纏繞，緊緊束縛。

黑虎仍然沒有出手的打算。

我的骨骼被強力壓迫擠得喀哩作響，臂膀關節疼得險些昏厥。儘管厭惡黑虎之力，卻無法否認其應付異常事件時，強而有力的壓倒性助益。

兩道清脆聲響，擊碎寧靜，劃破天際。

束縛我的黑蛇靈軀穿出兩道開口，那是個比五元硬幣小，有如窺視孔般的平整圓洞。

黑蛇的煙霧立即重塑，建構過程似乎無法迅速反擊。

「不愧是阿米巴蟲，一大早就跟噁心的東西打得火熱。」

藍色的髮絲在風中徐徐飄動，烈日豔陽將白皙如雪的肌膚照得光滑透亮，彷彿灑了亮片細粉，倒映曙光，耀眼奪目。

李輕雲雙手各持一把銀製槍身、木製槍柄的精緻手槍，英姿颯爽，昂首挺立。

她穿著海藍色連身旗袍，布面繡了朵朵白花，裙襬雙邊開起高衩，幾乎將整條纖細的大腿袒露在外，肌膚彷彿打上一層薄蠟，細緻光滑。她的右大腿綁了條黑色腿帶，上頭掛有兩副皮製槍套。

「你躺在地上幹嘛？」朝我投來不懷好意的斜目，她咧嘴一笑說：「該不會想偷看我的內褲吧？」

「誰想看啊！」

那件貼身旗袍的超高腿衩，就算不特別看，也是一覽無遺。

原以為裙底也是藍色的。

「你瞄了一眼吧？」她露齒一笑，覷起眼說：「喂喂，瞄了對吧？」

「少、少囉嗦！」雙頰轉瞬燃起一片炙熱，我說：「妳那兩把奇怪的手槍是哪來的？」

她冷不防踹了我一腳。

「你這阿米巴蟲懂個毛！」

「痛死了……」

「無知的賤民，瞻仰吧，這把神聖、美麗、偉大的神槍——毛瑟C96Red9！」見我一臉迷惘，她挑起眉宇，說：「現在的年輕人真是一點文化底蘊也沒有，愚蠢程度堪比毛首線蟲。連經典的毛瑟C96Red9都不認得，宛如不認得神，還談什麼信仰，真可笑。」

交談之餘，西裝男子肩頭的蛇影突然朝她撲去。

數聲破風清響，雙槍的子彈再次將黑蛇身軀打得坑洞滿布，儘管無法消滅不斷重塑的蛇形，卻能有效牽制那迅雷般的動作。

這個藍髮傢伙，意外地強悍。

「阿米巴蟲，小心左手。」

黑蛇驀地撲了上來，我閃身迴避，後退幾步。

李輕雲開了幾槍，退到我身邊，說：「看來事態正如我所預料。」

「變好？」

「變差。」

她瞄向我的右腳，皺起眉頭，咂咂嘴。

「到頭來什麼也沒變，還以為親自介入能得到不一樣的結果……」

「這是什麼意思？」

「無論怎麼做，老虎和靈力都留在你體內。」

她知道昨天的事？

李輕雲聳聳肩，隨意朝黑蛇砰砰砰地連開數槍，百無聊賴地撥撥頭髮，轉身離開。

黑煙塑成的蛇影就算受到連番槍擊，仍能在數秒內重新復原，活像神話裡殺不死的九頭蛇。

牽起躲在電線杆後的小倉，正猶豫該往哪逃，李輕雲吹了聲口哨，勾起食指。

儘管百般不願意，卻也只能硬著頭皮跟上前去。在她的引領下，繞過數個彎道，穿越數條小巷，才順利甩開那個詭異的蛇影男子。

「翔哥哥，那個漂亮姐姐是誰咪？」

小倉似乎很中意李輕雲那俏麗清秀的外型。

「別被外表騙了，總有一天，妳會看見這傢伙內心的黑暗面。」我湊到她耳邊，壓低聲音說：「她啊，就是個混蛋——」

胸口突來的猛烈劇痛，害我一時說不出話。

李輕雲手中那把怪形怪狀的手槍正冒著煙。

「管好嘴巴，阿米巴蟲。」

胸口並未穿孔，卻痛得令人難耐。我想那大概是空氣槍、模擬槍或橡膠槍之類的鎮暴武器。

「別亂開槍啊，哪天換成真槍時怎麼辦！」

「照樣開槍。」

「妳這傢伙……」

摀著胸口，跟著李輕雲繞過鬧區，轉入尚待建設的雜草空地。

新莊副都心留有很多尚未出售的土地，這些空地多半以綠色鐵皮包圍起來，宣示地權。李輕雲似乎相當熟悉周遭路徑，穿街走巷，不一會兒便回到鬧區邊緣的中平路底。

「妳到底打算去哪？」

「吃飯。」她瞟了我一眼，堆起笑顏轉向小倉說：「這位可愛的小姑娘也餓了吧？」

對她突如其來的親近，小倉眨了眨眼，噘起唇瓣。

這才想起自己同樣沒吃早餐，肚子餓得咕嚕咕嚕叫。

李輕雲踏著輕快的腳步，甚至哼起歌，完全不在乎我們是正被追趕的一方。

穿過櫛比鱗次的住宅，轉入某個被住宅包圍的公用停車場，因為裝了全自動設備而無警衛。附近有幾張任意棄置的桌椅，被人當作公物使用。

她拖來三張椅子，使勁朝桌面吹氣，將塵埃大致拂落。

「我去買，妳們乖乖在這等。」

她的語氣，不容辯駁。踏出停車場沒多久，她突然回頭問道：「甜的，還是鹹的？」

小倉眨了眨眼，說：「甜的。」

「呃……」我聳了聳肩，「隨便。」

「隨你個毛！二選一的問題也答不出來嗎，死阿米巴蟲！」

給她自由決定還不滿意，真是執拗的傢伙。

「鹹的啦，鹹的。」

「哼，乖乖回答不就好了。」

李輕雲哼了一聲，晃著那頭醒目的藍色頭髮，悠然遠去。

上午八點整，校園熟悉的鐘響自遠處傳來。

不知九降詩櫻是否一如往常，在靜謐的清晨時刻，獨自抵達校園。

經過昨日之事，實難厚著臉皮去見她，還有那個邱琴織，倘若可能，完全不想面對那張冷峻的臉。

路上學生的身影逐漸被上班族取代，車流多了起來，住宅區也只有上下班時間才會如此熱鬧。

李輕雲回來後，我對她手上的兩個褐色紙袋感到不滿。

「妳說的早餐居然是麥當勞。」

「哎呀！」她搗起嘴，故作訝異。「你該不會在減肥吧？」

「既然是麥當勞，何不在店裡吃就好，還有冷氣可吹。」

「阿米巴蟲就是阿米巴蟲，這種簡單的問題都不懂。」她將鬆餅和玉米濃湯遞給小倉，斜瞪著我，說：「在狹窄的室內遭遇那些傢伙，你想往哪逃？」

「『那些』？」

「沒錯，就是『那些』。」

「黑蛇怪人哪有那麼多。」

「是嗎？」她挑了挑眉，「幾周以來，有人以新莊為核心，於大臺北地區廣散黑蛇咒。方法尚未釐清，但黑紋纏頸、靈怪寄宿、喪失靈魂的怪人確實與日遽增，像在等候某人一般，漫無目的，四處遊走。」

「那樣還算是人嗎？」

「要我來說，已經不算人類了，我們官方私底下稱他們為『蛇泥偶』。」

「妳們官方？」

「抱歉，這是床尾話題。」
「啥？」
「意思是，同床雲雨之後才可能談論的話題。」
「就不能說是禁止事項嗎？」
「那多無趣。」
「……這什麼鬼歪理。還有，蛇泥偶這名稱也未免太詭異了。」
「啊？」她皺起眉頭說：「有什麼不滿就說啊。」
「又不是妳取的，生什麼氣。」
她頓時語塞，哼了一聲，將牛肉漢堡猛扔過來，旋即又丟了一盒生菜沙拉。
「沙拉是加點的，看你身子骨單薄瘦弱，營養不良，當作殺必死。」
「妳才營養不良。」瞅著她細瘦的手臂，我說：「臉色蒼白，身材乾癟，情緒控管還很差。」
一聲清響，桌面多了一個黑色小孔，烏黑槍口近在眼前。她覷起眼，揚起嘴角，皮笑肉不笑。
「還有話說？」
我舉起雙手，猛地搖頭。拿武器吵架也太卑鄙了。
她重重地將毛瑟手槍放回桌面，取出漢堡大咬一口。
尖峰時間已過，路上車流明顯減少，中平路一帶終於重回寧靜。
李輕雲瞥向他處，食指置於唇畔，若有所思地說：「能夠預防的階段越來越少了……」
她陷入短暫靜默，旋即衝著我笑。
「話說回來，那支手錶好用嗎？」

「啊！」
這傢伙不提，都快忘記手錶惹來的大禍了。要不是這支詭異手錶放出令人難耐的電流，黑虎將軍也不會在九降詩櫻施咒的過程中失控，所幸早一步完成術式，否則我已命喪黃泉。
「妳這傢伙——」
「小心飲料。」
「別移開話題……嗚！」
發難時過大的動作意外撞倒置於桌邊的可樂，灑得制服長褲滿是甜味液體。
「吵架的關鍵就是別擺手勢。」李輕雲悠閒地喝了口熱紅茶，說：「手勢將被視為攻擊前兆，讓對方加強戒備，更不肯退讓。弄個不好，手部碰觸甚至會演變成鬥毆，百害而無一利。」
我咬著牙，擦拭長褲，恨恨地瞅著一派輕鬆的她。
她放下紙杯，哈地一聲呼出長氣。
「我啊，原本是想直接害死你的。」
「赤裸裸的自白反而讓人無所適從啊……」
「我知道強烈電流會讓你體內的老虎鼓譟反抗，也知道那時正是櫻櫻施咒的過程，更知道之後蛇郎君會現身襲擊。」
「什麼君？」
「蛇郎君，十梁君是他化為人形的假名。」李輕雲又喝了一口紅茶，說：「算好要在那個當下殺死你，避免櫻櫻做出『將靈力移轉予你』的錯誤決定，同時阻斷後續更為不利的惡性發展。」
「怎樣的發展？」

「抱歉，這是床尾話題。」

我摀著前額，太多資訊一時難以消化，腦袋比平常更燙，像臺過度運轉的電腦。

這傢伙雖以親暱的「櫻櫻」稱呼九降詩櫻，兩人關係卻沒有顯而易見的接點。

努力整理她的話語，我掐著眉間，說：「簡單來說，妳算到了包含靈力移轉在內的一連串發展，從九降詩櫻帶著我前往御儀宮，一路計算到十粱君的侵襲、黑虎將軍的暴走，與玄穹法印失竊的事實。」

她凝視著我，眨了眨深邃的海藍雙眸，輕輕搖頭。

「不是『計算』，是『知道』，在一切發生之前，我便知道了後續的發展。」

「事先預料？」

「說是預料也不太精準，我知道的只有結果，沒有過程。」

「類似預言？」

「很像，但不是。以數學的角度解釋，就是知道答案卻沒看見運算過程；以語文的角度解釋，就是知道結論卻沒看見敘述脈絡。我自己為這能力取了個名字，叫做『預視』。」

「預視能力……」我側著頭說：「就像拿了沒附詳解的答案？」

「對對對，很像，這例子舉得真好！」

她笑開的燦爛面孔讓我想起了九降詩櫻，不同的是，李輕雲清亮的笑聲散發出颯爽的傲人氣勢，異於九降詩櫻朝陽般的柔和溫暖，比起一般女孩，更像個熱血的男孩。

「既然能夠預視結果，何不直接出手阻止九降詩櫻？」

這個問題似乎不太精確。甩了甩頭，蹙起眉宇，重組思維，再次提問。

「為什麼不直接挑明了說？或許大家能一起想出更好的方法，不是嗎？」

「是嗎？」李輕雲挑挑眉，揚起右側嘴角。「我可不記得你是個會關心他人的傢伙。別忘了，我根本沒把你的性命放在眼裡——畢竟是隻阿米巴蟲。對我來說，以你的生命換取櫻櫻的平安可是穩賺不賠的完美方案。」

「別隨意把人當成棄子。」

李輕雲嘆了口氣，爽朗的笑靨蒙上一層淡淡的陰影。

「這可是很嚴重的違規行為。」她的聲音變得有氣無力，彷彿聲帶被人掐緊一般。「即使知道結果，也不該插手干預，畢竟我只是個觀察者，並非執行者。」

「什麼意思？」

「字面上的意思。」

她搶過原先附送給我的沙拉盒，低聲說：「阿米巴蟲是不會懂的。」

雖然得到不少答案，卻延伸出更多問題。

李輕雲就像一座冰山，融了一成才發現尚存九成，深不可測，難以捉摸。

「也許，妳不出手干涉，九降詩櫻就不會幫我脫困。」嚥下嘴裡的漢堡，不知為何隱約吃出一絲苦味。我說：「如此一來，她的靈力就不會移到我身上，黑蛇咒也不會對她產生作用，路上可憐的黑蛇宿主也將失去搜捕我的理由，福慧圓滿，皆大歡喜。」

當然，同時也意味著我將在手錶電流襲來的那一刻，瞬間被黑虎吞噬。

死在神明的手中，或者說，血盆大口之中。

「那是不可能的。」李輕雲輕啜一口紅茶，抿了抿嘴，品嚐茶味。「不可能走向那種結果，就算我沒出手干涉，就算你沒面臨生命危險，櫻櫻還是會傻傻地將靈力移轉給你。」

「妳怎麼知道？」

「因為她是九降詩櫻啊。她遠比你所想像的善良，倘若善意能夠量化，她的總值必定破表。」

「所以，她無論如何都會受到蛇郎君的襲擊……」

「然後染上黑蛇詛咒，無力解消，邁向死亡。」李輕雲低著頭，眉宇緊皺，咬牙瞪視桌角。「就結果論，再縝密的行動，終究只是枉然。」

「硬把手錶塞給我的計畫，就顯得多餘了。」

「是啊，死命掙扎，依舊徒勞無功。」

她似笑非笑，抬起海藍雙眸，凝視著我。

「這就是提前知道結局的讀者，最可悲也最無奈的宿命。」

「觀察者的宿命。」

「是的。」她垂著眉宇，黯淡一笑。「身為觀察者，無法迴避的悲慘宿命。」

「看來我是永遠無法理解了。」

她定睛注視著我，倘然一笑，說：「相信我，總有一天，你也會懂的。」

對於她是否真有「看見結果」的預視能力，心中仍有疑慮，儘管她已三番兩次預見事情結果，此等詭譎之事終究令人難以置信。在虎神、銀狐、鼠仙與蛇妖等超常靈怪皆已見怪不怪的當下，又親身體驗過九降詩櫻詭奇的神祕術式，不由得對正常世界的真實性產生莫大質疑。

縱使李輕雲所言為真，卻仍無能為力，時辰一到，黑蛇咒將徹底盤據九降詩櫻的肉身。她會死，或說相當於死，成為失去靈魂，喪失自由意志的蛇泥偶，那將是個令人絕望的悲慘前景。

李輕雲直勾勾地盯著我說：「沈雁翔，你又想逃避了嗎？」

「我不明白這個問句的意義。」
而且「又」字到底是什麼意思。我挑了挑眉，對她的挑釁不加理會。
「若你撒手不管，任憑櫻櫻死去，即使最後結果對你有利，終將導向一齣末日悲劇。」
「對我有利卻是悲劇，這也太難懂了。」
「我不知道未來的你會怎麼想，但至少那個結果對整個世界來說是場悲劇。」
「在那個世界，我能苟活嗎？」
她沒回答，直望向我，露出苦澀的微笑。過於勉強的笑容似乎藏了什麼祕密，我想知道，卻不敢開口詢問。總覺得那雙深淵般的海藍眸子裡，隱藏著無人能夠承受的無盡悲傷。
喝完最後一口紅茶，她用紙巾揩了揩嘴，說：「那支手錶就送給你了。」
「謝謝妳的好意，真心不用。」
「收下吧，反正我也不打算幫你解開。」
「喂，給我拆下來啊！」
我使勁拉扯這個彷彿下了緊箍咒的錶帶，想方設法解開，卻無法如願。
「喏。」
她扔了個小盒子過來，那是個方形塑膠盒，上頭只有一枚紅色按鈕。
「這是手錶的電流遙控，隨物附贈。」
盯著那顆紅色小鈕，我偏過頭，伸出手指準備按壓。
「喂！」突來的喝阻嚇了我一跳。「白癡阿米巴蟲，別亂按啊，難不成你想電死自己？」
「那妳給我這東西做什麼，根本是自殺工具！」

她噗嗤一聲，笑得無比開懷。

「確實，自殺也是條挺輕鬆的路，可惜的是，這按鈕不是用來殺你的。上回釋放電流，黑虎受到來自外部的強烈刺激，瞬間增強束縛，才會試圖吞噬你的靈魂。」

「多虧某人的精心安排。」

「既然如此，」她拋了個媚眼，「是否也能當成救命工具？」

摁下按鈕便會放電，電流將導致黑虎躁動，同時提升我被吞噬的風險，形同自殺的流程怎麼想都不對，又怎麼作為救命工具。

「妳鐵了心不拿下來？」

「我會幫你拿下來的。」

嘴上這麼說，她卻帶著笑靨，絲毫沒有動作。

我撇撇嘴，手抱胸前，問：「什麼時候？」

「終盤結束的時候。」見我咋舌，她補充道：「大概就是櫻櫻即將被黑蛇咒吞噬那一刻。不過，那時也沒有拿下來的必要了。」

她收斂笑容，覷起雙眸，說：「我說過了，只要能保住她，什麼人都可以犧牲。」

簡言之，在九降詩櫻被詛咒盤據之前，會先把我殺了。真是個令人難以接受的惡趣味。

「你什麼也不做的話，等於是親手將櫻櫻送入黃泉。」

「這是什麼歪理。」我不禁揚起聲量，說：「她是御儀宮的重要巫祝，我不相信傾全宮之力救不活她。」

李輕雲露出極為無奈的微笑，搖了搖頭。為什麼這些傢伙總是想把責任推到我身上，邱琴織如此，李輕雲亦是如此，九降詩櫻自己從未提出什麼要求，何以旁人如此多事。

我的表情必定極為不悅，她卻不以為然。

「對了，你自己小心點。」

「路上那些沒用的蛇泥偶，我才不怕。」

「我說的不是那種層次的東西。」她瞇起眼，露齒而笑，說：「一旦背負期望，就得小心。」

李輕雲那雙深不見底的湛藍眸子，頭一次，出乎意料地令人感到一絲溫暖。

「沈雁翔，你正背負著什麼人的期望嗎？」

第六節　背負期望

醫院的消毒水味濃得刺鼻，像散不開的迷霧，瀰漫整棟建築。

白色的防火壁紙有著因潮濕而脫落的捲角，走廊盡頭，兩名孩童數著剝落翹起的總量，作為某種比賽。穿越四樓熟悉的長廊，向櫃檯年輕的護理師報備，戴著口罩的她，露出朝氣蓬勃的俏麗雙眸。長長的睫毛搧呀搧的，讓人不禁好奇眼妝下的面容。

「今天也來看心柔？」

「是啊。」

透過父親的政商關係，心柔住進一個能夠長期使用的照護病房，由於一住便是兩年，所有醫護人員都認識她。

護理師瞇起雙眼，說：「雁翔應該是高中生吧？」

身上穿著東明高中制服的我，搔搔後腦，只能苦笑。

「算了，別太常翹課哦。」

她拿出一塊黑色壓克力板，上頭夾了張訪客紀錄單，同時遞來一支價值八元的陽春原子筆。

「當然，我也沒資格說你，上護校前也沒好好念過書。」

「看得出來。」

「你欠揍啊，這種時候要吐槽啦！」

寫上姓名、關係、時間和電話，才將板子遞回去。

「心柔她，」提到妹妹時，心中總會泛起一股酸澀。「最近狀況好嗎？」

「老樣子囉。」

我想也是。

心柔所在的病房位於走道盡頭，是間安靜豪華的單人房，由於無需診療，平常沒有醫生會來，只有護理人員定期為她清潔更衣。無論怎麼醫治，都不可能讓她甦醒，畢竟在黑虎消滅銀狐的瞬間，心柔的靈魂便已徹底死了。

病房空蕩蕩的，除了床邊那張圓椅子外，什麼也沒有。

我曾因為腳傷住過院，那時，心柔帶了很多料理來探病，有時甚至會帶電玩來，卻總在離去之時，將之沒收。她是這麼說的：「光打電動的話，病不會好唷！」

見到她的臉龐，才會憶起往事，彷彿扣動懸於心上，名為記憶的扳機。

心柔靜靜躺著，微微起伏的胸口，揭示一息尚存的事實，緊闔的雙眼卻一次也沒睜開。

醫生說，心柔的大腦非常完整，絲毫無損。她不是植物人，卻比植物人糟糕，全無知覺，毫無意識，連眼珠子都動不了。據說，植物人尚能落淚，但心柔卻連淚腺都被拴死。

扼殺靈魂的，是黑虎將軍；引來黑虎的，卻是我。

跪在病床邊，雙手合十靜靜默禱。原以為驅散黑虎甚或將其消滅，便能釋放靈魂，救回心柔。

我錯了。九降詩櫻說過，虎的靈體就算被玄穹法印吸收，也不會直接消失。同時意味著，縱使封印甚或殺死這頭黑虎，已被吞噬的銀色妖狐也不會一併消滅，蘊藏於銀狐體內的心柔靈魂，同樣不會回復原狀。

一切終將陷入無止盡的虛無螺旋。

「到底該怎麼辦才好……」

抱著頭，把臉埋入被窩，咬牙忍住險些奪眶而出的淚水。

這是一間除了我之外，不會有人探視的病房。事發那天起，父親一次也沒來探望過心柔；別說探望，連家也不曾回。沒人指望過他，尤其是我。

膝蓋跪得發疼，小腿痠麻，背脊肌肉緊繃。窗外日光漸漸轉為橙色，這個角度可以清楚看見每天長日將盡的魔幻變化。從金燦霞光的絢爛，至暮色蒼茫的止息，一日之消逝，在窗前上演。

好想牽起心柔的手，告訴她今天的夕陽有多美。但我不行，全都是我的錯。

鼻頭一酸，眼眶一陣溫熱，模糊了雙眼，難以壓抑的情緒翻湧上來，此刻的我只能任由情緒潰堤。緊抓被單，把頭埋入她的髮絲，鼻尖貼上小小的耳朵，感受她的體溫，淚水涔涔滑落。

「唔咦？」

來自背後的聲音驚得我雙肩一震。

九降詩櫻修長豐腴的大腿，率先映入眼簾。

她細長的睫毛下，清澈的雙眸有著澄紅的霞光，柔嫩的唇瓣劃成一道弧線，展露典雅美麗的微笑。右側鬢髮上，繫著僅存的一枚鈴鐺髮飾。

我使勁抹臉，確定沒有留下一絲淚痕。

「妳怎麼知道我在這裡？該不會妳也有預視能力？」

「什麼是預視能力？」她歪著頭，眨了眨眼，說：「是莊同學邀我一起來探病的。」

她望向病床上的心柔，笑容有如慈母一般溫婉，柔聲問道：「這位就是你的妹妹嗎？」

我點點頭，隨著她的視線，聚焦於心柔小巧的臉蛋。
阿光知道心柔昏迷不醒的事實，也知道箇中緣由——當然，是潤飾過的版本，我未曾向人提起妖物吞噬靈魂的詭奇之事。值得一提的是，那傢伙曾向心柔告白過，還因此換來我一頓暴打。
他顯然有意將九降詩櫻引至此處，稍後得好好盤問一番了。
九降詩櫻垂著頭說：「你今天……是不是翹課了？」
「那個死阿光還真多嘴。」
「我是問琴織的，不是莊同學的錯。」
「但卻是阿光帶妳過來的。」我瞥往門的方向，「他人呢？」
「莊同學說，今天有想看的網路直播，好像是叫月兔小美……」
「那個混帳。」
「唔咦？」
「妳都沒有一種被騙了的感覺嗎？」
九降詩櫻側過頭，眨了眨眼，沉吟半晌，問：「被誰？」
這傢伙單純的程度令人匪夷所思，倘若放任不管，早晚必會出事。
「這是今天上課的內容。」她遞來一本筆記，封面很精緻，有隻蠟筆繪製的小白兔。「有些部分因為記在課本上，還沒完全謄過來，若有需要，稍加整理之後再交給你。」
「我可沒那麼認真。」
「不行哦，不好好念書的話，將來會很痛苦。」
那張鼓著雙腮的臉蛋讓人難以拒絕，我搔抓前額，接下厚實的筆記本。

「妳啊，真像個媽媽。」
「唔咦，你說什麼？」
「沒什麼。」
站起身時，腦袋略感暈眩，顯然是跪得太久，導致血液循環困難，一如貧血現象，眼冒金星。
九降詩櫻望著心柔，定睛凝睇，低垂的睫毛下，水靈靈的雙眸略帶憂愁，神情宛如母親一樣慈藹。
「妹妹的狀況，就是需要法印的理由嗎？」
我點點頭，充作回應。低頭注視心柔的她，鐵定看不見。
「但就算把虎將軍給驅散了……」
「也毫無意義。我知道，妳說過了。」
這回換她點了點頭。立於身後的我，倒是看得一清二楚。
「若能順利喚醒妹妹就太好了。」
「有可能嗎？」
「當然有呀。」她轉過頭，嫣然一笑。「好好跟虎將軍談一談，就有可能。」
「這可是超高難度的挑戰。」
絲毫不願讓步的我，怎可能與黑虎對話。
「你與虎將軍和解之後，」她的聲音變得很小，彷若蚊蚋。「我可能也需要靈力……」
室內氣氛頓時沉重不少。
令人難耐的沉默，籠罩我倆之間。望著她失去光采的側臉，強烈的深沉內疚滿溢胸口。
察覺氣氛僵硬的她，連忙擺手，努力展現笑臉。

「我不是急著想要回靈力，只是——」
「九降詩櫻。」
「唔咦？」
「我知道妳被詛咒的事了。」
她薄唇微啟，眨了眨眼，隨即露出乾澀的苦笑，說：「這、這樣啊，一定是琴織說了什麼，對吧？」
我靜默不語，凝望那雙游移迴避的烏亮眸子。
「請別擔心，那種等級的詛咒並沒有很嚴重。」
「妳啊，再這樣強顏歡笑的話……」
我皺緊眉頭，斂起面容直瞪向她。
「我可要生氣了。」
九降詩櫻抿起雙唇，低垂睫毛，嬌柔的目光略顯膽怯。
從她的表情判斷，似乎對我突如其來的強硬發言深感不解。
我想，她恐怕早已習慣這種過度壓抑自我，包山包海地關懷一切，極其扭曲的應對方式。
毫無限度的溫柔只會壓得自己喘不過氣，這種溫柔，我不接受。
她抿起的嘴角，像是笑容的延伸，又像無奈的回應。我沒有足夠勇氣給她確切的承諾，實則，能否與黑虎談妥是一回事，能否找回法印又是另一回事。縱使順利尋回法印，沒能和解，直接奉還靈力的話，同樣會立刻遭到吞噬。
整件事變成「妳死或我死」的極端抉擇，無法輕易許下承諾。再者，倘若我被黑虎吞噬，也意味著心柔將永遠不會甦醒。我廉價的性命，怎堪背負兩條生命。

儘管身陷兩難，我也不願看見九降詩櫻強作振奮的模樣，那副面容太悲傷，太令人揪心了。

叮鈴兩聲清響，她搖搖頭，額前瀏海短刷似地隨之擺動，雙目瞇成彎月，展露自然的淡然笑靨。

「沈同學等會兒有空嗎？」

我皺起眉問：「為什麼問？」

「有個地方，也想偷偷向你炫耀一下。」她露出神祕的微笑，逕自走向門口。「我在外面等你。」

儘管對突然轉變的強硬態度感到錯愕，我仍在妥善打理心柔之後，緊隨而出。

即使不斷追問目的地，九降詩櫻總是笑而不答，帶我到醫院附近的公車亭。大臺北地區的公車系統相當完善，新北市尤為如此，光是新莊區，覆蓋率恐怕超過七成，幾乎沒有到不了的地方。

車班密集，我們所等的公車不到三分鐘便來了，幾站之後，在新泰路口站下車。

與東明高中附近的副都心地段不同，新泰路與中正路的交叉口，車流量不輸給臺北市的忠孝東路。九降詩櫻帶我來到廟街夜市對面，鋪著人行磚道卻因各種原因毫無觀光作用的淒涼小巷。往深處去，她在一個毫不顯眼的角落停下腳步，眼前，位於某間豆花鋪的隔壁，一戶看似久未營業的小店，門口有個蓋著塑面黑布的攤位。

攤位木桌空無一物，閒置兩張矮凳，實在沒有值得「炫耀」的東西。

「這是什麼地方？」

「這裡是——」

她眨起左眼，右手食指抵上頰側，左手朝我比出勝利手勢。

「九降詩櫻的諮商小鋪！」

念完最後一個字，她驀地滿臉通紅，羞赧地抱起雙頰轉過頭去。

「好、好、好害羞啊……」

「這是哪門子的羞恥play。」

我摀著前額，使勁忍笑。客觀而論，雖說是個愚蠢之舉，俏皮的模樣卻可愛得讓人跟著害臊起來。

「總之，請稍等一下。」

九降詩櫻擰住那張塑料布面，稍加施力，整塊黑布飄揚而起，上頭積了一層薄薄白灰，依著這股作用力四處翩飛。新莊的PM2.5問題顯然不太理想，畢竟附近留有不少老舊工廠，空氣自然好不到哪去。

俐落地捲好布面，她抽出一張矮凳，伸手示意。

「請坐。」

「為什麼？」

「因為，」她瞇著眼笑。「今天的老闆是你唷。」

正想開口埋怨，一位中年婦女悠然現身於攤位前，堆起熱切的燦爛笑容。

「唉唷，櫻ㄚ，好久沒看到妳了。」

「李阿姨，好久不見。」

九降詩櫻揮動雙掌，小跑上前。

櫻ㄚ，不確定是ㄚ頭的ㄚ，還是臺語的叫法，挺新鮮的稱呼。

「櫻ㄚ哦，跟妳講，我家那口子——」

「阿姨，今天顧家的不是我唷。」

「咦？」

李阿姨傾過身子，打量站在後方的我，隨即心領神會似地咧嘴一笑。

「這個小帥哥是櫻ㄚ的男朋友嗎？」

「不、不是啦！」九降詩櫻雙頰通紅，說：「他是今天負責諮商的沈同學。」

「唉唷，還沈同學，要叫達令啦！」

「阿姨！」

李阿姨摀著嘴笑，九降詩櫻則是羞得連耳根子都脹紅了。

「喂喂。」我點了點她的肩膀。

「咿——怎麼了嗎？」

九降詩櫻的眸子不斷游移，迴避我的視線。

「我不會使用靈力，哪能做什麼諮商。」

「不用擔心，一切會很順利的。」輕拍我的肩膀，她瞇著眼笑。「我去買些點心，小舖就麻煩你囉！」

「喂喂！」

無視我的叫喊，九降詩櫻小跑離去，消失在廟街方向擠得水洩不通的人群裡。唉聲嘆氣之際，李阿姨已坐上攤位前的小凳。再一次被九降詩櫻逼上賊船。某程度來說，她是個相當危險的傢伙，掛著溫柔的笑容，卻老是提出讓人無法拒絕的請求，可怕至極。

只好硬著頭皮上了。

「櫻ㄚ很可愛吧？」

「呃。」甫一坐定，便迎來如此困難的問題。

「櫻ㄚ很傻，你不要欺負她嘿。」

李阿姨外貌圓潤福泰，感覺很好相處，除了手腕上翠綠色的玉鐲之外，身上沒有任何醒目的飾品。

「我跟你說，」李阿姨面露愁容，說：「昨天難得沒在這裡看到櫻ㄚ，擔心是不是出了什麼事，我還跑去御儀宮，結果她們說櫻ㄚ受傷了——啊，或是被騷擾，我也不知道啦，傳聞就是這樣亂七八糟的。」

姑且頷首，以肢體應和。

昨日之事應是被廟方徹底掩蓋了，九降詩櫻喪失靈力，恐怕將嚴重影響宮廟運作。

「聽裡面的師兄講，櫻ㄚ哭得好兇好兇。喂喂，不會是你害的吧？」

「咦？不……」

才搖頭，一股罪惡感驀地湧上心頭。真不是我害的嗎？

「那就好。」李阿姨沒有察覺我的遲疑。「櫻ㄚ幫了很多忙呢。」

「諮商嗎？」

「很多層面啦。」她笑開了嘴。「第一次來這裡時，女兒和老公都在，櫻ㄚ不曉得哪根筋不對，突然問我最近是不是很難入睡。挖哩勒，還以為遇到神棍，結果櫻ㄚ塞了張符過來，要我貼在床頭。」

「阿姨有照做嗎？」

「當然沒有！那張符還差點被我丟了。結果當天睡得有夠差，隔天也是，再隔天也是。我這個人特別鐵齒，完全不想嘗試。」李阿姨笑得更開懷了，說話時偶而還會拍打桌面。「一星期後，我女兒來廟街，說又碰見櫻ㄚ。櫻ㄚ很厲害，過那麼久了還認得我女兒。」

「您女兒很漂亮吧？」

「漂亮？哈哈哈，跟我一個模樣是能多漂亮！」

若說詩櫻的招牌是嫣然微笑，阿姨的招牌絕對是粲然大笑。

雖不知道所謂的人生諮商究竟該做什麼，單純的「附和」與「接話」勉強還辦得到，至少有把握撐到九降詩櫻回來。

「我女兒說，櫻ㄚ問了我的狀況，還問有沒有貼那張符。」

「您一定覺得很奇怪。」

「對啊，超奇怪的，如果是神棍也未免太殷勤了。後來心想試試無妨，就照她說的貼了。欸，居然一覺到天明，有夠神奇！」

「真是太好了。」

「我跑過來想要付錢，櫻ㄚ還不收。」

「我想也是。」

願意無條件將靈力移轉給我的人，怎可能收受他人給予的報酬。無怨無悔，徹底奉獻，至善意念讓人欽佩。

「你要好好照顧她。」阿姨皺緊眉頭，故作嚴肅，噘著嘴說：「來這裡的每個人都是她的爸爸和媽媽，惹詩櫻哭的話，小心我打你屁股。」

「我明白了。」

雖然是個天大的誤會，現在卻不是否認的好時機。

心滿意足的阿姨哈哈大笑，點點頭，將一枚十元銅板投入攤位桌面的麒麟撲滿，發出吭啷清響。

我揮揮手，目送阿姨離去。

原來所謂的「諮商」還真只是諮商，不一定會涉及有關靈力的服務，想不到九降詩櫻一直都在從事心理諮商般的談天工作。環顧四周，不是豆花店，就是香腸攤，古色古香的磚道兩旁，除了此處之外，全是傳統小吃，怎麼看都不是提供諮商的好地點。

百無聊賴的我正打算趴下打盹，一道暗青色的身影驀然出現。

「你這傢伙怎麼會在這裡？」

充滿敵意的尖銳聲調，不用抬頭也認得出來。

邱琴織穿著那套青色道服，丸子頭放了下來，四散的微捲髮絲使她看來成熟許多。剎那間，感覺一股奇異的波動在體內流竄，九降詩櫻的靈力冷不防地沸騰鼓譟，胸腹二處泛起陣陣涼意。

她咬著牙，利劍般的眉宇皺得很深。

「我問你為什麼在這！」

「還不是因為九降詩櫻那傢伙——哼，我可沒義務回答妳的問題。」

「哦？」她挑了挑眉。「你見到師姐了？」

我雙手抱胸，撇過頭，不願回答。

「是她讓你顧舖子的？」她仰起頭，哼出短促而令人不悅的鼻息。「就憑你，也能給人諮商？」

「幸好她找的是我，換作是妳，招牌可就全砸了。」

「你這傢伙……」她的雙眼簡直要迸出烈火。「你這個偷了師姐靈力的傢伙，還敢瞎扯！」

「哼，笑妳不受寵。」

「你——」邱琴織不知哪來的力氣，揪起我的領口，作勢掄拳。

冷不防地，她揚起嘴角，猛力一拍，在我身後貼了某種東西。

「妳搞什麼！」

「別急，遊戲很快就開始了。」

她咧嘴一笑，拉走椅子，一副等著好戲上場的模樣，逕自坐下。

我迅速查看四周，注意各方變化。叫賣的小販、洶湧的人潮、吵雜的機車、撲鼻的肉香、甜膩的餅味，周遭仍是司空見慣的夜市光景，正欲出口嘲諷，猛然看見朝我奔襲的那群「東西」。

一團團小黑影，四面八方飛馳而來。

我瞇起眼試圖辨識來者，足夠接近時，小黑影的身姿在路燈照耀下顯得清晰無比。

那是一大群披著髒污的地溝老鼠，身上滿是黑泥污垢，儼然是一團團發霉的腐臭肉塊，擠在一起的可憎模樣令人背脊發麻。

「什麼鬼啊！」我不禁慘呼一聲。

污穢的毛團聚集成一片黑毯，所到之處，震耳欲聾的尖銳慘叫此起彼落。

「邱琴織，妳這傢伙在搞什麼東西啊！」

「這種程度的騷動就無能為力了？」她哼笑一聲，說：「原來『受寵之人』也不過如此。」

邱琴織對九降詩櫻的小舖瞭若指掌，一下子便找出茶葉和茶杯，泡出一壺熱茶，自顧自地喝了起來。

一盞茶的時間，溝鼠黑毯已逼近眼前。

她對眼前令人驚駭的景象漠不關心，舉杯輕啜，發出品嚐時的咂咂聲，像個在戰場沏茶的老和尚。

這番騷動顯然是她給我的試煉，不想接受，但也不願認輸。

——『沈雁翔，你又想逃避了嗎？』

我可沒這打算，問題在於究竟該如何應對。鼠群的數量無比誇張，雖非小倉那種擁有靈力的鼠仙，卻仍存在極強的物理威脅性，倘若不慎，將被當成可口起司，啃得破爛。這群鼠輩並未攻擊途經行人，亦未搶食攤位商品，全心全意，呈一箭形筆直朝我衝刺。

我向右跳，鼠群建構的黑箭也隨之移動，尖端永遠指向一處。真的是大難臨頭了。儘管如此，「逃避」仍然不在選項之內。

嘖了一聲，我邁開腳步，向前衝刺。

距離最近的幾隻老鼠尖聲吱叫，騰躍而上，張口猛撲。

臂膀一揮，雙手各揪一隻，卻有數隻狠狠咬上肩頭，輕微的疼痛彷彿針刺。扔出掌間兩隻小傢伙時，上半身已有十多隻噁心溝鼠糾纏上來，手一伸，又將幾隻扔飛出去，卻敵不過接連撲來的數量。

赫然想起邱琴織在我身後貼了某物，使勁甩落幾隻老鼠，將純白制服反轉過來。襯衫背面貼了一張黑底白字的咒符，與九降詩櫻使用的文字相仿，難以辨識。

解除源頭，才能解決問題。

伸手欲取咒符，紙張遽然閃出黑光，左腕登時浮現一輪烏黑的環狀騰紋。

又有幾隻老鼠趁隙竄上，欲抬左臂阻擋，竟發現整條胳膊無法動彈。

「喂喂，」我轉頭大喊：「這是怎麼回事？」

「別太小看這個世界了。」邱琴織獰笑說道：「你真以為不用靈力，光靠蠻力就能解決？」

「這完全就是陷阱啊！」

「笨的是落入陷阱的人。」

顯然打一開始，所謂的試煉就不是溝鼠，而是這道咒符。我很懷疑，超越科學範疇的詭譎之力，是否真能使用凡俗之法解決。

體內的通暢沁涼逐漸躍動，蔓延周身的靈力，在面臨危機時隱隱騷動起來。

鼠群受到咒符吸引，一面啃咬著我，一面朝黑符攀爬。

使勁扯開扣子，驚覺襯衫牢牢吸附體表，雖能移動，卻無法離身，物理性手段全被阻絕了。

充滿惡意的咒符，既不能觸摸，又不能棄置不管。束手無策之際，忍不住萌生逃跑的念頭，一旦生此思緒，身子便不自覺抗拒意志，腿部肌肉恨不得立即行動，遠離這噁心的場域，逃開這可憎的一切。

逃吧。

逃避吧，就像以前一樣……

意志逐漸瓦解，思緒全面停擺。

剎那間，左臂被人一把攬住。

「琴織，立刻停止這場騷動！」

九降詩櫻的身影讓我鬆了一大口氣。她的喊聲不怒而威，皺起眉宇，斂起面容，像個責罵孩子的母親。邱琴織倏地彈起身子，不敢維持翹著腳的狂傲之姿。

「師姐，請聽我說……」

「琴織，立刻取下咒符。」

「可是！」

邱琴織狠狠瞪來，彷彿一切過錯，皆出於我。

九降詩櫻板著臉，蹙眉微慍，凜然肅穆。

「琴織，取下咒符。現在，立刻。」

刻意加重的語調，給人難以抗拒的氣勢。

邱琴織噘著嘴，眉頭皺成兩柄黑劍，眼珠大半沒入眼瞼，極盡所能瞪視前方，極不服氣。

「我不要！」她扯開嗓子揚聲大喊：「師姐為了這個傢伙，連命都可以不要。他憑什麼擁有師姐的力量，憑什麼受您的恩惠……」

邱琴織伸手一擺，成群溝鼠瘋狂吱叫，發狂似地奔竄而至，發動攻擊。

我後退幾步，深知寡不敵眾，已然無法全身而退，緊闔雙眼等待即將到來的劇痛。

痛楚並未降臨，取而代之的是傳至胸腹的溫暖觸感。

「九、九降詩櫻，妳在做什麼？」

九降詩櫻雙臂收緊，環抱住我，咬著牙，額頭滲出汗珠。

邱琴織的怒容消失殆盡，面如死灰，伸長的手在半空打顫。

鼠群試圖越過九降詩櫻的身軀，以利爪攀爬，以尖齒齧咬，在她纖瘦輕薄的體膚留下一道道清晰的紅印。揪住她的肩膀，嘗試使勁推開，那雙臂膀卻如藤蔓上樹，毫不動搖。

「九降詩櫻，妳讓開！」

此時此刻，就算毫無脫身之計，也不願再受她的救命之恩。

「對不起。」九降詩櫻把頭埋在我胸前。「都是我害的……怪我硬將靈力移轉給你。」

不知出於疼痛，抑或出於激動，她的聲音有些顫抖，臂膀卻文風不動，緊環住我。

「都是我的錯，害你必須承擔我的問題。法印、詛咒、梁君，全是我的問題，不應該連累你的。」

「說什麼傻話。走開，妳會受傷的！」

「我不要！」

「妳這傢伙……」

憋住一口氣，使出全力猛推，卻仍無法動搖，儘管見識過她驚人的棍術，卻萬萬想不到力氣如此之大。要擺脫她，只能用腳踢，但那未免太過份了。

過份一詞，能否用在比自己強大數倍的對象身上，著實值得細究。
九降詩櫻畢竟是個少女，正值青春年華的少女。
一旦意識這點，全身神經切換指令，集於某處。
「九降詩櫻。」
「不管你說什麼，我都不會放手！」
她緊闔雙眼，蹙起眉宇，不肯移動半分。
「我知道妳不會放手，只是……」我壓低音量，湊近她耳畔。「妳的胸部。」
「唔咦？」
她終於睜開眼睛，眨了一眨，歪著頭，不明白我的意思。嚥下口水，我撇開臉，指向下方。
九降詩櫻柔軟豐滿的胸部緊貼我的胸膛，宛如壓扁的草莓大福。
她白皙的臉龐像顆突然熟透的蘋果，頃刻蔓延耳根，刷上一層緋紅。
原以為會飛來一記掌摑，但九降詩櫻只將額頭倚上我的胸口，輕頂一下，隨即鬆開緊緊環抱的雙手。
這一刻，恢復自由的我，重回戰場。
骯髒鼠群一躍而起，蜂擁而至，群起攻之。急欲將其誘開，不料重心不穩，腳尖一絆，撲倒在地。
腦中預想的帥氣反擊，黯然收場。
「你、你沒事吧？」
「我沒——嗚哇！」
撐起身子時，右手不偏不倚壓上胸前口袋裡，宛如定時炸彈的遙控按鈕。
按鈕啟動，手錶傳導的強力電流席捲全身，不知究竟多少安培，總之痛得連意識都險些喪失了。

滋滋電流的刺耳聲響，穿梭於臂膀、髮際甚至耳畔，熱燙刺痛的麻痺感頓時蔓延全身。

九降詩櫻蹙緊眉宇，唇瓣開闔，似乎正在叫喊，耳裡卻什麼也沒聽見。徹底的靜謐籠罩四方，除了流竄的電流與狂躁的心跳外，萬籟俱寂。

成群溝鼠依然在我身上攀爬，瘋狂齧咬，看得清牠們的動作，卻感覺不到痛楚。電流彷彿局部麻醉，意識雖然清醒卻無能為力。

眼前一片模糊，視野所及之處如濃霧掩至，胸口湧動一股凜寒的融冰之泉，轉瞬四散奔流，寒意猶如一柄冰冷刀鋒，沿著四肢肌肉與背脊骨髓揮砍。

冷冽之寒，眨眼間已廣佈周身。

麻痺感消失時，雖能聽聞九降詩櫻的呼喊，卻仍無法感覺鼠群啃咬應有的痛楚。

立起身子，只見周圍躺著一群動也不動的骯髒溝鼠。

視線依然白霧一片，模糊不清。抬起雙臂端詳一輪，眨了眨眼，再重新審視一番，確定自己沒有眼花。雙臂之上，著實多出數道弦月般的明晰黑紋。

刻於皮下的紋路猶如刺青，又似刻印，深深烙於體膚。

奇異的黑紋與虎將軍身上的白紋幾近相同。

「這是怎麼回事？」

猜想並非遭到吞噬，畢竟意識尚存，絲毫不像靈魂消滅應有的，想像中的永恆虛無。

仍未放棄的鼠群正重整隊列，尖聲吱叫，執意攻來。

盯著干擾行動的制服襯衫，我吁了口氣，伸出右臂。手背同樣浮現明顯虎紋，倘若如我所想，其中必定飽含黑虎將軍的強勁力量。

覷起雙眼，試探性地伸手輕觸那張纏人的咒符。指尖與咒符相接之時，交界處閃出一道炫目的青光，咒符隨即破毀，化作無數細粉，隨風翩飛，像未能燒盡的紙灰，在空中徐徐飄揚。

遭到漆黑咒環束縛的左臂，頃刻恢復正常，雖感僵硬，但能自由活動。

「怎麼可能……」邱琴織瞪大雙眸，愕然張嘴，掩不住內心驚詫。「你怎會有這等力量。」

「這不是我的力量。」惡狠狠地瞪了她一眼，使勁甩開殘餘溝鼠，我說：「這是九降詩櫻的力量。」

立於一旁，神情平靜的九降詩櫻，露出熟悉的溫柔微笑，唯獨身上清晰可見的鮮紅咬痕，怕是一時半晌消不去了。

邱琴織直瞪向我，咬著牙說：「沈雁翔，你到底是什麼人？」

攤平雙手，我聳聳肩，嘆了一大口氣。

「可以的話，我希望自己是個普通人。」

※　※　※

「黑虎將軍？」

邱琴織皺著眉，對我的警戒和不滿絲毫沒有降低。

「為什麼你身上有那種東西？」

因為自身招惹的混亂，邱琴織在老街管理處被訓了好一陣子話。九降詩櫻代表御儀宮，並代理九降家長——她父親的立場，居間調解，緩和局面。她的人面很廣，所到之處不乏熟人親戚，說話很有份量。

邱琴織依循個人喜好，買了一口吃香腸和鹹湯圓給我，以示賠罪。儘管清楚表達自己偏好的食物，她只說了「誰管你啊，我只聽師姐吩咐」的狂傲話語，不加理會。

九降詩櫻捧著鹹湯圓，咀嚼食物時鼓起雙腮的模樣，像隻可愛的花栗鼠。

「這手錶還真奇怪。」九降詩櫻偏著頭說：「上次在敝宮發生的狀況，不也是這支手錶造成的嗎？」

「這醜不拉機的手錶，就是害師姐必須移轉靈力救你的罪魁禍首？」

「妳要瞪就瞪手錶，別瞪我。」

「為什麼沈同學會戴著如此危險的東西，難道是家人送的禮物？」

「天底下沒有家人會送這麼惡劣的禮物吧。」我白了她一眼，說：「是李輕雲給我的。」

九降詩櫻當然不認識她。

「那是我們班新轉來的觀察生。」邱琴織代為說明：「藍色頭髮，皮膚很白，身形很瘦，個性倨傲，難以相處，整體而言相當令人討厭。」

「跟某人一樣。」

「囉嗦，吃你的香腸！」

「為什麼李同學要送你這種東西？」

九降詩櫻一面問，一面望著紙碗內圓滾滾的白色鹹湯圓，彷彿想用肉眼看穿外皮，定睛凝睇。

李輕雲的理由聽來太不真實，疑點眾多，實在難以轉述。雖說九降詩櫻同樣屬於神祕領域的一員，預視能力的存在仍然無法輕信，用以佐證只是自討苦吃。

況且，一旦知道手錶的用途，九降詩櫻定會拼命協助解脫。

既然一言難盡，此時此刻，沉默是金。

邱琴織雙手撐在頭後，斜瞪著我，說：「真令人羨慕。」

「唔咦，羨慕什麼？」九降詩櫻問。

「師姐對這傢伙特別溫柔。」

「沒、沒有呀，我對任何人都一樣……」

「換作是我出事，師姐也會移轉靈力出手相救嗎？」

「當然會。」九降詩櫻皺緊眉頭。「琴織不相信我嗎？」

「當然不是！我絕對相信師姐，只是……唉，就是很羨慕嘛。」

瞅了我一眼，邱琴織噘起的嘴，挾帶一絲輕蔑。

「光想到師姐在這傢伙體內流竄，就覺得特別噁心。」

「靈力而已，靈力！」我說：「別說得那麼曖昧。」

「到頭來，你也不打算把靈力還給師姐，對吧？」

「我當然會還。」

「怎麼還？」

「怎麼移轉的，就怎麼還。先搞定那該死的老虎，再用玄穹法印——」

「你要怎麼搞定黑虎將軍？」

「就……」

「玄穹法印呢？」

木然發愣，啞口無言。

「空口白話。」邱琴織哼了一聲。「等你開始行動，師姐都過完頭七了。」

「琴織！」

「師姐，我先告辭了。宗主特別吩咐，要妳今天別太晚回去。」

不待回覆，邱琴織鞠躬行禮，瞪了我一眼，便踏步離去。她的話語充滿挑釁，卻也切中要點，確實，一切想法在付諸行動之前均屬空談。

要想改變，就不能安於現狀。

「別介意琴織那番失禮的話，她就是太急躁了。」

「不。」我搖搖頭，「她說得對，至少這次是完全正確的。」

肯定那傢伙的言論，讓人心頭一沉，深感不悅。

胳膊已然不見先前浮現的黑色虎紋，我說：「那時，為什麼手上會出現老虎的紋路？」

九降詩櫻輕柔地觸摸我的左臂，彷彿上頭留有虎紋一般。

「優秀的巫祝，一流的靈巫，有能力與神明建立非寄宿狀態的依存關係，那是一種固有的共生靈術。施術者將特定靈屬留在體內，需要時以靈力引導，將寄宿之靈轉為武裝，強化自己的肉體能力，從中獲得相應的力量。我們把這種狀態稱為『靈裝』，是相當特殊的互動模式，尤其宿主本身毫無靈力、寄宿之靈又是神明的例子，更是世間罕見。」

「慢著，我和那傢伙的感情，可沒好到會有『互動』。」

「或許，手銬的強烈電流讓你遭遇急迫的生命危險，反應時間短得連黑虎都無法順利脫離，處於雙方同時疲於應對的局面。」她思忖半晌，說：「難道靈裝會因應被動的危急狀態而發生……？」

「妳不確定？」

「我沒見過這麼特殊的依存關係，未曾目睹非出己意的靈裝。根據道學各方的研究，除了名稱之外，較為明確的資訊只有『人靈之間關係融洽方能發動』這點。你的情形，是歷史罕見的例外。」

罕見，意味著毫無先例，即為頭號白老鼠，只能任人宰割。

「並非基於平等互信關係而發動的靈裝，依靈道常理判斷，對施術者造成的身心損害必定大得驚人。」詩櫻垂下長睫，斂起面容，低聲說：「弄個不好，說不定會加速肉體和心靈的毀滅速度。」

「比平常的吞噬速度更快？」

她輕輕頷首，抿著嘴，抬起眼，像隻受傷的可憐小動物。

「請放心，」她勉強撐起笑靨說：「我會盡其所能幫你迴避必須使用靈裝的場合。」

我縮起下巴，挑了挑眉。

「吼，你不相信我。」她鼓起腮幫子，「再怎麼說，我也是長年侍奉神明的靈道巫祝。」

「是是是。」

「啊——居然敷衍我！」

嘆了口氣，我搔搔後腦，說：「那麼，就麻煩九降大小姐保護我了。」

九降詩櫻嫣然一笑，滿意地點了點頭。

總覺得自己佔了她很多便宜，今天是她第二次捨身相救，我卻絲毫沒有幫忙找回法印的念頭。現在的身體狀況很好，好得沒話說，實在沒理由自找麻煩。

我甩甩頭，伸出雙手，搭住她的肩膀。

「唔咦，怎麼了？」

注視那對眸子，才發現她烏亮的瞳孔，漆黑深邃，映出光暈，顯出我的倒影。

她的睫毛很長，與黑玉般的大眼極為相襯。純白的制服襯衫，滿是溝鼠的血紅齒痕。

「今天，謝謝妳了。」

「不會啦，畢竟這次騷動是我師妹引起的。」

「昨天，也謝謝妳了。」

「那是為了拯救人命，不要緊的。」

「鹹湯圓很好吃。」

她噗哧一笑，說：「那是琴織買的。」

放下紙盒子，我仰起頭，凝視夜幕。原應無垠的幽暗間，卻紫青一片，理應深邃的夜被光害染上一層靛藍。從此，黑夜成了紫夜，不見星辰，徒存那輪明月，兀自高掛。

盯著腕上手錶，想起藍髮傢伙說過的話。有著預視能力的她，不知是否想到另一種可能性。

吞噬心柔靈魂的黑虎，是否可能親近這位竭誠侍奉神明、個性溫婉堅強、蘊藏世間最強靈力的巫祝。

看著九降詩櫻仰望夜空的姣好側臉，我將一個未曾想過的方案，列入考量。

「詩櫻。」

「嗯？唔咦？啊？」她不知為何突然脹紅了臉。「什、什麼事？沈同——雁——嗚！雁、雁翔？」

注視她的雙眼，凝聚意志，正色開口。

「我不會再讓妳受傷了。」

她眨了眨眼，頃刻雙頰通紅，捧著臉道出數次「唔咦」。

我莞爾一笑，再次望向幽冥靜夜。如此簡單的答案，為何得繞這麼大圈才想通。

不與黑虎和解，單純將靈力奉還詩櫻，又同時拯救心柔的方法，其實很簡單。

皎潔明月似乎也如此認為，細長的弦月，彷彿一彎瞇笑的眼。

「我可不想再辜負任何人的期望了。」

第七節　尾隨

注視前方之人，一面掩住身子，一面放輕腳步。

「小翔也太不挑了。」阿光咂咂嘴說：「跟蹤小詩櫻就算了，這回連大叔也不放過……。」

「給我閉嘴。」我白了他一眼。

九降詩櫻搗著嘴，輕聲竊笑，說：「莊同學真逗趣，難怪雁翔那麼信任你。」

「我可一點也不信任他。」

「小詩櫻果然明理，跟某個傲嬌的傢伙不一樣。」阿光搭上詩櫻的肩，壓低聲音說：「如何，還是跟我交往吧，快跟這個頭髮亂澎澎的移動式鳥巢分手。」

「唔咦？」詩櫻唇瓣微啟。「我和雁翔在交往嗎？」

「妳稱他為雁翔，稱我為莊同學，偌大的心靈距離令人心寒啊！」

「別從稱呼方式判斷進展，又不是日本人。」我揍了他的肩膀，說：「況且，你這傢伙打一開始就叫她小詩櫻了，不是嗎？」

「那是我天生的自來熟屬性。」來回看著我和詩櫻，阿光嘻嘻一笑。「無論小翔怎麼辯駁，都能明顯看出兩位的關係非比尋常了。」

「才沒有，別胡說，給我閉嘴。」

出於某種理由，突然不太願意喊她全名。或許九降這個姓氏無意間給我太大壓力，又或許如阿光所說，潛意識中已將對方視為某種特別人物了。

仔細一想，她昨晚一時口拙的原因，興許正是出於這一無關緊要的微小變動。

腦子多繞幾圈，不禁覺得有點害羞。

「我不喊人全名，真有那麼奇怪？」

「不然我們找幾個對照組。」阿光雙手抱胸，說：「來，你怎麼叫小琴織的？」

「邱琴織。」

「小輕雲呢？」

「李輕雲。」

「心柔妹妹呢？」

「心柔。」

「我呢？」

「阿光。」

「看吧。」他攤開雙手，「是不是有顯而易見的差別？」

「還好吧……」

「不然你試著叫小詩櫻一次。」

這有什麼難的。

面向詩櫻，注視她的雙眸。

「詩、詩……」

「看吧，居然口吃了！」
「這是單純的失誤！」
「那就再試一次。」
誰怕誰。凝視詩櫻的眸子，清清喉嚨。
「詩櫻。」
她驀地移開視線，抿起唇瓣，一面點頭揮手，一面放任雙頰泛紅。
確實有點不太自然，還是改回來好了。
「嗯……九降詩櫻？」
「唔咦——」
她蹙起眉宇，鼓起腮幫子，嘴巴噘成一團。換回全名居然令她如此不滿。
「你們在閃個什麼鬼啊！給點顏色，居然給我開起染坊！」
阿光一拳毆上我的肩膀，力道看似很大，卻一點也不痛。
「甜蜜成這樣還說沒在交往，快給我就地結婚！」
詩櫻摀住嘴巴，目光游移，似乎有些混亂。
「這、這樣算在交往了嗎？」
「不算！」我揚聲說：「妳啊，別那麼容易被牽著鼻子走。」
「對不起……」
她像隻受傷的小動物，低垂眉宇，抬眼望我。
「真是兇悍的男朋友。」阿光說：「小詩櫻快跟他分手！」

「可是，他也是為了我好——」

「喂喂，先反駁『男朋友』這三個字啊！」

談笑間，眼前目標開始移動。放輕動作，我繞過作為掩體的電箱，躲到騎樓下的柱子旁。

阿光緊跟在後，錯身時，故意輕輕撞我的肩，說：「我是知道小翔要找那個什麼君的人，但與跟蹤這位歐吉桑有何關聯？」

「要找操偶師，就得沿著提線走。」

為了得到阿光的協助，我利用午休時間將御儀宮的玄穹法印奪取事件、詩櫻將靈力移轉給我的狀況以及蛇泥偶四散各區的事實簡略說了。他的理解力很強，對未知領域的接受度也很高，更重要的是，我需要他關於機械改造方面的突出能力。

「居然叫我回家拿這麼多設備，不說還以為你要打仗。」

「確實是打仗，這可是攸關兩條——不，三條性命的仗啊。」

「如果真那麼緊急，何必等到放學才行動？」

「你想毀了詩櫻的全勤紀錄嗎？」

「居然為了這種事……」阿光嘆了口氣，湊上前說：「話說回來，想不到兩位進展如此神速，身為爸爸的我好傷心呀！」

「我最討厭的就是爸爸。」

「小翔目前是一壘？」

「一壘個頭啦……」

我連一壘的定義範圍是什麼都不知道。

偷瞄詩櫻一眼，她偏著頭，似乎聽不見我們的對話。

阿光湊近我耳邊，悄聲說：「一壘就是嗯哇、嗯哇！濕潤的嘴唇接觸！」

「那可不是我主動的——」

話才出口，就後悔了。

阿光停頓半晌，眨眨眼睛，倒抽一大口氣。

「你、你、你是說……保送？」他瞪大雙眼，咬著牙，難以置信似地瞅向詩櫻。「小詩櫻她……居然讓你保送一壘？天啊，我的九天玄女娘娘！」

「你們在聊棒球嗎？」詩櫻前傾身子，湊上來問。

阿光堆起笑容，瞥了我一眼，露出邪笑，說：「是小翔最喜歡的愛情棒球喔！」

「唔咦，什麼是愛情棒球？」

「就是——嗚哦！」

我的拳頭重重打在阿光背上，強制中斷對話。

經此一提，細細回想，才意識到我與詩櫻的關係有點微妙。談到壘包又提及保送，腦中不自覺憶起在御儀宮時，詩櫻陶瓷般精緻的臉蛋，和炙熱嬌嫩的唇瓣，柔潤溫暖得好似棉花糖，甜美又富彈性。想到這裡，感覺耳根子滾燙得像大廚烹調的美味佳餚，只差沒有冒煙了。

「死小翔，居然給我偷跑！」阿光用手肘撞我。

「誰跟你偷跑，就說了是場誤會。」

談笑間，跟蹤的目標忽然停下腳步。

我將二人按至身後，躲入巷口轉角。靜待十秒，再次探頭，不料眼前一黑，整顆頭埋入某人懷中。受反作用力影響，腳步猛地踉蹌，為了站穩身子，順勢向前方撲，攫住兩團柔軟的隆起。

「哎呀呀，想不到沈雁翔是如此好色的人。」聲音主人雙手一抱，把我按得更沉了。「既然這麼喜歡，就讓你好好享受一番！」

「嗚嗚咕咕——」

「咦？」阿光的聲音在我身後。「小輕雲怎麼在這？哇！好羨慕，我也要、我也要、我也要！」

「好哦。」李輕雲鬆開雙手讓我喘氣，咧開嘴笑，說：「下一個。」

準備飛撲上前的阿光被我掄了幾拳，只得作罷。

「還下一個咧，要人命啊妳。」

「你可是依循自由意志撲上來的呢，戀胸阿米巴蟲。」

「戀、戀胸？」詩櫻雙手摀在嘴前，閃動的雙眸滿溢困惑。

「沒有，妳不要這麼容易被牽著鼻子走！」

我脹紅著臉，雙手叉腰，瞪向滿臉堆笑的李輕雲。

「妳這傢伙，該不會打算說『哎呀呀，真巧啊在這裡偶遇』這種鬼話吧？」

「當然不。」她搖搖食指，說：「我是打算說『哎呀呀，真巧啊，沈雁翔也喜歡胸部』。」

「唔咦，果然是真的……」

「都說了不要被牽著鼻子走！」

每回見到這個藍髮傢伙就特別累。

猛然想起初始目的，趕緊探頭查看，所幸目標仍在視線可及的位置。

李輕雲湊上前來，依稀能夠聞到海藍髮絲間濃郁的薰衣草味。

「原來如此。」
「哦？」阿光也探出頭來。「小輕雲馬上知道小翔的目標是誰了嗎？」
李輕雲春蔥般的食指前方，其貌不揚、雙眼無神、四處遊走的禿頭大叔正是我的目標——蛇泥偶。
他並不是昨天西裝筆挺的蛇影傢伙，而是完全不同的人。如李輕雲所言，這些受了詛咒的人們不吃不喝，四處遊蕩，只需詳加觀察便能輕易找到目標。放學後，幾乎不費功夫，便在鄰近臺一線的中平國中附近找到了這名蛇泥偶。
「小輕雲知道我們為什麼跟蹤他？」
「當然。」李輕雲瞄了我一眼，哼笑一聲。「看來是『自投羅網，再行破網』的計劃。」
「我個人比較喜歡稱為『不入虎穴，焉得虎子』計劃。」
「……」
「不准無視我！」
身後的詩櫻發出一陣悅耳輕笑，銀鈴般的咯咯笑聲讓人嚴肅不了。
見我咋舌，她雙手合十，抿嘴忍笑。
「雁翔和李同學感情很好呢。」
「哦？」李輕雲挑了挑眉，覷起雙眼，仔細打量詩櫻的身軀。
下一秒，她把整張臉埋進詩櫻的秀麗長髮中，沿著柔嫩的白皙頸子使勁地嗅。
「李、李同學？唔咦！好癢……」
「嗯，還是有靈力的時候比較可口。」
「唔咦？」

「別說得好像妳以前聞過。」

我像提起貓咪一樣揪住李輕雲的後領，將她拉離詩櫻。

拿她沒輒的我，偏偏在此刻被發現了行蹤。不，也許一切早在她的預料之內，然而，今日的追蹤行動導因於昨晚與詩櫻的互動，我不認為李輕雲前天便能預視到此刻的狀況。

她究竟預視了哪些結果，精細到何種程度，皆屬未知。

阿光突然彈了手指，正色說道：「就叫『跟蹤無神男子的不入虎穴計劃』吧。」

「沒頭沒腦的說什麼啊。」

「計劃名啊，計劃名。」

「那種東西怎樣都好。」

阿光咕噥幾句，喃喃自語條列各項子計劃的暫定名稱。

肩頭被詩櫻輕點兩下，她說：「我們要跟蹤那位先生回家嗎？」

「能的話就再好不過了，當然，最終目標並不是他。」

詩櫻眼中閃過一絲不安，說：「你要找梁君嗎？」

「對。」

「跟著這位大叔，就能找到梁君？」

「不盡然，但值得一試。」

既然李輕雲在場，解釋起來就方便不少。我將昨日上午在副都心富貴路遇見蛇泥偶的事簡單說了，費盡心思才順利避開預視能力的存在，以及電流手錶的真正用途。

「沈雁翔，想不到你如此體貼。」

李輕雲微瞇雙眼，不懷好意地咧嘴輕笑。

「特地為我迴避關於『預視』和『手錶』的真相。」

「啊，那支手錶！」詩櫻圓睜雙眸，叫出聲來。「李同學為什麼要給雁翔那麼危險的手錶？」

現在才想起來，這女孩的反射弧也未免太長了。李輕雲這傢伙，自己貿然提起，顯然是不怕人問，看來我一廂情願的迴避是多此一舉了。

「該怎麼說好呢。」李輕雲撥撥那頭藍色中長髮，瞄了我一眼，揚起嘴角，說：「簡單來說，我想置他於死地。——這麼簡潔的說明有人能夠理解嗎？」

阿光臉上的苦笑有些僵硬，或許正在考慮該如何反應。詩櫻斂起五官，臉色漸轉發白，眉宇緊蹙，注視著李輕雲。她低下頭，鬢邊鈴鐺發出叮鈴一聲。

「為什麼要做這種事？」

李輕雲眨了眨眼，忽地笑了。

「因為好玩？嗯，這答案不錯，就選這個。」

「請不要開這種玩笑。」

詩櫻的語氣溫柔而堅定，肩頭卻輕輕打顫，呼吸變得急促，胸口不住起伏。

「李同學，妳怎麼能把人命當成遊戲？」

她的聲音輕如柔羽，眼神卻注滿熾熱怒意，彷彿隨時要迸出火光。

李輕雲維持那副笑盈盈的模樣，面對責備也毫不在乎。

詩櫻的怒火逐漸逝去，眼觀鼻，鼻觀心，就連稻草人都比她還有生氣。

周遭的人聲少了，興許是通勤的尖峰時間已過，亦可能是我主觀的錯覺。

「詩櫻，其實……」

我才開口，李輕雲立刻伸手制止，說：「我來吧，是我回答得不好。」

她拍拍雙頰，斂起微笑，肅穆的神情凜然莊重。

「雖然是個難以解釋的論述脈絡，但我不打算迴避這個問題。」李輕雲攤平雙掌，海藍色的炯炯目光定於詩櫻的眸子上。她說：「尤其對妳——九降詩櫻，更不打算有所隱瞞。」

詩櫻抬起頭，微惱而緊皺的眉下，黯淡眼眸帶了一抹濕潤。

李輕雲再次開口，已是數分鐘後的事。

她將所有祕密說了出來，包含預視能力、手錶功用、為何想要我死等事實緣由，以極富條理的敘述方式闡明完畢，毫不保留地全盤供出。

阿光瞪大雙眼，顯然無法置信。

詩櫻的眉頭皺得更深了，整張臉繃了起來。

「為了救我，所以決定犧牲雁翔？」

「是的，我只能這麼做。」

「就為了救我一個人？」

李輕雲凝視著她，正色頷首。

詩櫻蹙起的眉宇轉而盈滿困惑。

「只因我的生命更為重要？」

「綜合各項因素，這是客觀上最適切的評價。」李輕雲瞥了我一眼，說：「擁有無邊靈力的最強巫祝九降詩櫻，絕對比即將被神靈吞噬的凡人沈雁翔來得更有價值。」

「妳說價值……」

「當時的我，只能看見妳的死亡。」李輕雲的語調冷得堪比極地冰山。「以我的角度觀察，罪魁禍首無非就是沈雁翔。他的價值無論怎麼計算都比不上妳，這是單純的棄保，我只是選了當時的最佳方案，換作任何人處在這個位置，也會做出相同的決定。」

她的話語，使沉重的空氣籠罩而下，彷彿夜幕有了重量，壓上肩頭，讓人無法順暢呼吸。

據此脈絡，連我都頗為認同李輕雲的最終判斷。

「這是錯的。」

詩櫻的低聲駁斥，讓李輕雲圓睜雙眼，似乎有些意外。

「生命的價值，不能客觀衡量。」

詩櫻烏亮的雙眸泛出淚水，目光卻極為堅定。正氣凜然的模樣，柔中帶剛，不同以往。

「每個人都背負著不同重量的責任，同時也孕育出不同樣貌的靈魂；每個人都有自主決定人生的權利，同時也有不被他人剝奪生命的權利。生命時間的延續，賦予人們填充靈魂的機會，每一個靈魂，均為神態各異、迥然不同、獨一無二的微型宇宙。追尋自我並補全靈魂，是一趟因人而異的漫長旅程，正因如此，任何生命都不該以質量作為判準，進行客觀衡量。」

詩櫻的呼吸漸趨平緩，浮躁的情緒隨著發言得到紓解，面容逐漸回復以往熟悉的柔和模樣。

我忍不住想，或許她根本就沒有生氣，而是懷抱其他情緒，僅是外觀近似發怒罷了。

「生命的意義源於自我追尋，擅自論斷生命價值之高低，不僅是自私的傲慢，更是喪德的惡行，無論是我、雁翔、莊同學、李同學、法官、總統、國會甚至安理會，都沒有衡量或審判他人靈魂的資格。」

詩櫻凝望李輕雲的炯炯目光，足可穿石。

「這種資格，就連神明也不該擁有。」
一時之間，碎嘴如阿光，妙語如輕雲，不約而同，啞口無言。
詩櫻掛回一貫的溫暖微笑，慈藹的笑臉在我眼裡，增添幾分神性。
依她所說，我身上寄宿著黑虎，黑虎體內則有銀狐，銀狐藏有心柔的靈魂，光我一人便背負了兩個靈魂與兩位靈物的重量。循此角度延伸，我的價值說不定比誰都高。當然，她也說了，生命是不能衡量高低的，孰高孰低，終究不得論斷。
一直沒有開口的阿光，冷不防鼓起掌來。這傢伙總是少一根筋。
我推了他一把，悄聲說：「喂，別忘了我們在跟蹤人。」
「啊。」詩櫻捂著嘴說：「對、對不起，我剛剛太激動了……」
探頭查看，蛇泥偶大叔雖已遠離，但仍在視線範圍內，對方似乎沒注意到此處的動靜。
李輕雲的表情也舒緩許多，我不認為她會把詩櫻的話當一回事，然而，揭示彼此的價值觀，總是互信的第一步。可能的話，我希望永遠不會與這個藍髮傢伙為敵。
阿光一邊把玩裝滿器具的運動包，一邊發出鏗鏗鏘鏘的聲響。
「小翔，那個蛇叔好像只是在閒晃，根本不想回家，這樣不就永遠無法抵達目的地了？」
「誰跟你說要一路跟他回家了。」
瞥向那支可以殺人也能報時的手錶，發現時間差不多了。
八點過後，富貴路上人車幾乎匿了蹤跡，馬路只剩偶爾飆過的低俗改車，人行道只剩野狗野貓，這便是高級住宅區尖峰過後的淒涼光景。整個副都心宛如陷入沉眠，四下無聲，萬籟俱寂。
我探出頭，說：「你們在這裡等，我馬上回來。」

「才不要咧。」李輕雲吐著舌說：「我才不當這種看家角色。」
「我要做的可是一被抓包就進警局的事。」
「哦？」李輕雲挑了挑眉，「你指的是這種事？」
她撩起群襬，抽出大腿槍套那把銀色盒子砲，啪啪兩聲清音，擊碎籠罩副都心的安詳寧靜。
眼前的禿頭大叔應聲倒地。
「唔咦？唔咦咦咦？」詩櫻雙掌捧臉，嚇得瞪直雙眼。
「等等，等等等等！」阿光也陷入混亂。
「妳這傢伙，就是太急躁了。不過嘛……」我搔搔後腦，豎起拇指。「幹得漂亮。」
「謝謝。」李輕雲甩了一圈手槍，朝並未冒煙的槍口吹了一下。
我閃出身子邁開腳步，奔向倒地的大叔，他臉上依舊是半開眼瞼的無神模樣，分不清是否已完全昏厥。將其翻至正面，仔細檢查長褲口袋和西裝內袋。
「雁、雁翔，不能這樣啦……」
「我不是要妳躲在後面嗎？」
「不可以偷別人的錢包。」
翻開破爛的長夾，裡頭塞滿發票和卡片，現金只有一百元，信用卡卻有六張，看來是個奉行無現金主義的標準現代人。抽出發票，找到藏在後方的身分證、健保卡和汽車駕照，取走證件，繼續翻找其他口袋。與此同時，詩櫻仔細將四散的發票重新排列，按月份分類，一一塞回大叔的長夾。
「妳也未免好心過頭了，我們正在幹壞事耶。」
「把別人的東西弄亂，太過分了。」

「看來妳這輩子當不成賊。」
「這樣啊……」她垂著眉毛，似乎相當失望。
我在其中一個口袋找到對折起來的掛號信，信封上寫著「新北市政府稅捐稽徵處」，看來是報稅單之類的政府文書。
左右一扯，撕開信封右上角。
詩櫻輕叫一聲，挨到我身邊，說：「不能這麼粗魯。」
「很快就好了。」
「不行。」她奪走信封，小心翼翼地將開口扳開，維持整齊的切線。
「妳別亂弄。」我抓住她的臂膀，飛快將手伸入信封。
「啊，要輕一點……」
「妳再打開一點。」
「裡面不行……」
「啊，出來了。」
信封裡的紙張，被我使勁一拉，通通抽了出來。
阿光湊上前，清清喉嚨，以奇怪的低沉嗓音說：「兩位的對白，鹹濕得讓我以為出什麼事了呢。」
「同感，也不想想我們還在大街上，真是變態的阿米巴蟲。」
「囉唆啊你們。」我揍了阿光的肩膀。
「別胡鬧了。」李輕雲謹慎地確認四周狀況，說：「稅單上會有地址。喂，你找到身分證沒？」
見我拍拍襯衫口袋，她正色頷首，說：「把這個大叔搬到廢墟旁的草堆，短時間內應該不會被發現。」

「唔咦，不把他叫醒嗎？」

「當然不，萬一意外觸動黑蛇咒，可就吃不完兜著走了。」李輕雲搭住詩櫻的肩，說：「當然，苦勞得讓男生來做，櫻櫻和我在旁休息就好。」

「唔咦，大家一起搬比較快。」

「妳可不能搶了他們身為雄性生物僅存的威風啊。」

儘管滿腹怨氣，我仍順了李輕雲的意，和阿光一起將重得要命的禿頭大叔搬到草叢裡。

中港大排與新莊副都心周圍的區域，不知該說是人煙稀少還是環境良好，日落之後，蚊蟲不多，涼風輕拂，讓人感覺十分愜意。

那位大叔的名字非常難記，稅單中的地址倒很好認。

「還真住得起這種地方啊，蛇叔。」阿光仰頭感嘆。

來到位於副都心的高級住宅社區，貴氣十足的歐風鍛造大門阻擋在前，只有右側的感應卡小門可供住戶通行。越過柵格看去，挑高透明電動門不提，接待廳竟然附設演奏用豪華鋼琴。鋼琴上方，十多組繁複內層的豪華水晶吊燈，活像中世紀的舞會懸燈，耀眼炫目。

「這種地方，進不去吧。」阿光嘆了口氣。

「是嗎？」李輕雲笑了笑說：「我可不認為感應卡設備難得倒你，莊崇光。」

「既然小輕雲都這麼說了……」阿光噘起嘴，注視那臺由塑膠外殼包覆，內部閃出紅光的黑色感應器。幾年前，心柔曾說想換這種門鎖，由於太過昂貴，加上我極可能弄丟磁卡，只得作罷。

「居然是三星的。」阿光陷入沉思，低喃道：「是今年的型號，嘖，不知道有沒有手機通報系統。可以確定有紅外線自動反鎖裝置和防高壓電擊迴路，光這樣就夠危險了。」

「電擊迴路？」詩櫻歪著頭問。

「一般而言，要硬開這種感應門，最簡單的方法就是使用高壓電擊，讓門鎖短路便會自動解鎖。」阿光咧嘴一笑，朝她比出勝利手勢，說：「當然，我不打算用這麼野蠻的方法。」

「還有個問題。」我皺著眉說：「就算開了門，也很難騙過裡面的警衛。」

「是這樣沒錯，但也沒其他選擇了。」

確認周圍環境，貌似除了正門之外，別無他法。住宅四周的高牆邊，紅外線感應器交叉配置，光要找出死角恐怕就得花上數小時。

李輕雲拍拍我的肩，俏然一笑，說：「放心，我有方法。」

「什麼方法？」

「晚點就知道囉。」她抬了抬下巴，對阿光說：「動工吧。」

「好咧！」

阿光拿出一個手掌大小的鐵盒，輕輕倚上感應裝置。

「賓果！」

鐵柵門吭啷一聲，朝內開啟。

詩櫻捂住嘴，雙眸藏不住心中溢滿的驚嘆，李輕雲則微揚嘴角，對眼前狀況毫不訝異。

「莊同學，這是什麼魔法？」

「魔法？不不不，魔法和道術是小詩櫻妳的專長，我只是個擅長研發小東西的業餘工程師而已。」阿光嘻嘻笑著，晃了晃手上的小盒子，說：「這個小玩意兒沒什麼深奧原理，單純是個將遠在外地，強者我朋友的駭客語法編譯其內，以數據感應的方式輸出的萬用感應器破解裝置。」

詩櫻眨了眨眼，愣了半晌，輕輕點頭。

「真、真是太厲害了，莊同學果真是箇中好手。」

「妳一個字也沒聽懂，對吧？」我笑著說。

「才沒有呢……」她唰地紅透了臉。

「李輕雲，」我說：「接下來是妳的主場了。」

「了改。」

她咧嘴一笑，旁若無人地吹起口哨，一蹦一跳，向前邁步。

「喂，李輕——」

喊不住她，別無他法，只得催促阿光和詩櫻一同跟上。

走在前頭的李輕雲宛如置身於自宅，昂首闊步，逕自穿越那透明得彷若並不存在的自動玻璃門，既沒望向大廳中乳白色的演奏型山葉鋼琴，也沒仰望驚人的北歐風吊燈。

抬頭挺胸的她，一派輕鬆地大步向前；其他三人則低著頭，賊一般地跟在後方。

「你們好呀！」

經過警衛櫃臺時，她一面燦笑，一面朝兩位中年發福的男子招手。警衛大叔似乎有些困惑，只簡單地舉手回禮，李輕雲咧開嘴笑，朝電梯的方向蹦跳前進。一行人順利進入豪華氣派，卻因空盪而略帶寒意的接待廳。

阿光低頭沉吟，似乎不能接受剛才發生的事。

「李同學怎麼知道警衛先生不會攔下我們呢？」

問的好，詩櫻，幫妳加一分。
李輕雲雙手撐於頭後，咧嘴一笑。
「越自然就越不可疑，我一直以來都是這麼做的。」
「不不不，妳一直以來都很可疑吧——嗚呃。」
她一拳掄上我的腹部，讓人痛得弓起身子。
詩櫻輕撫我的背部，柔聲問：「還好嗎？」
搖了搖手，試圖表達一點也不痛的訊息，卻疼得無法如願，這個藍髮傢伙絲毫不會控制力道。
「接下來得分頭行動。」李輕雲努了努下巴，示意前方寫著「社區警備管理室」字樣的牌子。「為了避免不必要的麻煩，有必要消除這段時間的監視紀錄。莊崇光，你跟我走。」
「咦——我想跟小詩櫻一組！」
「沒意義吧？」
「……這是什麼意思？」
「你花一百年也追不到她，趁早放棄比較好。」
「等、等等！小輕雲，難道這是預視的結果？」
「這根本不需要預視，用膝蓋推論就行了。」
「太過分了啊……」
李輕雲拉住我的肩膀，覷起雙眼說：「記得，關鍵是黑蛇咒的源頭，別給我空手回來。」
「妳以為自己在跟誰說話？」我哼笑一聲。「我想要的東西，一次也沒失手過。」
「那就好。」

李輕雲拖著死命掙扎的阿光，朝警備室的方向走。

不愧是高級住宅區，還未九點便已一片死寂，漂亮的花圃栽植各種花草樹木，環繞著廣闊的中庭，庭園中央有座豪華噴泉，卻不見遊憩之人。難得新莊有這麼一個光害輕微的地區，卻被一群不懂欣賞的富裕傢伙佔據，著實令人惋惜。

拿出蛇泥偶大叔的稅單，確認地址和房號。

詩櫻將右側鬢髮的鈴鐺取下，烏黑髮絲有如一綹清瀑，依著臉龐順流而下。沒了裝飾，卻增添幾分樸素，絲毫無損原有的古典美貌。

這是我第一次看見她兩側鬢髮均散於耳畔的模樣。

「這樣很奇怪嗎……？」

見我動也不動，她垂著頭，抿嘴抬眼。

「沒有，不是那樣的，我們走吧。」

向前邁步時，一股小小的力道，拉住我的衣角。

「雁翔。」

她的聲音，細得彷彿密林裡的呢喃。

「謝謝你。」

「我可不記得自己做過什麼值得道謝的事。」

她搖搖頭，這回沒有熟悉的鈴鐺聲。

「為了幫我，不只呼朋引伴，甚至擅闖空門。光這兩項，我就感恩得願意花一輩子報答了。」

「一輩子也太沉重了……」聽聞此言，我不禁失笑。「妳救我一次，我救妳一次，恰好扯平。」

「但是，你的問題並沒有解決。」

她瞄向我的右腿，表情蒙上一層憂慮。寄宿該處的黑虎，彷若長眠，靜如止水。

「放心，我自有辦法。」

「真的？」她眼眸圓睜，歪著頭說：「什麼樣的方法？」

「祕密。」

「啊——真狡猾！」

轉入大叔所住的大樓門廳，發現電梯按鈕也是感應式的。進了電梯，利用阿光的自製設備破解之後，輕觸二十樓的按鍵。

詩櫻的表情變得僵硬，臉頰肌膚有些緊繃。

「妳沒事吧？」

「唔咦？呃，嗯，沒事唷！」

她雙手交握胸前，鼓起腮幫子，泛起一層桃紅。

「完——全沒問題，什麼事情也沒有，沒事！」

「……妳在憋氣嗎？」

「沒有啊，沒有。」

她用力吸了一口氣，卻沒吐出來。

我皺下眉頭，擰捏眉間，說：「妳該不會很怕搭電梯吧？」

她的眼睛倏地瞪大，旋即皺起眉頭使勁拍我的手臂。

「才沒有呢！都什麼時代了還怕電梯。哈哈，又不是小孩子，啊哈哈哈……」

「妳怕得要死了，對吧？」
「你才是呢，說我害怕，其實自己很怕吧！」
「哦？」我挑了挑眉，「我可是一點也不怕，妳看。」
「咿咿咿！不要呀啊啊啊——」
我雙腿一蹬，電梯車廂劇烈搖晃。
詩櫻的尖叫像極了恐怖片裡目睹兇手開腸剖肚的女主角，音調之高亢，氣勢之宏亮，儼然有成為新一代世界女高音的潛力。
我捧腹大笑，眼角險些泛出淚珠。
「好壞，你超壞！超級壞！氣死我了！」
「對不起嘛，啊哈哈哈。」
我抹抹眼角，再度蹬出一腳。
「呀啊啊啊啊——」
詩櫻再次發出悲鳴，抱頭蹲下，揪緊我的衣角，緊靠我的大腿，渾身打顫，喃喃低語。
「……急急如律令。」
她不斷禱念咒語，雙手不住顫抖。
「對不起嘛，沒事了、沒事了。」
我輕拍她的肩，卻沒得到任何回應。
「詩櫻？」
「嗚……」

「喂喂，不會吧？」

「嗚嗚嗚……」

她哭出聲來，吸著鼻子，指頭揪得更緊了。

我趕緊蹲下身子，撫摸她的頭，稍微拉高聲調，柔聲說：「詩櫻，我不會再胡鬧了，別哭啦……」

她細小的啜泣聲，戛然而止，我忍不住鬆了口氣。

「嘻嘻。」

「嗯？」

「嘿嘿嘿！」

詩櫻抬起頭，眼眶並無泛紅，臉上笑靨燦爛耀眼，可愛極了。

「騙、到、你、了。」

「妳這傢伙……」

想不到這傢伙非但是女高音，還是影后。

一把捏住她的鼻子，她卻開懷大笑，毫無收斂之意。

罷了，至少得知她的一項弱點，頗有收穫。

電梯門開啟，一條由米黃色拋光石英磚鋪成的廊道，映入眼簾。同一層樓只有兩戶，一左一右。大叔的住所是右側那間。石英磚的色調在暖色燈光的照射下更顯高貴，視覺上頗具五星飯店之感，外門樣式是銀色主體與暗紅防火鋪面，光看外型，也猜得出那難以負擔的昂貴價格。

「你會開這種門嗎？」

「不是電磁鎖，就不會太難。」

「要手動開鎖？」

「當然是用更文明的方式。」

我掏出一串鑰匙，不消說，同樣是從大叔身上拿的。

「這不就是直接開嗎，你說得好像要露一手呢。」

「囉嗦。」

鑰匙入孔，右旋三圈，沉重的昂貴門扉立即解鎖。

裡頭一片闃黑，伸手不見五指。踏出一步，室內驀然打起主燈，明亮光線將大廳照得有如白晝。

詩櫻被突來的燈光嚇了一跳，輕叫一聲，拉住我的袖口。

屋內毫無人氣，彷彿從未入住，濕氣重得像泡了水，處處瀰漫冰涼氣息，沒幾秒鐘，已讓我的肌膚黏膩不堪，極其難受。

這種又冰又黏的環境，簡直就像——

「蛇的窟穴。」詩櫻喃喃低語。

靈光乍現，罕見與她同步。

房中家具保持完好，可能有幫傭定期整理，也可能單純極少使用。

「要不要試試靈力感應？」

「那是什麼？」

她展露微笑，湊了過來，抬高我的雙手，臂膀與手背呈一直角，掌心向前。

「請闔上雙眼，緩慢前進。」

「……這樣有用嗎？」

「這是很古老、很有效的靈力尋物法。」

「古老？」我不禁失笑，說：「希望比尋水探測術有用。」

「唔咦？」詩櫻歪著頭說：「探測術很精準的。」

「真的假的？」拿著兩根L型金屬棒，老年癡呆似地亂走，居然是種精準的技術。

「玄穹法印最初就是爺爺用探測術找到的唷。」她瞇起雙眼，嫣然一笑，說：「當然，應該是爺爺的靈力高強才會如此順利，但探測術確實比單純的靈力感應還更精準。」

「妳身上該不會剛好有兩根金屬棒吧？」

「小範圍尋物，用靈力感應就足夠了。」

她瞇眼微笑，以指頭做出鴨嘴開闔的動作，示意我闔眼。

閉上雙眼，靜靜感受體內沁涼的流動。

得到詩櫻的靈力後，始終沒有確切的真實感，或許因為不曾親身感受超自然能量，又或許是靈力本身並無感應方式，使我一直無法掌握它的存在，遑論加以運用。

屋內出奇靜謐，無論聲音抑或靈流，均是一片死寂。接觸詩櫻或邱琴織時，體內涼意總是騰龍一般飛快穿梭，弄得身體忽冷忽熱，像個持續發燒的流感病人，此刻，卻一點感覺也沒有。

詩櫻輕扶我的臂膀，朝兩側扳開，平舉雙手的我宛如展開羽翼的鳥，又好似釘上十字架的彌賽亞。

「這個姿勢能讓體內的氣運得更順。」

「氣？」

「靈力的流轉型態，與武術的運氣原理，系出同源。」

「所以妳能使出如此高強的棍術。」

「確實有些相關。」她搗著嘴笑，說：「但我並不厲害就是了。」

「能把身高超過兩米的人蛇打飛，以我一介凡人的角度來看，已是武術大師了。就像只會使用美拉的勇者，在旅途中碰見施放伊歐那珍的賢者那樣，高下立判。」

「伊歐那珍？」

看來ＤＱ系列的例子行不通。

「就像手拿桃木劍的陳靖仇，碰見手握軒轅劍的宇文拓。」

「軒轅劍……？」

「就像地球人在天下第一武道大會碰見納美克星人。」

「嗚……還是不懂。」

「就像螞蟻在搬東西的路上碰見食蟻獸。」

「啊！」詩櫻睜圓雙眼，眉開眼笑。「我懂了，就是食物鏈的意思？」

「不是！」我拍了自己的額頭，說：「妳該不會忘記我們原先在比喻什麼了吧……」

「欸嘿嘿。」她偏著頭，握起小拳輕敲自己的太陽穴。

繞過廚房，一股奇異的躁動在體內流轉。

「找到了。」

我們來到位於最深處的臥房門前，那扇木門的浮雕裝飾精細得像中世紀貴族的所有物，上頭紋路宛如廟坊龍柱，仔細一瞧，竟是希臘神話的怪物奇美拉，不過卻特別著重獅首與蛇尾。

體內靈力不斷攪動，顯然房內存在某種超常之物。

「觸碰任何物品時，都要特別小心。」詩櫻悄聲叮嚀。

「知道了。」

門把冰得像剛從冷凍庫取出的食材。

入內之後，燈光感應我倆動作，照亮四方。那是個寬敞卻單調的房間，除了中間醒目的雙人床外，僅有一個衣櫃、一個床頭櫃和一臺擺在角落的筆記型電腦。房內別說書桌，連張能坐的椅子也沒有，白色彈簧床邊的檯燈佈滿灰塵，看似許久沒有使用。

跟隨靈力流動，我以筆電為中心，查看每個角落。

詩櫻雙手合十，悄聲對著無人的床鋪道歉，才開始檢查衣櫃和床頭櫃。衣櫃裡亂糟糟的，似乎沒有搜索的價值。繞了一圈，觸目所及全是無用的鋼筆頭、墨水盒和不同年份的保險員記事本。

一瓶形似德國百靈油的透明容器吸引了我的注意。

「詩櫻，妳看這個。」

她接過瓶子，仔細端詳，說：「沒有顏色，很像清水。你的靈力有反應嗎？」

嚴格來說是「她的」靈力。

「究竟有沒有反應，我也不太確定，純粹覺得外觀很可疑。」

「抱在懷裡試試看。」

栓了烏黑蓋頭的透明玻璃瓶一碰到胸口，體內靈流有如大浪席捲，壓得我喘不過氣。

「錯不了，這個就是——嗚！」

猛烈的衝擊襲上腦門，巨大的黑虎形體一躍而出。

銳利虎爪立刻抓破那張躺起來應該很舒服的雙人床，同時壓壞後方的木櫃，發出震天價響。

詩櫻嚇了一跳，緊揪我的肩膀。

「這是怎麼回事？」

「我、我不知道。喂！你這死老虎，快給我回來！」

宏亮虎吼，重重敲擊耳膜。黑虎絲毫沒有返回之意，向前一抓，將我身邊的衣櫃扯毀。一道騰風倏地掠過，虎爪險些將我撕成兩半。

我隨手拾起椅子，奮力擲向黑虎，阻止一波攻勢。

「現在的狀況和御儀宮那時一模一樣。」詩櫻皺緊眉頭，凝視黑虎，正色說道：「神明感覺宿主遭遇危險，為求自保，對外做出反應。過去的你沒有靈力，對神明而言，先吞噬宿主再全力出擊是最好的選擇；如今情況有變，神明在靈力構成的寄宿環境中，享有極高的自主性，不只能夠保護自身，也能攻擊宿主。此時，若不加以束縛和控制，宿主終將喪失性命。」

「祂攻擊我有什麼意義，要攻擊的話，去找威脅來源啊！」

「虎將軍確實是在攻擊威脅來源沒錯。」

她面露苦笑，望向我手裡那罐透明瓶子。

原來是這麼回事。咂了咂嘴，使勁踢了急衝而來的黑虎大腿，想不到痛的是我自己，那層黑色皮膚竟如鋼鐵一般堅硬，感覺脛骨都要斷了。

瞥了腕上手錶一眼，陷入短暫沉思。

「跟我來！」

詩櫻拉起我的手，逃離房間，朝大廳跑去。黑虎高聲一吼，抓毀牆壁緊追在後。來到客廳，她停下腳步，緊握我的手，轉身面對猛奔而來的黑虎。

「我念什麼，你就念什麼。」

她蹙著眉，屏氣凝神，緊盯黑虎將軍。

「太上老君，教我殺鬼，賜我神方，上呼玉女，收攝不祥。」

「太上老君，教我殺鬼，」我跟著唸：「賜我神方……」

「登仙左契，足躡魁罡。左祛六丁，右役六甲。前有黃神，後有越章。吾今行法，不避群兇。先煞惡鬼，後煞夜光。」

「登仙左契，足躡魁罡……」

「何神不伏，何鬼敢當。當吾者死，背吾者亡。所求稱遂，所履榮昌。萬事和合，萬邪滅蹤。」

「何神不伏，何鬼敢當……」

黑虎巨吼一聲，猛然揮來一爪。

牽起詩櫻，我咬著牙撲到屏風後方，華麗的屏風旋即便被強力的虎爪摧毀。

詩櫻撐起身子，眸中閃爍堅定的自信，她揚起柔和的笑弧，注視著我，道出最後一句。

「急急如律令。」

「急急如律令！」

話語一出，周身靈力彷彿受到吸引，向兩側奔流，集於掌心。

「平舉雙手！」

我抬起雙臂，向著黑虎，胳膊與肩同高。經過她的微調，手心朝兩側開展，臂膀大開。

剎那間，雙掌逐漸泛出煙霧般的蒸汽，帶有一絲涼意。那是靈力的流轉之氣。

黑虎遲疑半晌，向前踏步，張嘴狂吼。

「接下來呢？」

「站著就好。」
巨大虎爪，高高舉起。
「詩櫻。」
「穩住。」
三尖槍般鋒利的巨爪來到最高處，正待揮落。
「詩櫻！」
「就是現在。」
她握住我的雙臂，將雙掌移向前方。
揮落的虎爪砰的一聲撞上無形的屏障，由我掌心靈氣凝聚而成的堅實屏障，不只擋下黑虎的攻勢，更讓祂失去重心，踉蹌一步，摔倒在地。
「這也太厲害了吧！」
「是吧？」詩櫻瞇起眼笑，說：「你很有慧根，一學就會了。」
「是妳靈力和法術太強悍了。」望向正為無形之牆感到迷惑的黑虎，我不禁感嘆道：「天啊，這到底是什麼巫術。」
「這不是巫術，而是道術。御儀宮的道士所施展的道術分成兩類，一是無需靈力的咒術，一是需要靈力的靈術。」詩櫻掏出一張白底黑字的咒符，說：「咒術可以透過咒符施法，不需要額外的靈力或咒語；靈術則恰恰相反，靈力、咒語，均須齊備，缺一不可。儘管靈術具備壓倒性的威力，卻不是每位道士都能修煉。依據靈道體系，能夠施展靈術的道士被稱為靈術師，靈術師中擁有特殊頭銜之人，女性稱作靈巫，男性則為靈覡。」

「看來被稱為靈巫的妳果然是狠角色，有點恐怖。」
「一點也不恐怖啦。」
望著眼前的無形屏障，我努了努下巴，說：「這招有沒有什麼帥氣的名稱？」
「這是護身敕符咒，只要施術者的靈力夠強大，玉皇以外的神明是無法順利突破的。」詩櫻笑了笑，說：「黑虎將軍自然也不例外。」
只見黑虎接連嘗試，銳利指爪不住揮舞，護身咒構成的屏障卻絲毫未損。
「接下來，要請神明回家了。」
「又要念咒？」
似乎看穿我心裡的抗拒念頭，詩櫻嫣然一笑。
「放心，施放護身咒後，就有足夠時間讓我寫符。」
她打開側背包，取出眼熟的攜帶式毛筆和金黃色長條符紙，倚著牆壁飛快書寫。
「居然有金色的符紙。」
「這是等級很高的紙唷。」詩櫻的撰寫速度絲毫不受對話影響。「符紙分為黑、白、黃、綠、紅五種，黃色是泛用符紙，任何禁制咒都能搭配的。黃符之中又有金符，那是所有禁制咒符中，可容納等級最高、種類最多的一類。當然，如此稀有的咒符只用於驅使神靈，諸如降神咒和封神咒等。」
「妳寫的是封神咒？」
「不，是降神咒。要將黑虎將軍喚回你體內，當然得用降神咒。」
完成書寫，她朝符紙吹一口氣，輕甩幾下，待墨跡風乾。
「不能先把神明封印起來，等真正需要時再行召喚嗎？」

「可以是可以。」她歪著頭，眨了眨眼。「不過，處於寄宿狀態，封神咒會連著你的靈魂一起封印。」

「……那還是算了。」

她竊聲笑了，將寫好的咒符夾於左手指尖。

「靈寶萬神，五神齊喚。玄天帝敕，降於凡身。急急如律令。」

道出流暢的咒語，她抬高左臂，將咒符舉至怒不可遏的黑虎面前。乍看無事發生，虎的身軀卻宛如消散的迷霧，漸趨淡薄，頃刻清透得可以望見後方的家具。

一股凜冽的寒意襲來，綻開血肉的強烈劇痛，啃蝕右腿。我拉起褲管，只見整條右腿漸漸浮現深如墨色的老虎紋路。

「這是……靈裝？」

「不，這不是靈裝。」詩櫻皺下眉頭，雙眼閃過一絲恐懼，說：「我想，黑虎的寄宿關係，經過剛才的對峙已惡化到就算實力相等，也不願互信的程度。」

她皺著眉頭，沉吟一會兒。

「你先定下心神，把疼痛拋到腦後。」

「說的比唱的好聽……」

「我會幫你的。」她拉住我的肩膀，說：「先闔上雙眼，想像自己的心思在體內游動。」

我闔上眼，照著她的話做。麻煩在於，究竟該怎麼讓自己的心思「游動」。

「請想像自己的體內是一片汪洋。」

或許是閉著眼的緣故，她的聲音變得遙遠，彷彿來自清幽山谷的天音。

「汪洋水面非常平靜，沒有一絲漣漪。你在水上漂浮，四肢輕鬆開展，無論如何都不會下沉。那神奇的水有種青草香味，你覺得全身放鬆，緩緩的，慢慢的，釋放知覺，讓水流領著你走。」

她搭在我肩上的手，緩緩沿著胳膊滑落，置於肘後。疼痛逐漸舒緩，清煙似地向四方散去。

「你開始挪動雙手，極輕、極慢、極柔，划起水來，身子向前方漂。一面漂浮，一面望天，頭頂是片與汪洋相同的藍，澄澈的藍天，浩瀚的蒼穹，沒有雲朵，沒有豔陽，彷彿整個世界為你而生，一切的一切，分外柔和，格外溫暖。」

她的手掌覆上我的手背，溫暖緩漸傳遞心窩，頸後似乎抵上什麼，猜想應是她的額頭。

「游到汪洋的另一端，那兒的水更藍，頭上的天也更澄澈。你的心跳趨於平穩，不再划動雙手。那裡是最沉靜的位置，是心靈的中樞，也是靈魂最明潔的所在。」

闔起雙眼，理當烏黑一片，卻因她的一番話語，於腦中形成大片湛藍汪洋。

海天一色的無垠汪洋。

內心逐步平靜，靈力躁動不再持續，劇痛轉為微疼，最終消失殆盡，歸於平常。

「穩住心神，駕馭體內的氣，就能抑制靈流。感到不安時，平靜的力量才是最強悍的武器。」輕拍我的雙臂，她瞇起眼笑，說：「完成了。」

扭扭脖子，轉頭打算道謝，她卻飛快將手藏於身後。

「妳的背後藏了什麼嗎？」

「嗯？沒有呀。」

「妳越想藏，我就越好奇。」

腳步一蹬，驀地探到她的身後。她側跳迴避，始終與我對視，不願轉身。

「你也太執著了。」詩櫻鼓起腮幫子。「女孩子想藏東西的時候，作為一名紳士，怎麼可以追根究柢。」

「那就讓我看。」

「真的沒什麼。」

「我是兩性平等主義的基本教義派。」

「才沒有那種東西——呀！」

她奮力閃避，藏在身後的手意外敲上高級音響的揚聲器。

「好痛……」

她摀著手腕，藏於掌中的物體飄落地面，是一張白紙咒符。

我揪住她的胳膊，一把拉起袖子，只見宛如陶瓷的白皙上臂，有著一道魚鱗般的黑色紋路。

「這是什麼？」

「……沒什麼。」

正欲湊近觀察，她輕叫一聲打算抽手，逼得我只得掐得更緊，在她肌膚攫出一道紅痕。

「跟我靈裝後的黑紋不一樣……這到底是什麼？」

「真的沒什麼。」

「騙人，這分明不是普通的病，看起來像鱷魚皮——」我瞪大雙眼，倒抽一口氣。「蛇鱗！這是蛇的鱗片啊！黑蛇咒侵蝕到這種程度了，妳怎麼都不說？」

她噘起嘴，低著頭，不發一語。

「如果早點說的話，我——」

「會救我嗎？」她的眼眶噙著淚水，泫然欲泣。
「咦？」
「我早一點說的話，你會救我嗎？」
「我……」
會嗎？一心想殺死黑虎、貪圖苟活、安於現狀的我，會為了她積極尋找玄穹法印嗎？我是那樣的人嗎？我會是那樣的人嗎？我到底是個怎樣的人？
詩櫻瞇起眼睛，揚起嘴角，一滴淚珠掛上睫毛，隨著眼眸半闔而掉落下來。
「雁翔，我很高興。」儘管紅了眼眶，她仍帶著溫暖的笑容。「當你開始追蹤粱君時，我真的很高興。」
這張笑臉讓人想起最初之時，因為我的無理要求，從參觀御儀宮到見識玄穹法印，只要在她能力範圍內，無不伸出援手。在我性命垂危之際，甘冒恐怕無法恢復原狀的風險，將身為巫祝最重要的價值──靈力全給了我。
而我究竟為她做過什麼？
一心想減緩己身苦痛、想避免遭受無情吞噬、想救回妹妹靈魂的我，到底憑什麼賠上她的性命。
凝望滴落在深褐木地板上的晶瑩淚珠，萬分懊惱的我，不可遏止地想掄起拳頭痛毆自己一頓。
「對你來說，解救失去靈魂的妹妹絕對是首要目標，而完成這項目標的關鍵就在黑虎身上。那時，黑虎的寄宿狀況很差，得到靈力之後得到舒緩，嗣後不願改變現狀乃是人之常情。」
詩櫻的雙手交於身後，向前微傾。
「琴織一直要我說明白，但我始終選擇沉默。再怎麼說，最初移轉靈力的人是我，是我一個人的責任。但……我只是一介凡人，想到自己將在對世界毫無貢獻的狀況下離世，總有些落寞，才在心底深處留了一線希望，期盼你願意嘗試與黑虎和解，同時協助找回法印。雖然最後是琴織的言論讓你改變想法，我仍由衷感謝這項轉變。」

詩櫻的話語揭示了我不曾想過，也未曾察覺的細膩思緒。沒想到始終掛著微笑，嫻靜溫柔的她，心思竟如蛛絲密網，纖細縝密。

我雙手叉腰，微蹙眉宇，嘆了口氣。

「妳啊，有個地方說錯了，我可不在乎邱琴織那傢伙講的話。」

「唔咦，那為什麼……」

「在廟街的諮商小舖，我發現身為巫祝的妳，對很多人來說至關重要。講白了，就是個救苦救難、博施濟眾、蕙質蘭心的善良好姑娘。」

詩櫻眨了眨眼，雙頰逐漸泛紅。我搔搔頰側，撇頭避開那道視線。

「我的行動，可不是因為誰說了什麼話，而是——唉，該怎麼說才好。」

不自覺感到浮躁，出於無法妥善表達意念的煩躁。

「我只希望妳能好起來而已，不為別的，單純是為了妳而行動。」

省略很多原因，但說得再多也解釋不通。自始至終，答案就這麼簡單，只不過，說出口的代價是脹熱滾燙的雙頰，與尷尬不已的氣氛。

詩櫻的眼睛睜得又圓又大，黑白分明的澄澈雙眸映著明燈，晶亮如星。

「為了我？」

「因為妳對很多人——」

「謝謝。」
「呃。」
「嘿嘿。」她捧著臉，卻掩不住雙腮明顯的緋紅。「善良好姑娘，第一次被這樣說耶，好感動。」
「這是很普通的稱讚……」
我摀住嘴，撇過臉去。
這絕對是失言，我想表達的重點是「與邱琴織無關」，現在變得像在強調「我是為了妳」似的，萬一讓阿光聽見，不知會被嘲笑多少年。
為了轉移焦點，我拾起那罐讓黑虎陷入狂暴的瓶子。瓶上標籤寫了「蛇咒水」和「天橋路：湘」，前者意義一目了然，必是品名，後者則不明所以。
啟動腕環機，呼叫阿光。
「阿囉哈，小翔，找到有用的資訊沒？」
「找到了更有用的東西。你們搞定監視器沒？」
「早就搞定了，都在咖啡廳和小輕雲約會了——噗嗚！好痛……」
「阿光，幫我查兩個關鍵字。」
我將標籤內容念了出來，阿光反常地陷入沉默。
「你確定是天橋路？」
「是啊。」
「確定沒錯？」
謹慎起見，我又查看一次。

「沒錯。」我說：「天橋路怎麼了嗎？」

阿光再度陷入沉默。

「阿光？」

他大大嘆了口氣，說：「小翔，也許我們不該繼續挖下去了。」

「為什麼？」

「因為……」

他的聲音聽來有些疲憊。

「天橋路是個進得去、出不來的死胡同。」

第八節　危險交易

晚間九點，詩櫻披了件淡紫薄紗，隱約可見底下的熱褲、短背心及白皙的腰腹肌膚。細瘦左臂的蛇紋像個帥氣的圖騰紋身，更顯火辣。

與她並肩站在杳無人煙的五工二路、五權二路交界口，這一帶本就是工業用地，未至深夜，已無行人。

「詩櫻，見到人時務必鎮定。」

「唔咦，嗯嗚，好。」

「就算對方身上全是刺青，腰間配槍，也不能被嚇到。」

「是……」她的聲音有些顫抖。

「會冷嗎？」

「一點點。」

連我都覺得冷了，何況是只披一件薄紗又坦腰露肚的她。

「你不會擔心嗎？」

「會啊。不過，既然能夠當面交易，對我們而言絕對是件好事。」

「為什麼？」

瞥向她露出背心之外，那道漆黑無比的蛇紋，我說：「因為時間不太夠啊。」

她垂著頭，低喃道：「確實是這樣。」

幾無人車來往的空曠道路異常冷清，陣陣夜風襲來，拂過肌膚時更能感受明顯寒意，讓我不禁對潛在的突發狀況失去自信。

這股擔憂不能表現於外，否則詩櫻鐵定嚇死了。

「雁翔……」

「再撐一下，時間就快到了。」

「不是啦。」她噘著嘴，眼眶濕潤。「為什麼，我得穿成這樣呀……」

※　※　※

阿光喝完最後一口烏龍茶，雙手一撐，利用椅背伸展背部。

「完成了？」我問。

「喂喂喂。」他白了我一眼。「別用那種『如此簡單的事情居然搞那麼久』的態度問，我是機械天才，不是電腦天才。」

「請問，」詩櫻問：「暗網是很難進去的地方嗎？」

「進去不難，要找想要的東西卻很難。妳看。」阿光指向腕環機投影畫面左側，滿是英數字的欄目，說：「這邊列了很多網頁位址，看起來只要點選就能進入。試過的都知道，這些位址八成都不能用，我得一層一層挖，從一個討論區找到另一個討論區，才有機會尋出真正的天橋路網址。」

「聽起來好複雜。」

「這還不是最麻煩的，名為天橋路的網站分成上網站和下網站。上網站賣的東西很多，但交易機制與商家信用都不怎麼樣；下網站則完全相反，販售物品雖少，卻都是絕世精品與機密服務，交易成功率百分之百，更有第三勢力提供擔保，信用程度極高。」

「所以要找下網站囉？」詩櫻歪著頭問。

「那是最理想的手段。不過，越安全的交易意味著越穩固的互信，不先花一大筆錢，根本買不到想要的東西。」

「莊同學有足夠的錢嗎？」

「放心，我先向小輕雲借了。」

詩櫻眨眨眼，問：「借了多少呢？」

阿光思忖幾秒，眼珠子骨碌碌地轉，說：「十萬美金左右吧。」

「好貴！」我險些跌下椅子。「她哪來那麼多錢？」

「我不知道，但她確實轉了接近十萬元美金價值的拜塔幣過來……」

「拜塔幣是什麼？」詩櫻問。

「拜塔幣是一種專門用於網路交易的虛擬貨幣。」我說：「使用時不會留下金流資訊，是黑市交易的重要支付媒介，隱密、安全、不易查。」

詩櫻「哦」的拉起長音，猛地頷首。總覺得她又沒聽懂了。

令人在意的是，李輕雲那傢伙到底從哪弄來十萬美金。

「阿光，李輕雲呢？」

「她外帶一份簡餐就出門了，說是要去福泰宮餵寵物。」

「糟糕……」折騰了一整天，又忘記幫小倉買晚餐了。

等待之餘，耐不住服務生的視線，我和詩櫻決定點些食物吃。

我選擇美式薯條，她則點了份甜不辣和一塊草莓雪戀奶油蛋糕。

「我以為小詩櫻不會吃這種東西。」

詩櫻偏著頭，眨眨眼睛，說：「甜不辣很好吃唷。」

「我的意思是，小詩櫻看起來不像會吃垃圾食物的人。」

「唔咦，店裡賣的東西怎麼會是垃圾食物？」

「跟在哪邊販賣無關。」阿光露齒一笑，說：「只要是油炸物，或是其他含有油炸性質和奶油的食物，諸如餅乾、蛋糕和巧克力，都是廣義的垃圾食物，畢竟是身體不需要的元素嘛。」

「唔咦……不能吃蛋糕嗎？」詩櫻低垂長睫，愁眉苦臉。「蛋糕很好吃的。」

「蛋糕裡面的奶油也有脂肪，所以才說甜食是女性的天敵呀！」

正在此時，詩櫻的蛋糕送來了。

厚厚的雪白奶油上面鋪放兩顆鮮紅誘人的大草莓，草莓通身裹了層透明凝膠，雖不知道成分為何，看上去必是甜物。

緊盯草莓蛋糕，詩櫻翹起小嘴，眼眸濕得像隨時要哭出來一般。

「這麼好吃的東西居然是天敵……」

「別想太多啦。」我拍拍她的背。「妳不適合想這些亂七八糟的事，乖乖吃下去就對了。」

「小翔的意思是，小詩櫻的腦袋不足以思考複雜的事情。」阿光啜了口茶，說：「換個方式講，就是不聰明；再白一點，就是笨。」

「唔咦——真的嗎？」她的眼睛這回真的泫起一波濕潤。
「假的，當然是假的！」
我在桌下使勁擰捏阿光的膝蓋邊肉，那是腿部最疼的位置，他嗚咿一聲慘叫，不再多嘴。
霎時傳來一聲叮咚響，阿光倏地斂起笑容，定睛注視腕環機的投影畫面。
他只在最專注時才有如此嚴肅的表情。
「嘖，兩個人啊……」
他雙手抱胸，悶聲沉吟，緊闔雙眼。
兩人份的炸物同時上桌，詩櫻朝服務員展露笑容，道了謝，將我的薯條挪移過來。
在我擠完番茄醬時，阿光低聲說：「我不能陪你們去交易了。」
「為什麼？」
「對方說今晚可以交易，但我方只能派兩個人赴約。我原想親自到場，但考量潛在的突發狀況，還是得由小翔陪小詩櫻去。」
「詩櫻一定得去？」
「女性在場的話能降低對方戒心，此外……」他雙手合十，對詩櫻說：「這算是苦肉計，我以『想用在女人身上』為由，騙對方說必須今晚交易。」
「不要緊的，這也是為了早點定案，對吧？」
「是啊。」他裝出哭泣的表情。「能被小詩櫻理解，夕死可矣。」
「不行的，莊同學得長命百歲才行。」
阿光清清喉嚨，咧嘴一笑，說：「既然只能兩人到場，就一定得是小詩櫻和小翔。再怎麼說，我都無法應付突發狀況，只能乖乖待在安全的地方當通訊員。」

依據過往經驗，所謂的突發狀況十之八九是暴力鬥毆，確實由我出面較妥

「小翔，在不知道對方底細的狀況下，凡事小心為上。」

「完全不知道？」

「完全不知道。」阿光正色說道：「會來多少人、什麼樣的人、有沒有武器、有沒有車，都不知道。」

「沒有可供猜測的著眼點？」詩櫻問道。

「有是有，但我不敢亂猜。萬一與預想差距過大，小翔會應變不及的。」他投來目光，見我頷首，才接著說：「雖然我的確有個超凡卓越的駭客朋友，能嘗試挖些資訊，但……」

阿光瞥了詩櫻臂上的蛇紋一眼，他當然知曉蛇咒加重的事。

「雖說知己知彼，百戰不殆，但我明白莊同學的難處。」

「不殆？不是百勝？」我問。

「正典是寫不殆，即『沒有危險』之意，你說的是後人改過的俗諺。」

原來還有這回事，平常有無讀書真是高下立判。

「陣容倒也無妨，我比較在意對方是否真心想要交易。」

「放心，如我先前所說，下天橋路的交易百分百會成功。」阿光豎起拇指，說：「只要我方沒有胡搞，對方不會隨意坑人的。」

既然他有信心，那就必定如此。

突然閃過一個念頭：或許我錯看他了，他根本是個有為有守的正直好人。

「對了。」阿光雙手合掌，咧嘴一笑。「為了確保交易進行，我幫小詩櫻準備了一套特別的服裝。」
看到那件薄紗的瞬間，我便明白：
他絕不是個正直的好人。

※　※　※

詩櫻抱住肩頭，皺起的五官滿是委屈。
「為什麼你不用換裝？」
「我有換啊。」
「只打開幾個扣子，哪算換裝。」
「可能我天生就像個壞蛋。」
「真的，大壞蛋。」她嘟起嘴，撇過臉去。
明知一切都是阿光那個鬼靈精的計劃，卻也沒理由反對，只能讓她乖乖換上這身裝扮。
「妳太正經了，完全不像壞女孩。」
「我本來就不是壞女孩。」
「但我們的劇本把妳安排成被誘騙的壞女孩啊。」
「對喔。」她眨了眨眼。「好像有這麼回事。」
「能接受這套服裝了嗎？」
「能。」才剛說完，她便猛力搖頭。「不對，這理由無法說明為何是這種服裝嘛！」

「別介意了，反正……」

指向前方，一輛開著遠光燈的白色奧迪轎車，正朝此處駛來。

「對方已經來了。」

詩櫻揪住我的袖口，小手微微顫抖。

我自己也一樣害怕，畢竟是頭一次進行真正的黑市交易，甚至涉及毒品等級的高危險物。

對方只來一輛車，如果坐滿便有五人。電影中常見的劇情，交易出事時，後座中間的人通常逃不掉，因此多半只乘四人。

轎車由遠而近緩緩駛來，引擎發出悶悶低音，聽起來很舒服，絲毫不像某些愚蠢的年輕小夥子，拆了消音設備不提，還刻意裝上吵死人的揚聲器，實在不知道怎樣的妹子才願意坐上那種爛車。

轎車靜止，走下三個人；前座二人，後座一人。車窗很暗，無法確定是否有人留在車上。

前座的兩個人身穿全套黑西裝，打了黑底深藍條紋的領帶，體格精壯看上去應是保鑣。

後座那位特別引人注目，一身大紅窄裙，腰間束條寬版黑皮帶，晶亮的碩大黑鑽鑲嵌於上，低調而耀眼。受緊身衣著擠壓的高聳胸脯更顯宏偉，那低得不能再低的大U型領口下，隱約透出內襯的黑色蕾絲。她頭戴墨鏡，塗了紫色口紅，身材纖瘦，臀部曲線緊實，甚至穿了雙驚人的十二公分高跟鞋。

撇開衣著修飾，是個胸部、腰臀和身高都不輸給詩櫻的豔麗女子。

「唔嗯……」詩櫻鼓起腮幫子瞪我。

「幹、幹嘛？」

「莫非你喜歡那種類型？」

「才不是。我在觀察對方有什麼破綻。」

「有啊。」詩櫻哼了一聲。「破那麼大，沒看見嗎？」

「……妳在生氣嗎？」

「才沒有呢，哼。」她撇過頭去，鈴鐺發出叮鈴清響。

紅衣女人款擺腰枝，宛如行走於服裝秀伸展臺上，以極富自信的韻律與姿態，踏著優雅迷人的貓步走上前來。這才注意到，她顯露在外的右腿，竟包覆一層醒目的烏黑金屬。

「年紀這麼小就在暗網買東西啦？」女人露齒而笑，說：「小兄弟，不覺得這世界真的變了個樣，讓人難以捉摸嗎？」

我的設定是個壞傢伙，既然如此，回應的口吻只有一種。

「少廢話。」我白了女人一眼，揚聲說：「東西呢？」

「你好沒禮貌……」詩櫻悄聲說道。

「噓，妳現在是壞女孩。」

「啊，對哦。」

紅衣女人瞥了詩櫻一眼，眼睛覷成一線，咧嘴而笑，說：「小兄弟，你應該知道我賣的這玩意兒不是讓人聽話，也不是讓人舒服的藥物吧？」

「當然知道。」我哼了一聲，說：「那種事，妳知我知就好。」

「有道理。」她笑得更開心了。

紅衣女人彈了響指，在她身後的黑西裝男子走回轎車，從後車廂取出一口小皮箱。

皮箱大小與東明高中的書包相仿，長寬容得下A4影印紙，外觀是光滑的深棕皮面，箱上花紋則是路易威登的註冊商標。男子手腕扣了鐵銬，看來這蛇咒水真的是高價值寶貝。

「換你了，小兄弟。」
我面不改色地發了訊息給阿光。
「錢匯過去了。」我覷起眼，說：「當然，現在只有一半。」
女人瞥向腕環機的投影螢幕，挑了挑眉，說：「真是闊氣的小兄弟。」
「恭維了。」
我努了努下巴，示向皮箱。
女人擺擺頭，手提箱子的男人朝我走來，放下箱子，取出三把不同規格的鑰匙，以三種不同的轉動方式開啟箱蓋，箱子中央有瓶眼熟的透明容器。
「你要連著箱子拿，還是只要瓶子？」女人問：「當然，箱子是免錢的。」
我從口袋拿出一對白手套，確實戴上，才伸手碰透明瓶。
端詳數秒，將它拋上半空，昂貴不已的瓶子轉了數圈，才心甘情願接受引力拉扯，乖乖落回我手上。
「小姐妹，」紅衣女人突然轉向詩櫻，說：「妳叫什麼名子？」
詩櫻雙肩一震，貌似沒做好被人搭話的心理準備。
「我、我叫……」
「呆瓜。」紅衣女人輕彈詩櫻的前額。「交易時死也不能說出名字。若想使用化名，就別猶豫太久。」
「是……」
詩櫻噘起小嘴，眼裡噙著淚。
紅衣女人再次彈了響指，兩名西裝男默默返回車內，重重闔上車門的聲音在寧靜幽夜顯得格外清晰。

準備上車時，她回過頭來，瞅著我說：「小兄弟，不論你打算做什麼，千萬別等到日出。」

完成交易，車子急駛離去，寂靜的街道只剩我和詩櫻。

她吁了口氣，雙腿一軟，癱坐在地。同樣感覺全身無力的我，彷彿剛跑完五千公尺，精力全失。

「你的身體還行嗎？」

「戴上手套似乎真的有效。」

體內那股洶湧的靈力流動，在我接觸水瓶的瞬間猛然泛起，卻又立即消散。所幸事先戴了手套，否則那傢伙又要跑出來礙事了。

戴手套的建議，當然出自這位靈巫少女。

「一般而言，含有危險氣息的物品未與皮膚接觸，寄宿之靈是不會劇烈反應的。不過，這僅限於小型的咒水，換作是玄穹法印或九天令劍等神器法寶，就不管用了。」

「不愧是史上最強靈巫，若沒有妳，計畫早就失敗了。」

一道清脆嘹亮的口哨聲，粗暴地擊碎靜謐的夜，飄逸的藍色頭髮在幽暗的無人街道特別醒目。

李輕雲肩上架了一把黑色長槍，吹著口哨朝這走來，在她身後，阿光與化成人形的小倉互搶食物，鬨然譁噪，驅跑一群藏在電塔底下的蝙蝠。

「別人正忙的時候，你們居然在打情罵俏，太沒天良了。」李輕雲揚起嘴角，抬高下巴，故意睨視著我，說：「阿米巴少年，東西拿到沒？」

「誰跟妳阿米巴少年。」

反駁的同時，我將透明瓶子扔了過去，她穩穩接住，仔細端詳一番。

「這麼個小東西就要五千元美金？」

「妳不是連十萬元的入會費都繳了嗎？」

「喂，別說得好像很便宜，要不是為了櫻櫻，我可不花這種冤枉錢。當然，如果你倆湊成一對，這筆債就換阿米巴少年扛了。」

「妳還是自己乖乖吞了吧。」

「進展真慢，姊姊我可急死了。」李輕雲把瓶子丟了回來，抬起那把長槍，說：「所幸附近人煙稀少，不然可就找不到優良的狙擊點了。」

「妳有打中吧？」

「你以為自己在跟誰說話？」她的藍色雙眼瞪得比月亮還大。「我拿這把巴雷特M99還會打不到？你以為我的眼睛跟你們阿米巴族一樣瞎？」

有打中就好，何必如此氣憤。

整個計畫最重要的環節，是李輕雲必須在交易過程中，將阿光設計的微型追蹤器打上對方的箱子。追蹤器的本體比鋼珠還小，就算對方沒拿箱子，打在鞋上亦屬可行。

「狙擊點很遠，加上這把槍一次只能填裝一發……」阿光推開躍身搶食的小倉，扶正眼鏡，說：「萬一沒有射中，計畫就泡湯了。」

「那種事絕不會發生。」

李輕雲哼了一聲，輕輕撫拭那把只比小倉矮半顆頭的超長狙擊槍。儘管不願承認，她的槍法可真是出神入化般精準。

詩櫻饒富興味地凝視正與阿光爭鬧的小倉，眼眸中的柔和波流，宛如初為人母的嬌妻。

察覺我的目光，她嫣然一笑，說：「這位應該不是莊同學的妹妹吧？」

「誰會有這麼該死的妹妹。」阿光咬牙大喊：「所謂的妹妹，是心柔那樣溫柔、可靠、體貼、可愛又善解人意的完美生命體，才不是這種討人厭的傢伙！」

「你說什麼咪！」小倉一躍，雙腿夾住阿光的頸部。

「嗚呃，投降啦……」

搶走他手中的紙袋，小倉跳回地面，一蹦一跳來到詩櫻面前。

「妳好。」詩櫻瞇起眼笑。

「大姊姊真溫柔咪。」小倉親暱地拉住詩櫻的手，說：「不像笨蛋光哥哥和藍髮怪姊姊。」

「喂，好歹我有買晚餐給妳吃吧。」李輕雲雙手抱胸，挑眉發難。

小倉撇過頭，哼了一聲，說：「藍髮姊姊天生具有讓人討厭的氣場，怪不得小倉咪。」

「妳這小傢伙……」

詩櫻畫圓般地輕撫小倉的頭髮，說：「追蹤過程應該需要一段時間吧？」

「理論上是這樣沒錯。」我說：「除非他們的根據地就在附近。」

「所謂的根據地，是指梁君的位置嗎？」

「沒錯。」我拋起瓶子，再穩穩接住，說：「身為蛇咒之源的十梁君不在根據地，又怎麼可能量產。剛才前來的是居間仲介，整場交易形式上仍成立於我們與物品所有人之間，因此，紅衣女人必須回去見那名所有人，才算完成交易。就算運氣很差，沒見著十梁君，至少也能追到仲介老巢，不至於斷了整條線索。」

緊咬蛇咒水這條線，總能揪出十梁君的。

「現在只需等待。」

「不知道要多久……」詩櫻喃喃低語。

以詛咒的惡化程度來說，時間是很奢侈的寶貝。

「各位放心，不會很久。」

阿光的笑容有些僵硬。

「追蹤器已經停了。」

第九節　願景館

最危險的地方，就是最安全的所在。

此處鄰近交易地點，即為中港大排尾端，是新莊與五股兩區的交界，在市政府的規劃下，建有一棟狀似半個咖啡杯的活動中心。建物名為願景館，館外有個半月形鋪磚走道，與其鄰接的是中港排水溝美化計畫的終點：凹灣碼頭。

名為碼頭，卻無法讓真正的船隻通行，僅有偶爾舉辦的模型船競賽活動，聊表其意。徒具名諱的碼頭，正是追蹤器的終止處。

「這下可好。」阿光望著明亮的願景館說：「這裡可不是想進去就能進去的地方。」

「哇，好多孩子在下面唱歌。」

詩櫻撫掌微笑，連聲讚許那群五音不全的小鬼。小倉跟隨節奏唱了幾句，當然，同樣不堪入耳。

「那麼多人聚在這裡，正面入內的方法全沒了。」我砸了砸舌。

願景館一樓有道用途不明的裝飾牆，牆上陳列一排相片。二樓是主要展館，晚上已經關閉，一樓則燈火通明，供百姓自由使用。我對此地唯一的印象，是那大得出奇卻髒得要命的洗手間，正中央的無障礙廁所看似貼心，實則是個扔滿垃圾的陰暗角落。

願景館的用途與功能鮮為人知，平日也乏人問津，管理上的缺失得負大半責任。

毫無熱情的家長多半埋首於腕環機中，連抬頭參與互動的興致都懶得裝。

望向詩櫻臂上遮掩不住的蛇紋，不禁為急迫的時間感到焦躁。

李輕雲推了阿光一把，問：「鞭毛蟲也無能為力嗎？」

「誰是鞭毛蟲啊。」他撇撇嘴，說：「得看是什麼鎖囉。按新北市的調性，願景館恐怕是電子鎖。」

「有解？」

「有是有，但我認為會直接驚動警報系統。」

看來正面突擊的可能性被封殺了。

阿光查看了掌上的追蹤器面板，沉吟一聲，說：「願景館有地下室嗎？」

「什麼意思？」我說。

「探測器的位置很奇怪。」

他將面板遞了過來，畫面裡的閃動光標，顯示皮箱就在我們身後不遠處；問題是，願景館在前方，不在後面。光標所在的位置除了凹灣碼頭外，只剩位於新北大道下的排水溝閘門，閘門後方，是未經美化、毫無處理、髒亂無比的廢水集中道——真真正正的大排水溝。

所指之處，恰好位於新北大道正下方。

「該不會皮箱被丟了吧？」阿光說。

「不，光標沒動，代表東西沒有下水。」我搖搖頭，抵著下巴說：「那是路易威登的皮箱，就算扔進水溝，也不會下沉。假使漂浮於水面上，光標就不會毫無動靜。」

「你的意思是，根據地就在那邊？」

「閘門前方是淨化過的河道，閘門後面則是汙水道，那根據地究竟在哪……」

厚重的鐵閘門與上方道路之間僅有一公尺間距，走近俯視，宛如黑潭的骯髒汙水，伴隨刺鼻惡臭，嗆得我蹙緊眉宇，怕是連動物都不願接近，實難想像會有人跡。

「你看那邊。」詩櫻雙手撐著鐵杆，探頭張望，伸出食指說：「那邊是不是有光？」

順著她的指尖看去，混濁水面反射微微光亮，已被道路掩住的位置卻有了光，著實可疑。觀望四周，連碼頭本身都昏暗不明，政府實不可能在汙水地段設置夜燈。有人的地方就有光。

「這下可好，東西在願景館倒還輕鬆，大不了衝進去搶，搞定事情再來搞定警察。若是在閘門後面……吼吼。」我學聖誕老公公怪笑兩聲，說：「別說進去，連接近的方法都沒有。」

詩櫻瞅向那扇厚重的堅固鐵閘門，低垂眉宇，神情凝重。

阿光指著碼頭邊，鄰近願景館的獨立方形建物，說：「小翔，那個該不會是閘門控制室吧？」

「就算是，閘門開啟時的聲音，恐怕響得連捷運站都聽得到。」

「嘖，真是的。」阿光盤腿而坐，噘嘴嘆息。

前前後後花了李輕雲十幾萬美金，要是撞進死胡同可就糟了。

詩櫻目光呆滯，朝碼頭的方向望，那裡聚集零星幾位操作電動模型船的少年。

「如果有船的話，過得去嗎？」她歪著頭說。

「哪種船？」

「唔咦？」

「哪來的船？」

「嗚……」

看來她沒想那麼多。
阿光彈了個響指，說：「如果有船，我倒是準備了很棒的玩具，可以派上用場。」
他在大得可以塞入小倉的運動包內掏摸，取出一個皮夾大小的鐵製工具，外殼有個方形握環，狀似卸下的門把。
「致、命、吸、引、爺！」
阿光總會為這些發明物冠上奇怪的名稱。
李輕雲雙手抱胸，挑了挑眉說：「這該不會是電磁鐵吧？」
「不愧是小輕雲。」阿光興奮得像偶遇知音，咧嘴一笑，說：「如果有船能讓我們渡到閘門下方，用這玩意兒便能攀上閘門，翻到另一側去。當然，我說的船不能是模型船啦。」
詩櫻低頭嘛嘴，知道自己被調侃了。
「無論如何，得等那群玩船的人回家才行。」阿光說。
「不用那麼麻煩。」我指著新北大道另一端，說：「有船的話，從汙水那側出發也行。」
「想從後面來的傢伙真噁心。」李輕雲嘛起嘴。
「妳又不用去。接近戰中，妳只是扯後腿的拖油瓶。」
「真不想被拿了靈力還打不贏蛇郎君的傢伙說嘴。」
「妳這傢伙想打架嗎？」
「求之不得。」李輕雲掏出那把忘記什麼名字的銀色手槍。
「不行。」詩櫻將我倆推開，說：「這種時候就別胡鬧了。」
無可奈何的我只能撇過臉去，放棄對峙。

李輕雲呼出一道鼻息，抿了抿嘴，將手槍收回腿間的槍套。她雙手抱胸，倚靠欄杆，望著骯髒的大排水溝，說：「眼下的問題依舊無解——哪來的船？」

「手作一艘？」阿光說。

「你是哪門子的新好媳婦，這種東西還能手作？」李輕雲想也沒想就否決了。她說：「一艘充氣型的橡皮艇就行了吧，若能馬上送到的話，要我出錢也不是不行。」

「作為參考，」阿光問：「請問一艘大概多少錢？」

「四人座的大約一萬元臺幣，基本上有點財力就買得起了。」

「有點財力……」

腦中閃過一張面孔，一張不願想起，每分每秒都在生氣的面孔。

「那傢伙說不定有。」

「誰？」阿光問。

我輕點詩櫻的肩膀。

「唔咦？」

「借一下妳的腕環機。」

「我沒有腕環機，手機的話倒是有。」

她摸索書包，掏出那支可在網路上以古董之姿賣出高價的機神——諾基亞3310。手機外殼的粉紅塗漆已有些許脫落，可以看出歲月的痕跡。

「你要打給誰呢？」

「妳馬上就知道了。」

「啊。」她拉住我的手腕，「不、不可以看簡訊。」

「才不會看。」

「照片也不可以！」

被這樣提醒反而更想偷看。

「小詩櫻藏有什麼見不得人的東西嗎？」阿光覷起雙眼，嘻嘻笑著。

「沒有，沒有！」

她一面反駁，一面加強指尖力道，緊擰我的臂膀。

「痛死了，我不會看的啦。」

花了點時間才弄清楚這支老爺手機的操作方法。找出黑白畫面內的通訊錄，將光標移到那傢伙的名字上，按下撥號鍵。

老式手機的重量很輕，彷彿一摔即壞，但3310卻有傳奇般的無敵外殼，想必不是等閒之輩。

聽筒的嘟聲在兩秒後響起，第一聲尾音還沒結束，便噗叱一聲接通了。

「師姐，怎麼了呢？」

邱琴織的語調柔得出奇，羽毛般的輕軟之音，極其悅耳。

一時以為找錯號碼，讓我有些遲疑。

「呃……」

「喂，你誰啊？」

才聽見我的聲音，邱琴織整個音調都跑了，恢復一貫的尖銳高亢。

「我是沈雁翔。」

「你這傢伙幹嘛拿師姐的電話，你有病嗎？」
「這態度也未免差太多了……」
實在想不到她竟有如此溫柔的時候，對待我和詩櫻的明顯溫度差，令我深深嘆了口氣。
「妳家有沒有橡皮艇？」
「關你什麼事？」
「的確不關我的事，不過，」我瞥了詩櫻一眼。「妳的師姐需要。」
「讓我跟師姐說話。」
「手機是她借我的，妳得先跟我說話。」
「我跟你沒什麼好說。」
「妳回答完我的問題，手機就會交到詩櫻手上。」
「有屁快放。」
「妳家有沒有橡皮艇？」
「多大的？」
好樣的，有錢人就是不一樣，不回有或沒有，直接問大小。
「四人以上。」
「有。還要問什麼？」
「能馬上借我們一艘嗎？」
「地點。」
很好，又跳過我的問題。

「中港大排願景館附近，中港南路和新北大道交界處。」
她靜默半晌，或許正在思忖確切位置。
「五分鐘。現在，立刻把手機交給師姐——」
我切斷通訊，將手機丟給詩櫻，反應不及的她並未接住，整臺手機重重掉落地面。外殼絲毫無損，傳奇機神，當之無愧。
「小翔，你該不會是打給小琴織吧？」
「這稱呼真的不適合她。」
「別這樣，小琴織也有可愛的一面啦。」
「哪一面？」
「我們還沒看到的那一面。」
詩櫻輕拉我的袖口，低垂眉宇，說：「琴織真的有橡皮艇？」
「感覺不只是有，而且有好幾艘。」
「不愧是霧昇集團董事長最愛的千金。」李輕雲雙手抱胸，說：「邱琴織有說多久會到嗎？」
「五分鐘。」
「過多久了？」
「約莫四分鐘，大概會遲到吧。」
語尾還未收束，一陣破風的螺旋聲響轟然而起，廠房鐵皮被攪動的旋風吹得砰砰作響。
紫紅色的民用直升機掠過幽暗星夜，映著皎潔月光，駛過願景館上空，映入眼簾的，是印在直升機外的白色大字：霧昇集團。

阿光說過，霧昇集團的本業是清淨機和降溫器，二者均為現代世界迫切需要的產品，毫無疑問立於世界供需最尖端的集團，出動直升機運送橡皮艇，自然小事一樁。

依循我的手勢，直升機駕駛將橡皮艇放入中港南路與新北大道交界處的排水溝。置妥後，直升機毫不在乎周圍目光，大喇喇地停在附近的ＢＭＷ服務廠屋頂。

邱琴織跳下直升機，站在服務廠上，俯視我們。

「沈雁翔！」她的雙眼簡直要噴出烈焰。「你這王八蛋居然掛我電話！」

「別在上面嚷嚷，下來講。」

「我偏要在上面講，咬我啊你！」

真是蠻橫不講理的傢伙。

詩櫻上前一步，深深鞠躬。邱琴織被這突來的舉動震懾住，半張開嘴，慌了手腳。

「琴織，謝謝妳。」詩櫻嫣然一笑，說：「我、雁翔、李同學、莊同學和小倉妹妹都很感謝妳。」

「呃……」邱琴織的表情變得更複雜了。

「請別介意雁翔的失禮。」

「誰失禮，她才失禮。」

詩櫻噘著嘴，擰捏我的背部。

「好啦、好啦，我太失禮了……」

儘管百般不願意，礙於疼痛也只能就範。

邱琴織仍滿臉不悅，雙頰卻漸轉緋紅，看來詩櫻的致謝讓她相當開心。

她回頭向駕駛員使了眼色，直升機的螺旋槳重啟旋動，準備起飛。

「沈雁翔，你到底打算做什麼？」

「一言難盡。」

我揚起嘴角，第一次對邱琴織笑。再怎麼說，沒有她，這個計畫就是死的。

「我會把之前發生的一切扭轉回來。」迎上她犀利的目光，我說：「當然，也會搞定纏在妳師姐身上，那道噁心巴拉的詛咒。」

邱琴織與我對視，僵硬的表情頓時舒緩許多，噘起的嘴角漸漸放軟，儘管不是笑靨，至少已非怒容。

背對月光，髮絲隨風飄揚的她，俯視著我，說：「詩櫻師姐就拜託你了。」

「放心吧。」

我露齒一笑，豎起拇指。

「我會好好送她回家的。」

第十節　勢均力敵

鞋上沾滿灰泥，噁心的觸感極不舒服，陰暗通路潮濕得像座蛇窟。

先一步越過閘門，進入新北大道底下的神祕空間，我望向以怪異姿勢翻越鐵門，手腳不太協調的詩櫻，映於月色之下，她的制服裙襬什麼都掩不住，儘管立刻闔上雙眼，卻想起物理課學過的觀念：眼睛接受光，所以視線是光速。

到頭來什麼都看得一清二楚。

「雁翔，你身體不舒服嗎？」

「沒有。」

轉過頭，正逢李輕雲翻越之時，趕緊再度闔眼。

「眼睛不舒服？」

「不是。」我皺著眉頭說：「詩櫻，妳們的裙子很短。」

詩櫻偏著頭，低頭望向自己的裙襬，思忖半晌。

下一秒，她圓睜雙眼，雙頰緋紅，倒抽一口氣。

「你好色。」

「我明明就閉上眼睛了！」

「眼睛是光速。」李輕雲拍拍裙襬，將阿光製作的電磁鐵裝置擺在地上，說：「變態的眼睛也是光速。」

「變態的眼睛也只是普通的眼睛。」

「但是很變態。」

靜待十秒，殿後的阿光也翻過來了。踏上濕黏的地面，他將眾人手中的致命吸引爺收入運動包，抬頭環顧四周，說：「那隻笨老鼠回家讓媽媽打屁股了？」

「你才給媽媽打屁股咪！」

嬌小的布丁鼠從我胸前口袋躍出，猛力搔抓阿光的臉。

「痛死了，妳這怪物！」

「咪，你才怪物！」

小倉咬住他的耳垂，懸掛半空。詩櫻瞇起眼笑，饒富興味的表情無比純真。

她歪著頭端詳了一會兒，說：「難怪小倉妹妹的髮色那麼漂亮，原來是鼠仙。」

「唔唔唔，唔唔，唔唔唔。」

「別咬啦！」

阿光用手指彈撥小倉圓滾滾的肚子，力道很小，沒什麼殺傷力。

「別鬧了。」我攥住小倉，將她一把拉開。

「把她交給我吧。」

詩櫻雙手捧水似地朝我伸來，沒有拒絕之理，便將小倉遞了過去。在她掌心，小倉旋動身子，看來相當滿意。女性天生蘊含母性，小倉親近詩櫻是天經地義的。

同為女性……

「哼，忘恩負義的小鬼。」李輕雲噘著嘴說：「虧我還特地去送晚餐，看來藉機博取好感，安插間諜以供未來之用的計劃失敗了。」

「原來妳還盤算著那種計劃。」

「糟糕，被發現了。」

白了她一眼，她則嘻笑不語。

新北大道下的排水溝閘門邊，神祕的夾層空間偶有徐徐清風，通道中每隔十公尺才有一盞小燈，不像公共設備，應是私人胡亂安裝的應急照明。

我和詩櫻走在前頭，李輕雲夾在中間，阿光老樣子殿後。雖然他老是吊兒郎當的，一旦遇到危險狀況，卻是擅於確保退路的重要角色。

「小倉，我能將妳放在肩上嗎？」詩櫻悄悄用氣音問。

「姊姊沒有口袋咪？」

東明高中的制服除了襯衫左胸外，褲子也有口袋。至於裙子，我就不清楚了。察覺我的視線，詩櫻輕拉裙襬，面露微笑。

「我們的制服裙沒有口袋。」

「這、這樣啊……」有種被人看穿心思的感覺，莫名羞愧。

「胸前也不太方便。」

詩櫻的領子少繫了兩個鈕釦，倘若小倉鑽進口袋，只怕會將半邊襯衫拉扯下來。

「好好安上鈕釦不就行了？」

肩膀被李輕雲重重打了一拳，她說：「你真傻啊，男人不扣釦子是為了帥，女人可就大大不同了。」

「男人也不是為了帥，是比較涼。」

「唉，處男就是沒搞頭。」

「妳這傢伙存心找架吵吧？」

「請兩位克制，別忘了我們在敵人的地盤。」阿光拍拍我倆的肩，咧開嘴笑，說：「小翔呀小翔，男孩子少扣一顆鈕釦確實是為求涼爽，女孩子的話，尤其小詩櫻這種守規矩的類型，恐怕是因為扣不起來。」

再次望向詩櫻的襯衫，唰地雙頰發熱，連耳根子都麻了。

「不要看著別人的身體臉紅啦！」

「抱歉……」

詩櫻交臂環抱，輕輕跺腳。

我撇過頭去，白了小倉一眼，說：「妳就乖乖窩在她肩上，別再害我出糗了。」

「遵命咪——」

說也奇怪，這條通道滿是我們的回音，卻絲毫不見裡頭之人有所動靜。

水泥砌成的牆上多處龜裂，牆角暗溝連綿至通道深處，難得的微風也挾帶令人難耐的惡臭。前行過程，偶有老鼠竄動，連膽大的李輕雲也不禁縮起身子，直打哆嗦。

頂上燈泡總有不少飛蟲圍繞，多是日常可見的蛾蚊，燈光不及之處則有散發怪味的黑色汙漬，貌似佈滿青苔，鼻腔內瀰漫著腥臊與濃稠的腐敗氣味

一旦微風輕拂，霉味便會撲鼻而來，閃也閃不掉。

不再交談的四人一鼠，在噁心濕黏的暗道步行十分鐘，才抵達第一道門。
終於知道為何毫無動靜了。
那扇由方形外框包覆的圓形大門，像專為抵禦核子危機所設一般，看上去連輻射熱都能完美阻隔。金屬製的大門風蝕嚴重，光滑表層沾了層薄苔，光用看的也能想像滑黏的噁心觸感。
「這扇門是用來打仗的吧？」阿光面露苦笑。
「同感。」我抬著頭說：「這不是一般財力所能購置的物品，根本就是軍用等級的鐵門。」
「感覺好重。」詩櫻環顧四周，說：「附近好像沒有對講機。」
「妳該不會想請裡面的人開門吧？」
「唔咦？」
看來是說中了。
九降家的大小姐，可靠的時候很可靠，犯蠢的時候就蠢得很徹底。
李輕雲的藍眼覷成一條細縫，努了努下巴，說：「角落那邊是不是有個可疑的方形泥印？」
鐵門框的右上角確實有個重新上漆的方形突起。
「有意思。」阿光望向我，說：「小翔，頂我上去。」
我讓他騎上肩膀，起身後，恰好可以碰到方形突起的位置。
「這裡的漆確實比周圍新了不少。」他端詳幾秒，說：「大小變像通風口的。」
「能打開嗎？」我問。
「可以試試看，再怎麼樣也比撬開那扇防核鐵門好多了。」
他伸出手，指向由詩櫻代為背負，屬於他的超大運動包。

詩櫻輕輕頷首，提腿小跑，將包包捧上前來。

我曾提過那個運動包，裡頭滿是金屬製的神祕裝置，約莫是營養午餐湯桶的兩倍重，或說一個小六女生的體重——當然，我是以心柔為標準，不是其他小學生。

不一會兒，阿光從中掏出一個狀似鏟子的物品。

「這個雖然有點慢，但比較安靜。」

稍加調適呼吸，他使勁將鏟子插入牆內。

不知出於何種原理，毫無特色的鐵鏟就這麼嵌入堅硬的泥磚牆，更別提他是單手使用，毫不費力。

「哇，莊同學真厲害，應付各種麻煩的工具都有。」

詩櫻雙手合十，眼睛瞇成一線，嘴角抿成一輪蛾眉月。

阿光將鏟子橫移，沿著方形突起的外圍切割。

「小詩櫻真是過獎了，我並不是什麼工具都做得出來，真這麼萬能，早就研發一組用於更衣室，不需透過攝影機，直接以肉眼觀賞的道具了。」

「用來防偷窺？」詩櫻問。

「嗯……」阿光抿起嘴忍笑，說：「也、也可以那樣用啦。」

「死阿光，你還是閉上嘴巴，乖乖動手比較好。」

好傻好天真的詩櫻歪著頭，絲毫不覺得自己被唬弄了。

過了五分鐘，阿光在方形突起的周圍，切出一道整齊的方框，他吁了口氣，咬緊牙關，將鏟子向後拉。我雙腳向下一頓，加強力道，免得受後座力影響而摔倒。鏟子完全離開牆面，新刻的外框也順勢落下，油漆與水泥構成的突起物砸上地面，散成碎片。

一如阿光猜想，方形突起的後方果真是通風口。

通風口外的百葉門扇已然消失，顯然是封閉之前便已卸下，著實便宜了我們。阿光雙手攫住洞口，提腰攀上，身體一扭一擺，鑽入不大不小的通風管道。

他的手從開口伸出，做出招徠之姿，說：「看來是可以通行。」

我蹲下身子，努努下巴。

「詩櫻，妳先。」

「唔咦，踩、踩、踩著你上去嗎？」

「不是『踩著我』，而是坐在我肩上，待我起身之後再爬上去。」

「可是……」她眨了眨眼，望著裙襬說：「這樣不就……」

「就說處男沒搞頭。」李輕雲一把將我推開，說：「櫻櫻，我背妳。」

「妳這矮子才該讓詩櫻背吧，她比妳高出一顆頭耶——嗚呃！」

李輕雲的拳頭沒入我的腹部，突來的攻擊實在無法閃避。

「話多的人都死得早，懂嗎？」

疼得無法頂嘴。

最終決定由我面對牆壁趴成半座拱橋，讓兩位女孩踩踏，以便攀爬。

過程中，李輕雲有意無意地用膝蓋擊打我的背脊；反之，詩櫻則先說了抱歉，才輕柔地攀了上來。

待我進入通風口時，阿光早已消失在盡頭光亮處，泛出光線的是間用途不明的空房，房門外則是黑得不見一物的幽暗長廊。

詩櫻雙手抱軀，對此處的詭異氛圍略感不安。

伸手不見五指的廊道間，迴盪著惡魔低語般的細碎聲音。

「小翔……」阿光的聲音變得很小。「你不覺得，前面好像有什麼聲音嗎？」

「落地時就注意到了。」

全身神經元集中於耳膜，聽覺好似強化數倍，但也不過是心理作用，源自未知恐懼的內在反應。

無邊的黑暗長廊，有什麼人正在低喃碎語。眼睛適應黑暗，終於望見長廊全貌時，我倒抽一大口氣。

「這是什麼東西？」李輕雲的聲音輕微打顫。

阿光瞪直雙眼，平常聒噪的嘴，此刻一句話也說不出來。

詩櫻輕揪我的袖口，指尖輕顫，低聲說道：「好過份，這太過份了……」

嚥下唾沫，揉揉雙眼，才發現自己嘴巴半開，原來我也同樣愕然。

不見天日的長廊兩側，設置了不見盡頭的方形鐵籠，雙層並排，直達深處。每個籠子都關著人，男人和女人，成人和幼童，少女和孕婦，簡直是喪盡天良的人類展示區。能夠造出如此詭譎的駭人牢籠，不是極其病態，就是泯滅人性。

臂膀能夠清楚感覺詩櫻的顫抖，身旁的李輕雲也沉著臉，嘴角化作一輪倒弦月。

阿光走向鐵籠，查看門上的電子面板。籠中女孩不住打顫，驚愕表情像極了久遭虐待的禁臠，瑟縮角落，完全不敢與他對上眼。

「這是設有警報系統的電子鎖。」阿光神情黯淡，用力敲了電子面板一拳。「這種籠子必定會有中央控制系統，我得去找。」

「阿光，我們不可能救出所有的人，這不是原來的目標。」

「不是你的，但可以是我的。」

看來他鐵了心要救這群人。
與他堅定的目光對視，感性勝於理性，我點了點頭，說：「我跟你去。」
「別傻了。」李輕雲的聲音變得無比低沉，說：「沈雁翔，你的目標是蛇郎君和玄穹法印。」
「妳要我丟下這些人不管？」
「我沒這樣講。」
「那就讓我去。」
「辦不到。」她瞪著我說：「你和櫻櫻去找那條蛇，這群可憐蟲交給我和莊崇光就行了。」
她呼出一口鼻息，我能從中感覺一股強烈的怒氣。
「小倉。」
「什麼事，翔哥哥？」
「妳也去幫忙。」
「咦——櫻姊姊的肩膀好舒服的說。」
「乖。」我摸摸她毛絨絨的背，說：「籠子裡有不少小孩，也許她們見到妳會覺得親近一些。」
她眨了眨黑豆般的小眼睛，縱身一躍，跳上阿光的背，說：「我知道了，就照翔哥哥說的做。」
「晚點請妳吃豆花。」
「好耶！」
若能救出這些人，請個豆花根本不算什麼。
多一個痛扁十梁君那傢伙的理由了。
凝視廊道無垠的黑暗，攜著詩櫻的手，邁開腳步向前跑。

長廊延綿數十公尺，其間設置的鐵籠，隨著小跑的步伐目測，約略超過兩百個。雖未細算，但每個牢籠都關著人，有些甚至同時禁閉母子二人，總數必定超過三百人。

來道盡頭處，一扇嚴重鏽蝕的鐵門映入眼簾。不是先前看過的防核爆大門，而是隨處可見，平凡至極的防盜鐵門。

「裡面有人。」詩櫻低聲說：「而且應該有很多人。」

「我正想找幾個傢伙來扁。」

她望著我，眨了眨眼。

「怎麼了？」

「你的心腸真好。」她揚起嘴角，嫣然一笑，說：「母親大人曾說，能為他人之事感到憤怒，就是至誠至善之人。」

「我是善人的話，世上八成沒有惡人了。」

我確實很少因為他人之事感到憤怒，這回著實異常，心中那股悶燒的怒火究竟從何而來，並不可知。折折手指以壯士氣，伸手扭開那扇冰冷的鐵門。

刺眼白光，迎面而來。

目光所及之處，燈光通明得像間高級實驗室，左右均是純白色的不明器材，管線、躺床、束縛架，不一而足。在數盞高瓦數的LED燈照耀下，整個室內明亮得宛如白晝。

鐵門發出的刺耳嘎吱響，彷彿死囚臨刑前的尖叫，咿呀尾音不受控制，一路延續到鐵門掩起，室內無處不迴盪著難耐的噪音。

門內之人，不約而同停下手邊動作。這一刻，時間彷彿靜止了。

他們的穿著不是醫師般的白長袍，就是墨綠色的防塵衣。

房中挑高處有排透明落地玻璃，用以監視下方的研究區域。

舉起胳膊，勉強提起嘴角，擺出僵硬的笑臉。

「呃……嗨？」

招呼一出，時間恢復流轉。

喧嘩鼓譟四起，多數人對我倆的現身感到驚愕，少數人則憤怒得像腦袋炸鍋，嘴上滿是咒罵。

幾名白色襯衫、灰色長褲的壯漢朝我們奔來。

「詩櫻。」

「什麼事？」

她的臉色略顯蒼白，堅毅的眼眸卻飽含強烈戰意。

我所了解的九降詩櫻，絕不可能放任那種囚禁事件存在，也絕不可能輕饒主導此事的罪魁禍首。

「除了咒符之外，妳有什麼防身武器？」

「我不需要武器。」她的俏顏揚起笑靨，說：「我有那個就行了。」

順著她的目光，只見角落擺了一組實驗室常見的氣柱共鳴玻璃管，外側各有兩根金屬細棍。

看來是不用擔心了。

「如果我是十梁君，一定待在最好玩，最適合看戲的地方。」

瞇起雙眼，緊盯上方那排醒目的玻璃監視窗。若想引出十梁君，勢必得讓黑虎現身，不二法門，便是給祂一個不得不保護我的理由。

吸了口氣，邁開腳步朝前猛衝，幾名警衛猝不及防，駭得亂了陣腳。

飛快從某人腰間奪下手電筒，其重量竟然堪比一個小啞鈴，險些落地。

我回過頭，半蹲身子，朝距離最近的壯漢揮舞。

「嗚哇！」

手電筒擊中那人大腿，恰好是上五吋、下五吋的位置，依據經驗，那是腳部最疼的地方。

我的左臂驀地被人拉住，右腿遭受踢擊，跪倒在地。

不遠處，詩櫻用左掌推開一名壯漢，隨即扳下實驗管金屬棒，擺出架勢，接連擊倒數名警衛，厲聲要求不太能打的瘦弱研究員站到牆邊。

一名壯漢揍上我的右頰，說：「還有心思看旁邊？」

施力點不錯，要不是我咬緊牙列，恐怕會被打掉兩顆犬齒。

「誰派你們來的？」他怒聲大吼。

「十梁君那傢伙就在這個萬惡的實驗室吧？」

「你這傢伙！」他朝我腹部毆打一拳，說：「是我在問話！誰指使你們來的？警察？雷霆？蒼溟？」

「這個嘛……」

嘴裡感覺一絲血腥苦味，體內泛起的陣陣沁涼讓人感覺分外舒爽。

「我是神明派來的。」

響徹雲霄的虎吼威震四方，轟擊眾人耳膜，體內靈力如沸騰之水，波濤洶湧，狂烈流竄，轉瞬逸出肉身之外。

黑虎將軍，狂傲登場。

「怪、怪物啊！」、「快拿槍！」、「逃命啊！」

數名警衛胡亂驚叫，人群驚慌奔逃，跌成一團，相互踐踏。

黑虎發出沉沉低吼，巨爪揮落，幾個遭襲的可憐蟲昏厥嘔血，生死不明。黑爪橫掃，數名壯漢頓時有如紙片一般飛躍半空，狠狠撞在牆上，濺出鮮血。

黑虎將軍不受命令也不受控制，憑藉本能，完美應付眼前的頹劣局勢。

儘管曾經導致糟糕的結果，祂仍是我僅有的最後王牌。

正確來說，是倒數第二張王牌。

「雁翔，不能讓虎將軍暴走！」

詩櫻用細棍揮倒一名警衛，收手時，順勢以棍梢擊打旁側準備偷襲的敵人。

「萬一祂摧毀整個地下空間，牢籠裡的百姓也會遭殃。」

「我又不是馴獸師，哪有能耐控制祂。」

「運用你的靈力，就像在豪宅裡做的那樣。」

「那可是妳帶著我做的耶……」

這傢伙居然以為我操作一次就能學會，又不是瞬間記憶者。

黑虎幾乎將整間實驗室掀翻，各種昂貴器材無不粉碎，原本潔白明亮的空間如今滿目瘡痍。無論有無反抗之意，一旦進入虎神之眼，無一不被利爪狠劃。

說時遲，那時快，黑虎右爪被一道漆黑的環狀煙霧纏上。那道黑煙像極了詩櫻臂上的蛇紋，頃刻牢牢束縛虎將軍的強力巨爪，整條虎臂頓時無法動彈。宛如困獸猶鬥，盛怒的黑虎高聲嘶吼，用僅存的左爪持續攻擊，前方幾名倒楣鬼立即慘遭毒手。

富有節奏的掌聲自高處傳來，瘦高而猙獰的身影，沿著夾層二樓的玻璃樓梯緩慢步下。

「兩位居然找到這種地方來，了不起，太了不起了。」

名喚十梁君的妖怪蛇郎君，一張大嘴劃到耳垂，吐著蛇信，咧嘴而笑，模樣猙獰至極。他細長的蛇頸竟扣著金黃色的玄穹法印，憶起法印環在詩櫻白皙腿上的誘人模樣，實難接受眼前這副光景。

又多一個痛扁這傢伙的理由了。

黑虎左爪一揮，十梁君輕鬆一躍，閃得毫不費力。

「再怎麼強的力量，只要無法擊中，全是枉然！」十梁君緩步走來，咧開嘴笑。「要不是聽從建議，及早準備，說不定連我都被輕易撕裂了。」

右爪無法動彈的虎將軍，被動作迅速的人蛇輕鬆閃過也是常理之事。

詩櫻挨到我身邊，凝視虎臂，說：「那道黑色紋環，很像蛇咒術的蛇縛咒。」

「有辦法解除嗎？」

「只能打倒施術者，或奪取他的靈力。」

那就是沒辦法解除了。我撇撇嘴，嘆了口氣。

「現在的虎將軍不可能打倒十梁君，你必須用靈術掩護祂。」

詩櫻來回觀察黑虎和十梁君的動作，微蹙眉宇，輕咬下唇，說：「或者，由我使用咒符掩護。」

「不准。」我輕敲她的額頭，說：「妳想讓詛咒加深嗎？」

「可是——」

「我自有辦法，放心。」

胡亂搓弄她烏亮的長髮，將平直瀏海撥得一團亂。詩櫻嘟起小嘴，捶打著我，頰上泛起一抹淺紅。

要打倒他，方法只有一個。

「喂。」我朝十梁君喊。
「怎麼啦？不甘寂寞？下一個就是你了，別著急。」
「你啊，盡出些小心眼的招式，難怪一輩子當蛇。」
「你這……」他的蛇眼迸出火光，咬著牙說：「你真心想死？」
「想啊，想得不得了。不過，怎樣也得排在你後面。」
話語方落，我抬起左臂，按壓藏於口袋的機關按鈕。
那是李輕雲交給我，用來啟動電流手銬的遙控設備。
貫通周身的電流，痛得讓人直打牙顫，儘管已是第三次體驗，卻仍無法習慣。人體對於適當的疼痛總會產生抵抗力與適應力，看來，如此強烈的電擊顯然並非「適當」的痛楚。
四肢不受控制，渾身發出嘶嘶嗶嗶的怪異聲響，半闔著眼，腦袋停止思考，思緒正在遠離。
「你想自殺嗎？」
十梁君明明近在眼前，聲音卻彷彿自遙遠的山嶺穿越而來。
模糊的視線，對上黑虎威嚴肅穆的凝睇，四目相交，烏黑幽暗的深眸照映我因觸電而顫抖的悽慘身影。祂並無化作靈裝的意思，興許是不夠痛苦，也不夠危險；既然如此，只剩一種辦法了。
電流趨緩時，我毫不遲疑地再次摁下那足以奪人性命的按鈕。
這回，痛楚並未蔓延開來。
『汝欲求死？』
低沉且富有磁性的聲音從我體內發散，直接傳入大腦，應是某種意識傳遞，由神經元辨識為「聲音」。

『汝不要命？』

前方，黑虎將軍栗子狀的大眼半瞇成縫。

『倘若汝之本意乃打倒人蛇，吾將出手相助。』虎將軍的雙目凝視著我，偌大身軀文風不動，宛如一座宏偉高塔。『若一心只為求死，吾將吞噬汝，送上一程。』

詩櫻曾說，只要好好對話，便能找到互相理解的相處方式，問題只在「該如何溝通」。

「我——」

『犯不著出口，心想便已足矣。』

既然能夠對談，為何至今都不與我交談？

『汝之事，與吾何干？』

與此同時，十梁君朝我衝來，令人作嘔的蛇身蜿蜒擺動，飛快一躍。

「雁翔！」

詩櫻閃到我面前，鐵棍結實地擋住十梁君的蛇口。

黑虎緩緩走來，沉穩的腳步、壯碩的身軀、武勇的姿態，和傲視群倫的威嚴，絲毫不像受到蛇咒束縛，漆黑深邃的毛色此刻更顯烏亮，映著白光，耀眼奪目。

『汝，答案為何？』

我不需要任何人同情，尤其是這傢伙的同情。

跨出一步，錯身掠過詩櫻，踢向十梁君堅硬的蛇鱗身軀。

一如先前，沒有虎的力量，無力的踢擊毫無威脅。

「哈哈哈哈，學不乖啊，真是學不乖。」

十梁君仰天狂笑，軀體迴旋，巨大蛇尾將我一掃而去。正欲起身，蜷曲的蛇身飛快襲來，雙臂相合，十指交扣，手呈錘狀，準備以蛇鱗胳膊揮落捶擊。

砰的一聲鈍響，他的捶擊狠狠砸上黑虎背脊，虎將軍吃痛趴倒，詩櫻抓住空檔，用鐵棍掃退十梁君，英姿颯爽地立於我和黑虎前方。

我很清楚，失去靈力的詩櫻無法勝過十梁君。我需要力量，需要超越一切，傲視萬物的力量。

霎時，全身流淌一股冰涼寒意，體內靈流受到莫名力量驅動，胸腹二處泛起層層漣漪，一道道凜寒之息繞圈似地掠起規律循環。不曾體驗的異狀籠罩全身，寒冰一般的氣流散布開來，沿著四肢、頸項和背脊，蔓延周身。

黑虎的身影已然消失，伸手一瞧，臂上多了數道弦月狀的虎紋。

你這傢伙……

我不要這種力量，不要這種只會傷及無辜的力量！

『需要汝之人，非僅九降詩櫻。』黑虎的聲音清晰沉穩。『汝不願吾出手，行，然吾無法袖手旁觀。汝欲扭頭而去亦可，選擇之權終究在汝。』

說的比唱的好聽，我可從未請求此等力量，兩年前在福泰宮時沒有，兩天前在御儀宮時也沒有。

黑虎靜默不語，不知是選擇沉默，抑或無言以對。

十梁君對我身上的異變感到驚愕，瞪大的蛇眼越顯邪惡，令人作嘔。

詩櫻雙手摀在嘴前，低垂眉宇，滿面愁容，說：「那是靈裝嗎？」

凝望她打顫的肩頭，我點點頭，淺淺一笑。

此時此刻，無暇深究。

「喂。」我扯開嗓子，朝十梁君喊：「我說過了，你得排在我前面死！」

「你這小子……」

十梁君咬著牙，邁開蛇身，倏忽而至。

我不確定靈裝究竟有多大力量，唯一確定的是——

「嗚喔！」

我的拳頭，狠狠毆上十梁君的蛇首，打歪那張每望必嘔的噁心嘴臉。

「這怎麼可能……」他瞪直雙眼，身子不穩，踉踉蹌蹌倒退數步。

「你知道嗎？」我哼笑一聲，說：「你可是第一個讓我打從心底想多揍兩拳的傢伙！」

露齒一笑，我瞇起眼，瞪視五官扭曲的邪惡蛇眼。憋住氣息，穩住馬步，全身重力集中於左腿，抬起右腳橫空掃去，踢腿速度明顯快了數倍。

踢上十梁君腰際的瞬間，脛骨一點也不疼。明明擊中堅如磐石的蛇怪之鱗，卻有如踢上棉花，絲毫未覺痛楚。

人蛇摔飛出去，滾了數圈，撞上白牆。

「你這臭小鬼！」

撕扯喉嚨大吼的他，蜷起長尾，細瘦蛇軀飛快翻起，掃開地面四散的碎片，踏過數名昏厥的研究員和警衛，朝我的方向疾衝。

我將右臂向後一收，拉足筋力揮出重拳，沉重鈍響襲上耳膜，他用左掌接下充滿力量的一拳。

「小子。」他咧嘴邪笑，嘴角留有一抹踢擊導致的血痕。他說：「你也許得到了極為強悍的力量，但……難道沒人跟你說過，互毆這種遊戲向來都是經驗豐富的人得勝嗎？」

十梁君身體迴轉，強而有力的堅硬蛇尾猛烈揮擺，擊中我的腰腹。不斷嘗試掙脫，右拳卻仍被牢牢攫緊，完全無法閃避。

眼角餘光瞥見詩櫻取出咒符，我瞪向她，揚聲大喊：「詩櫻，不准出手！」

「可是——」

「不准出手！」我咬緊牙關說：「我說過了，不會再讓妳受傷的。我不想再辜負任何人的期望了！」

心柔、詩櫻，甚至邱琴織，每個人給予的期望，我再也不逃避了。

瞪大雙眸，直視十梁君金黃色的狹長蛇眼，揚起嘴角。

「你以為這種程度就能撂倒我？」嘴裡有股苦味，怕是出血了。「我這人什麼都不會，就是耐打得很。」

雙腳一蹬，使盡腰力將身子騰旋半空，側身踢腿，右腳狠狠擊中十梁君沒有蛇鱗保護的腹部。

「嗚啊！」

蛇口噴出血花，伴隨黑虎之力的踢擊比想像中還更強大。

儘管遭受重擊，十梁君仍緊緊攥住我的右腕，絲毫不願鬆開。

十梁君冷笑一聲，說：「知道我為什麼老攫著你不放嗎？」

「莫非你是彎的？」

「誰跟你彎，你這死小鬼！」

十梁君氣脹了臉，張開滿是尖銳毒牙的血盆大口，顎部猛力一闔，啃上我的右臂，撕心裂肺的劇痛直衝腦門。他的啃咬竟是透入骨髓的痛，猝然想起詩櫻在御儀宮所受的傷，讓人心疼不已。

難耐疼痛的我，揮出左拳，輔以右腿踢擊，才終於掙脫開來。

「好了。」揉著右臂傷口，我笑著說：「你還有什麼招數？」

十梁君抹抹嘴角，口中逸出黏稠唾沫，喀喀邪笑，指著我右臂遭到啃咬的位置，說：「你啊，莫非忘記我的力量了？忘記纏在九降詩櫻身上的詛咒了？」

「蠢的是你，現在的我體內已有靈力，才不受你這低劣詛咒的影響。」

「咿哈哈！」他大張蛇口，笑得越發興奮。他說：「你該不會以為我的唾液只有黑蛇咒吧？」

正欲抬起右臂，卻怎麼也舉不起來，低頭查看，起初只有虎紋的臂膀多出一道蛇鱗環紋，像極了纏於黑虎身上的蛇縛咒。紋路的束縛極強，整條右臂宛如繫了鉛塊，沉得無法動彈。

遭到蛇咬的傷口，鮮血汩汩流出，毫無癒合跡象。

再也按捺不住的詩櫻，取出金黃色咒符，嘴裡禱念咒語。

急欲出言相阻，十梁君的黑色蛇軀已然襲來，閃避不及的我打算以僅存的左臂充作護盾硬擋。

「護身敕符咒！」

詩櫻的聲音一出，十梁君驀地撞上一堵無形高牆，面容扭曲，五官猙獰。

她以咒符施展的護身法術，凝聚一道高聳的水霧波紋，比我先前施展的範圍小了數圈。

十梁君恨恨咬牙，吐出蛇信說：「沒有靈力的妳，冒著加速蛇咒蔓延的風險也要出手？」

「打倒你，取回法印，一切就結束了。」詩櫻厲聲說道。

「是嗎？」十梁君賊笑道：「可惜的是，護身敕符咒一次只能保護一個人，妳讓自己暴露在屏障之外，不就有如褪去衣物，赤身露體，等著我吃嗎？」

他身形一動，以迅雷不及掩耳之勢竄到詩櫻面前，她架棍格擋，卻被一把攫住。

十梁君張開那散發混濁氣味，涎著唾沫和血絲的骯髒臭嘴。

「詩櫻！」

說時遲，那時快，兩道清脆的破空之音旋過耳畔。

十梁君的身體被不明來物擊中，重心不穩，失足仆跌，摔入巨大的透明管狀實驗艙。那座艙室裝了化學液體，空間恰好足以容納一人。

望向破風之聲的來處，隨風飄揚的藍色髮絲顯得光燦耀眼，李輕雲雙手各持一把小型槍械，遠看實在無法分辨是不是先前那款，唯一確定的是，她的槍法依然精準無比。

她頃刻又連開兩槍，兩枚子彈擊中透明實驗艙，不偏不倚落於同一處，連續的衝擊使玻璃應聲破裂，灑成如星雨一般的透明碎屑，艙內液體一洩而盡，將十梁君捲了出來。

「莊、崇、光。」李輕雲揚聲高喊：「輪到你了！」

「好咧！」

遠遠聽見阿光一派輕鬆的愉悅回應，室內燈光閃動數秒，旋即遁入黑暗。

光源恢復時，位於十梁君頭頂的燈架，在半空中凝聚兩道淺藍電光，嗶哩嗶哩震聲作響。

青藍電光，轉瞬擊上滿身液體的十梁君。

「嗚哇——哇啊啊——！」

他被電得周身狂顫，正欲逃跑，無奈任何生命都快不過電，堅硬蛇鱗頓時成為絕佳的導電面，金光在鱗片間游走、彈跳、飛躍，像個調皮的女孩，在黑色的廣袤原野玩耍。

十梁君嘴裡溢出唾液，被電得無法控制身體，歇斯底里地胡亂搔抓，直朝我們衝來。

扭扭脖子，轉轉手臂，我讓身體重心再次凝聚於左腳板。

「我說過了，你得比我早一步死！」

右腿既出，破風巨響劃遍四方，脛骨彷彿化作利刃月戈，直往十梁君失去理智的臉龐橫掃。

強悍的虎形靈裝，使單純的側踢成為致命武器，在半空中劃出一道氣流構築的水平月牙，轟然一聲，破空利刃割斷沿途器物，打穿銅牆鐵壁，留下一道長達數公尺的水平橫紋。

狀似月牙的疾速風刃，重重斬向十梁君的蛇身。

他猛地摔飛出去，撞上雪亮的大理石牆，印刻一道清晰的凹痕和四散的血印。仰躺在地的人蛇，渾身留有餘電，一顫一顫地，目中已無意識。

放下右腿，我深深吁了口氣，數日以來頭一回，打從心底呼出通體舒暢的氣息。

詩櫻嫻雅的恬靜微笑，一如既往，慈藹溫暖。阿光咧開嘴笑，朝我比出勝利手勢。李輕雲則瞇著海藍色雙眼，彷彿對眼前結果不感興趣，挑了挑眉，嗤鼻竊笑。小倉環抱詩櫻纖細的腰，找了個舒服的位置埋首撒嬌。

十梁君仍是半人半蛇的模樣，他昏厥的表情，僵硬得不像瘋狂的惡人，反而像渴望母親擁抱的純真少年。那張平靜的面容帶著一抹淺笑，安詳仰躺，沉沉昏厥。

蒼白的蛇頸，環扣著金黃色的神聖法寶——玄穹法印。

伸手輕拂法器，冰冷的觸感在心底盪起陣陣漣漪。幾天來的羈絆與奮鬥，終於要劃上句點。

取下法印，內心有股陰霾隨之散去，正如太陽升起驅散白霧，舒暢之感，難以言喻。

緊握至關重要的法寶，揚起嘴角環顧眾人，正欲開口，卻被突來的光景震懾住。一道拉著長音的金屬摩擦聲劃破短暫的寧靜，伴隨而來的是驚懼尖叫，以及海嘯般的波濤之聲。

混濁烏黑的骯髒濁水自鐵門縫隙流入。

污穢惡水，正在腳邊蔓延。

第十一節　潛伏的真相

「往這邊，快！」

我撕扯喉嚨大喊，引導困於牢籠的人們進入業已半毀的實驗室。

被阿光和李輕雲解放的人們，各自以不同的方式按捺心中恐懼，跟隨指示行動。

地下空間最前端的圓形防核爆鐵門，不知何時已被開啟，與此同時，中港大排的水位也無故上升，惡臭污水緩緩流入，幾分鐘後便會淹沒整個地下基地。

環顧四周，望向打著哆嗦的無數身影，胸口悶得難受。

「你們剛才找到中央控制機關了吧？那裡有沒有第二逃生設備的按鈕？」

「好像沒那種東西。」

「這麼大的實驗室，居然沒有第二個出口？」

蛇咒水於此生產，確實有防範外力的高度機密需求，儘管如此，也不至於嚴密得連逃生設備都沒有。

除非此處存在絕對不能留下的線索。

四處踱步，詳加觀察，試圖尋找逃脫方法。幾名小孩見到我的虎紋，駭得完全不願靠近，無可奈何的我，越過一個個牆角，找過一張張鐵桌，就是沒看見與逃生有關的資訊。

水位很快便淹過腳踝，事態緊急，地底卻沒訊號，無法與外界聯絡。

「雁翔！」

詩櫻的聲音自上方傳來，仰頭一望，她與阿光待在十梁君先前所處，有著落地玻璃的監視臺。

在白熾燈的照耀下，監視臺比外頭明亮數倍。

阿光雙手攤平，壓住平面圖兩側，詩櫻水蔥般的食指定於圖上某處。

「這個應該就是逃生通道。」

那確實是條延伸到願景館的對外通路，起點就在廣大實驗室某處，卻沒標明位置。

「我晃了好幾回，沒看到任何暗門。」我說：「若真有逃生路線，八成也被藏了、填了或埋了。」

「真是的，又開始悲觀論了。」詩櫻鼓起腮幫子說。

「小翔喜歡把最壞的情況列完，並不是真的悲觀。」阿光將平面圖妥善捲起，收進大運動包，說：「無論如何，消失的通道就在牆邊，只是不知道哪一堵牆而已，我們得在污水淹到嘴巴前找到。」

經過與十梁君的一番大戰，整座實驗室裡滿目瘡痍，一片狼藉。恢復意識的警衛和研究員瑟縮牆角，由之前被囚禁於牢籠裡的百姓們嚴加監視。

阿光在倒榻的實驗艙下找到裝了追蹤器的路易威登皮箱，我則在混亂的文件堆中挖出一張用毛筆寫成的〈蛇咒水配方〉，字形蒼勁有力，細看幾眼，陌生之餘更添幾分熟悉感。

聚在牆邊的研究員們低頭竊語，察覺我的視線便不再交談。

李輕雲來到我身邊，悄聲說：「出口應該在那邊。」

她在受到監管的研究員和警衛面前停下腳步，那群人紛紛起身戒備，儘管已經敗北，卻不輕易屈服。

那群人紛紛起身戒備，挺胸握拳，儘管已經敗北，卻不輕易屈服。

「閃開。」

李輕雲的聲音冰冷如霜，那群人仍不為所動，滿面敵意，彷彿隨時準備開打。

她嘆了口氣，拉起裙襬，眨眼間，掌中多了把銀色手槍，槍管抵在一名研究員額上。

「給我閃開。」

研究員眼珠骨碌碌地轉，嘴唇狂顫，說：「這、這才不是真槍，一看就知道……」

啪的一聲鈍響，李輕雲扣下扳機，賞出一枚橡膠彈。

研究員口吐白沫，瞬間昏厥，仰頭倒下。

「這確實不是真槍。」她露齒一笑，眼中卻毫無笑意。她說：「下一槍，我會換上達姆彈的。」

此話一出，那群人立刻像遇上摩西的紅海，有如分開的海水，朝兩側散去。

有些人就是敬酒不吃，只吃罰酒。

李輕雲收起手槍，整張右臉貼於牆面，側耳諦聽。

「後面是空的。」她望向我的雙臂說：「用你的靈裝解決這堵牆吧。」

被蛇縛咒纏住的右臂仍無法動彈，亦未止血，儘管如此，靈裝強悍的威力絲毫不減。吁了口氣，將力氣聚於左腿，踢擊一出，轟然一響，牆面登時裂出大縫。

揮手招來正與孩子玩耍解悶的小倉，我說：「這道細縫只有妳進得去，先幫我們探探路。」

「可以變小嗎？」

「可以，反正這裡的人什麼妖怪都見過了。倘若真有出口，我再開更大的孔。」

「了解咪！」

小倉化作鼠形，扭轉身軀，鑽入那個比通風口小了一圈的破碎裂縫。

不一會兒，便聽見她伴著回音的喊聲：「翔哥哥，我聽見風聲了，這裡可以通到外面！」

「妳太棒了，小倉。」我後退兩步，揚聲說：「離洞口遠點，我要補踢一腳了。」

左腳換過右腳，連續踢了五回，將裂口撬得比超商的大門還寬。

擁有照明裝置的阿光帶頭領路，引導數百名憔悴的受困者離開這座萬惡的實驗室。李輕雲將研究員和警衛綁上束帶充作手銬，厲聲命令他們跟隨隊伍前進，更以繩索將十梁君團團纏繞，綁在兩名警衛身上，背負拖行。

「不要緊的，跟著大家走就行了。」

詩櫻蹲在幾位身體虛弱的婦孺身旁，柔聲引導，撫慰她們的情緒。

氣息奄奄的眾多受困者響應詩櫻的話語，互相攙扶，緩慢前進。

「真不愧是史上最強的靈巫，雖然早在廟街見識過了，但妳果然是個值得依賴的慈母聖女。」

「這……唔咦……」她的臉龐泛起一抹櫻紅，說：「說得太過了，我、我們也走吧。」

不禁瞥向掛在左腕的玄穹法印，法印重量不輕，難以想像它曾是詩櫻大腿的裝飾品。

「到時，妳還得教我如何奉還靈力。」

「當然。」她腼然一笑，腮幫子紅通通的。「我會一步一步，好好指導的。」

冷不防想起接收靈力時，詩櫻湊上來的嬌嫩唇瓣，讓人心蕩神馳。或許同時想起那副光景，詩櫻別過臉去，臉頰越發緋紅。

天啊，這也未免太尷尬了。

祕密的逃生通道是個由階梯組成的單調路線，每二十階便有一個轉向平臺，接著又是二十階。泥磚構成的矮階偶有裂痕，裂縫裡殘留乾枯的青苔，毫無日照的幽密空間連苔類也活不成。

仰首一望，必須經過六個平臺，共一百二十階。

走了五十幾階，隱約聽見上方光亮處傳來嘈雜人聲。

「溝道的門完全打開了！」、「淹進去了！」、「快出來，快點！」

我與詩櫻面面相覷，無法確定發生何事。

「小翔！」阿光急切的聲音傳來，「凹灣碼頭的阻水門被打開了，不只原來的汙水，碼頭方向的淨水也湧進閘門了，現在整個地下通道恐怕淹滿了水，很快就會淹到——」

來自下方的湍急水流聲，轟然入耳，奔流入內的骯髒黑水迅速淹滿逃生通道，一階一階追趕上來。

「各位，快走！」

在我前方還有十幾名孕婦和孩童，竭盡全力向上攀階。

詩櫻攙扶行動不便的傷者，盡可能讓她們走更快些。

水已經淹過二十階。

我抱起兩名幼童，三步併作兩步、三階併作一階，咬牙狂奔。

拼命奔出逃生通道的我，彷彿多年不見光明，雙眼刺激得幾乎睜不開。

月光出奇皎潔，灑於夜幕的美麗景致，與身後的災難形成強烈的對比。

逃生通道的出口是願景館後方的方形人孔，厚重的鐵蓋已被移走，透過地上留下的拖拉痕跡可知有位值得敬佩的前人為此吃足苦頭。我將滿臉驚恐卻不哭不鬧的孩子放上草地，摸摸她們的頭，返身跑回陰暗的通道。

水位已經淹過六十階。

下面還有四名小孩、一名孕婦、兩名老婦和一位瘸了腿的爺爺，目測與汙濁的惡水不到兩層樓距離。

詩櫻恰好扶掖兩位老太太步出人孔，回到地面，從我身旁經過。

「詩櫻，妳在這裡等著，我一個人下去就好。」
「我不會袖手旁觀的！」
「妳並沒有『袖手旁觀』，外面的人也很需要妳。」指向團坐在願景館外，聽著阿光說明現況的人們，我按住她的肩，說：「留在這裡協助大家平復心情，這點只有妳辦得到。」
「可是——」
「我不能再讓妳冒險了。」
「雁翔！」
我頭也不回地跳進人孔，奔下階梯。
她的聲音在幽暗通道中迴盪不已，一路傳到地下。
率先將無法好好行走的老爺爺和兩位老太太掖回地面，隨即回頭引導孕婦與小孩前進。
「謝謝你們。」肚子大得像隨時會臨盆的年輕婦人，憔悴的臉泛出嚮往未來的光采。她說：「你們，到底是什麼人呢？」
「我們只是路過此地，普通的臺灣高中生。」
我噗嗤一聲，啞然失笑。
婦人發出銀鈴般的輕笑，說：「小帥哥，你是神的使者嗎？」
「這是哪門子奇怪的想法。」
「我看見你踢破混凝土牆的模樣。」
「不害怕嗎？」
「怎麼會呢？我那時心想：『哇，原來神明真的會派遣使者，在人間保護我們』。你們在一天之內救了數百個人，而且並未殺害壞人，倘若彌賽亞真實存在，必與你們一樣強悍、溫柔，而且慈悲。」

持續行走的我搔搔後腦，迴避視線，不知如何應對。

「能不能告訴我你們的姓名呢？醫生說，我的孩子是龍鳳胎——啊，就是一男一女的雙胞胎。」婦人輕撫突起的肚腹，露出慈藹的微笑，柔聲說：「我想給孩子們取個有意義的名字，你們有男有女，恰好合適。」

「別這樣害妳的孩子。」

婦人輕笑，沒有堅持。

英雄？救世主？神的使者？

我只是個想救自己性命、想救詩櫻性命、想救心柔性命的傢伙。

「我啊……」

不知道對著誰說，出口之聲遙遠至極。

「只是騎著老虎的莽夫而已。」

婦人眨了眨眼，旋即瞇起溫柔的笑眼，悄聲說：「這樣啊。」

再四十階，就全數脫離了。

耳邊傳來一聲悶響，後方階梯發出轟然巨響，看似堅硬卻老舊無比的平臺頓時散成碎片，整段石階有如失去泥墩的大橋，向下墜落。

左臂緊緊抓住尚未崩塌的平臺，卻來不及拉起身邊的兩名小孩，以及那位溫柔的孕婦。

水位上升極慢，底下卻深不見底，就算泳技再好也難保能夠活命。

「雁翔，發生什麼事了？」詩櫻的聲音傳來。

「樓梯坍了！」

「你說什麼？」

「樓梯——」我提高音量：「坍掉了！」

詩櫻一時語塞，過了半晌才又開口。

「有人落水嗎？」

「放心！」我扯開嗓子說：「我下去救！」

「等等——」

我知道她會出言阻止，因此搶先一步放開雙臂，任憑身子往下墜落。

方才落水，撲鼻而來的噁心臭味，難受得令我只想痛罵五秒前過於輕率的自己。水下極為汙濁，除了泥塊之外什麼也看不清，四周連個可供辨識的微小光源都沒有。

右臂被蛇縛咒纏住，直到現在仍舊無法動彈，不只無法順利打水，連攀住一旁的碎泥板都辦不到。不一會兒，感覺腿部被人緊緊攫住。伸手拉起，是其中一名小孩，儘管臉色慘白，呼吸卻無大礙。穩穩扶掖這位孩子，雙腿打水，想再碰碰運氣。

水位停止上升，或許已抵達水道的平面高度，不再繼續湧入水流。即便如此，目前的深度已足夠淹死一頭大象。以前沒好好練過游泳，除了基本的自由式和蛙式外，什麼進階技巧都不會，真是千金難買早知道。水裡極為冷冽，外頭世界明明飽富暖意，此處卻凜寒得堪比冬季。

足部驀然踢上一個柔軟物體。

我教手邊的孩童攀住牆垣，用空出的左手撈抓，果不其然，找到了另一名孩子。

只剩那名慈祥的孕婦。

此時，一條繩梯垂落而下，大段落入水中。

「小翔，這是在願景館附近找來的麻繩，長度夠嗎？」

「夠，很夠，非常夠。」

在我的協助下，兩名孩子牢牢攀附繩索，向上爬去。

阿光自上方打了道ＬＥＤ藍光，只見整片水域靜止不動，汙黑不已的油膩表面宛若死水，喉頭忽地作嘔，險些溢出嘴邊。

汙濁水面突然冒起一顆泡泡。

我瞪大雙眼，毫不猶豫扭過身子，鑽入刺鼻惡臭的黑水。泡泡必然挾帶空氣，混濁的水底，唯有能夠呼吸的生物才會吐出氣息。

抱著一線希望，揮舞手腳，在水底胡亂撈抓。水下一片漆黑，伸手不見五指，只能憑感覺、憑直覺、靠運氣摸索。幾秒之後，終於碰到柔軟的物體。咬著牙，左臂向上挺舉，浮出水面的是婦女慘白的臉龐，鼻間呼吸儘管微弱，卻仍一息尚存。

昏厥之人其重無比，沒有右手輔助，實在很難將她背負起來。

『沈雁翔。』腦中之音，來自始終沉默但未解除靈裝的黑虎。『汝需要力量。』

沉厚的聲音宛若山間濃霧，忽而掩至，卻透心沁涼。

『吾，擁有力量。』

聲音收束，左臂被更為冰冷的氣流盤據，幾乎讓人忘記水下的凜寒。

隨著涼意蔓延，左手力量逐步增強，起先無法抓穩的孕婦身軀頃刻輕如鴻毛，單手便可扶掖。

游向繩梯，意外踩空一步，身子險些沉入深不見底的污水之中。無法動彈的右臂勉強撐上牆壁，腹部卻被泥塊狠狠刮了一劃，劇烈刺痛猛然襲來，全身肌肉一陣抽搐。

咬緊牙關，使勁攀上繩梯，赫然發現自己越來越習慣黑虎之力了。即使百般抗拒，無法否認的是，面對超越常理的特殊狀況，就非得使用超越常理的力量不可。

就算是吞噬至親靈魂的罪魁禍首也一樣。

攀繩直上，距離地表光明僅剩半尺之遙。

皎潔明亮的月色下，詩櫻的微笑迎面而來，秀髮翩飛的縫隙微滲月光，泛出的光暈好似描邊，讓她像個純潔的神使，伸出的小手宛如賜予救贖的佛掌。

阿光與李輕雲小跑上前，出手攙扶，四人協力，讓陷入昏厥但呼吸沉穩的孕婦平躺。阿光遞了一條印有願景館字樣的毛巾給詩櫻，由她擦拭婦人的身軀。

我吁了口氣，癱坐在地，四肢無力。瀰漫周身的沁涼之感，由四肢向胸口收束，低頭一望，雙臂虎紋逐漸消失，靈裝業已解除。

「嗚哇！」

刺骨斷脊的劇痛四散而出，突來的猛烈疼痛使我驚叫出聲。腹部那道被泥塊劃出的清晰橫口，鮮血汩汩流出，宛如山澗清泉，滲出襯衫，在制服上染出大片赤紅。

「雁、雁翔！」

「小翔，你這傷口也太嚴重了吧！」

詩櫻趕到我身邊，放眼尋找應急物品，卻一無所獲。她定了定神，一把撕開自己制服下襬的純白燕尾，對折之後扭轉一圈，緊緊纏在我腹部的傷口，暫作止血之用。

阿光一面跺腳，一面暗罵遲遲未到的救護車。

「詩櫻……」喉嚨相當乾燥，聲音微弱得像小孩的呢喃。

她將臉龐湊近一些，耳朵倚在我嘴邊，側著臉問：「什麼事？」

「用法印……先把靈力……」

「現在不是談這個的時候。」

「妳的靈術——咳！」我輕咳幾聲，摀嘴的掌心出現血點。「用妳那個神奇的治癒法術……」

「你指的是……」詩櫻將右手中指疊上食指，擺出當時的特殊手勢。「這個手訣——清癒訣嗎？」

或許因為失血過多，視線越來越模糊，耳中聽聞的聲響也越來越遙遠。

詩櫻開張嘴，喊了聲什麼，我卻聽不清楚。

她抿起嘴，皺下眉頭，指尖夾著一張白色咒符，符紙上頭寫了清晰的「癒」字。

不行，別用咒符，妳的詛咒……

詩櫻，我不想要妳死。

連如此簡單的話都說不了口，我虛弱得像漂浮半空的氣球，意識越來越遠。

茫然伸手摸索，探到掛在手腕上的環狀物體，拿起它，抬高臂膀向前遞去。

唯有恢復靈力的詩櫻，才有治療我、拯救她自己的力量。

只要她活下去，心柔終有甦醒的一天；而我，倒是無所謂了。

「詩櫻……」

終於連自己的聲音都聽不見了。

她將咒符貼在我的腹部，口中低喃，專注禱念。金黃色的玄穹法印正如西天極光，炫目耀眼。

凝望法印，彷彿望見幸福平穩的沈家，看見心柔鼓起腮幫子的鵝蛋臉，瞧見詩櫻眯著眼的美麗微笑。

同時看見，玄穹法印在我手心碎成殘片的模樣。

※ ※ ※

深沉無垠的靜夜逝去，才明白自己依然存活。不只活著，甚至連一絲痛楚都沒有。

視野前方是由亮白方形構成的浩瀚蒼穹，眨了眨眼，發現那不過是純白色的天花板而已。

撐起腰部，理當帶傷的我竟能毫不費力坐起身來。四方雪白籠罩，白色的床、白色的被、白色的桌和白色的椅，各式物品有著相同顏色，予人一種侷促的封閉之感。

升上高中不再隨便打架的我，很久沒在醫院醒來了。

「唔咦……」

雙手趴伏床緣，胳膊輕輕壓在我腿上的詩櫻，秀麗髮絲四散開來，嘴裡發出低吟，正與睡意角力。

黑色的蛇紋如同毒蛇勒頸，環繞她的顎部。

忽地想起意識消失前發生的事。

「雁翔……？」她揉搓眼睛，發音混濁不清。

開口時，發現自己的喉嚨乾得驚人。

「詩櫻，妳的身體……」

「啊！」

詩櫻瞪大雙眼，慌忙拉起領口，試圖遮掩醒目的漆黑蛇紋。

我的表情恐怕極其扭曲，也極其醜惡，心底埋怨她不思後果的舉動，試圖藉以減輕充臆胸腔的無盡自責。情感一來一往，一進一退，終是化為泡影；千思萬緒，千言萬言，終究化作無語。

置於白色桌面的金黃法印，如同玄女宮的贗品，一受損傷便輕易毀壞，是個不折不扣的偽物。

靜默許久，滯悶的空氣令人窒息，我感覺口乾舌燥，額頭與背部滲出薄汗。

「莊同學和李同學來過了。」

望著空無一物的桌面，我知道他們帶的都是「國王的伴手禮」。

「李同學說，這段時間她會負責照顧小倉。」詩櫻的聲音很輕，彷彿隨時就要消散。她說：「另外，她要我代為轉告一句話：『沈雁翔，萬事小心』。」

皺起眉頭望向詩櫻，她搖了搖頭，看來也不明白此話之意。

話只說一半，很像李輕雲的作風。

轉轉胳膊和腿腳，四肢功能無礙，拉起床被檢查，外觀也都正常。翻開醫療用的淺綠袍子，腹部宛如無事發生，連個傷疤都沒留下。抬頭想問詳情，詩櫻立刻低垂雙眸，挪開視線。

「腹部的傷，送醫之前我已大致治癒過了……」

「那個血流不止的大傷口？」

「還有手臂上的咬傷。」她偷瞄我一眼，說：「李同學說，十梁君……也就是妖怪蛇郎君的牙毒，會使傷口無法癒合，必須一併處理。啊，不過都是同一道咒符，沒有額外——」

「妳這笨蛋。」

咬著牙，使勁捶打自己的腹部，亟欲藉由拳頭釋放滿腔的懊惱與悔恨。

儘管不斷揮拳，恐怕在毆出同樣的大傷口前，都無法傾洩那針對己身的無盡憤恨。

「你不要這樣！」

詩櫻抱住我的胳膊，卻無法止住揮拳動作，慣性揮動的臂膀將她拉起，撞到我身上。
「沒、沒事吧？」
「嗚，嗯……」
詩櫻摀著前額，乍看之下並未紅腫。放下臂膀的我，咬牙垂首，緊盯雙拳。
「對不起。」
「不。」詩櫻搖搖手，說：「我沒事，真的。」
令人窒息的沉重靜默，再次籠罩。
摔上床舖的她就這麼保持趴伏之姿，壓在我身上。
或許被這尷尬的氛圍壓得喘不過氣，她的拇指不斷交疊，兀自玩起妳壓我疊的遊戲。
「你想喝點什麼嗎？」
「水。」
「真乖的病人。」她瞇眼微笑，說：「我去去就回。」
她離開後，清脆的鈴音隔著門板依舊響亮。
伴隨鈴聲遠去，室內彷彿抽乾氣息，徒存難耐的孤獨與寂寞。一瞬間，強烈的虛無之感，甚至讓我以為身在自己的房間。
病房的白色拉門再次敞開，起先以為是詩櫻忘了什麼而返回，並未抬頭理會。
入室之人來到床邊，駐足木立。
「沈雁翔，你真是個命大的傢伙。」
「咦？」

那人飛快念出一串話語，伸手揪住我的左腕。

那隻手冰得刺骨，凜冽寒氣順著皮膚滲入體內，一股奇異的環繞束縛隨之而來，猶如蜷曲的藤蔓收縮勒緊，這種感覺已非初次體驗。

蛇縛咒！

瞪直雙眼，急欲甩開那隻手腕，發現臂上再次纏繞蛇紋，甚至更為漆黑、更加清晰。

「這是十梁君那傢伙的——」

「你真以為蛇郎君那種低賤妖物能夠操縱高貴美麗的蛇縛咒？」鬆開手，那人哼出鼻息，說：「為了安心當個幕後黑手，我不只將蛇縛咒和黑蛇咒嵌入蛇妖牙內，還親手安插方便行事的宮內閑職。明明萬事俱備，想不到你這傢伙竟搗毀了我的祕密工廠。」

「看來，我們從頭到尾都被玩弄於股掌之間。」

我搖搖頭，揚起嘴角。真想笑，想仰天狂笑。

「我可是真的很挫折呢。」那人咧嘴笑道：「起初只覺得碰上麻煩人物，想都沒想到，你這低賤的傢伙居然能把計畫破壞得這麼徹底。」

「哼，真不知道是誰在破壞誰的計畫。」

那人挑了挑眉，雙膝跪上病床，右手猛力敲擊我那已由詩櫻治癒的側腹。

強烈劇痛讓我想起身於汗水，掙扎攀爬繩梯的夢魘記憶。

「沈雁翔，你真是個大好人。」心思被痛楚支配的我，耳裡只剩那人悠閒的聲調：「特地救出那些實驗品，害我只得放棄慢如蝸牛的原始計畫。」

「開什麼玩笑，人命可不是這麼廉價的東西……」

「是嗎？你的生命可是相當廉價唷。你瞧，只要輕輕一壓——」
「嗚呃！」
「我只有一件事沒算準。」
那人臉上籠罩一層陰影，板起憤怒至極的扭曲面孔。
「你這傢伙，竟把我最敬愛的師姐拖下水！」
邱琴織面露兇光，咬著牙，恨不得一口將我撕碎。她的雙眼燃起熊熊怒火，日光倒影成了熾燄，足以燒盡萬物的無盡烈火。
邱琴織就是黑蛇咒的真正主人，光是明白這點，錯綜複雜的謎團全有了解答。
為什麼十梁君能在御儀宮任職，又能平安躲過詩櫻的法眼？
為什麼邱琴織在廟街夜市使用的咒符，一經碰觸便能束縛我的行動？
為什麼十梁君見到我們出現在地下實驗室，絲毫不覺得驚訝？
為什麼〈蛇咒水配方〉的書法字，給我一種陌生卻熟悉的感覺？
所有疑問，只要確定「邱琴織即為蛇咒施術者」就能完美解釋。
耐著疼痛，全身發顫的我，使盡全力瞪她。
「就算祕密工廠被你毀了，我也還有備案。」她又加強力道，我揮出右手亟欲反擊，卻被輕鬆接下。
她咧嘴一笑，說：「原本我就討厭慢步調的計畫，不過，畢竟這種方法安全得多，也好玩得多嘛。讓喜歡嘗鮮的傢伙食毒上癮，一個個被蛇咒吞噬，一個個化作聽話的眼線，不是很有趣嗎？」
「哪裡有趣了……」
「有趣啊，超有趣。你想，每個人都有靈力的庇護時，不就是個完美世界嗎？」

她的臉上浮現一種詭譎的舒暢感，猶如述說擁有美麗結局的童話故事。

「凡人哪能理解人生，眼睛所見皆為偽物，都是假的，是處於真實領域的我們刻意編織的虛幻美夢。你體內那頭老虎，雖是真物，卻被看作偽物。假不了的必屬真實，既是真實，為何凡人無法理解？」

見我啞口無言，她哼笑一聲。

「御儀宮的道義很簡單：『修煉有成者得道』。然而，多數人只專注於塵世諸多亂七八糟的小事，無法領略世界的真正價值。既然如此，賦予芸芸眾生修煉的力量，自也是種行善；得到靈力，領略真實之人，自然更能體會世界。」

「妳這瘋子。」

「瘋？」她哈哈大笑，說：「你和我，一個是想利用神靈之力拯救他人，卻忘記自己只是凡夫的傢伙；一個是想利用神靈之力拯救他人，因而剝奪凡夫自由的人。不知誰才是真的瘋子。」

「妳不會成功的。」我壓抑痛楚，怒目而視，說：「只要玄穹法印在妳手上，我就不會放過妳，就算追到世界盡頭也一樣。」

「好怕、好怕！」

邱琴織露齒一笑，再度猛力重壓，才跳下病床。我低聲呻吟，疼得無法回擊。

她拍拂雙手，彷彿我身上帶了蝨子似的，弄髒人手。

「我原本沒打算傷害師姐，要不是你，黑蛇咒這種等級的靈術哪能傷到師姐。」她轉過身，朝病房門口走去。「法印確實在我手中，辦完正事就會乖乖還回去的。」

「妳這傢伙……到底打算做什麼？」

「你可以看新聞，我想，應該會是午間新聞。」

擺了擺手，她踏出門外，砰的一聲掩上房門。

邱琴織根本沒把人類放在眼裡，尤其是沒有靈力的平凡人類。不顧因蛇咒纏繞而無法動彈的左臂，以及因疼痛發麻的下腹，我拉直背脊伸展四肢，步下病床。

她的蛇縛咒比十梁君更強，僅僅纏住手腕，卻讓整條手臂僵直痠麻，連抬舉都有困難。

體內靈力正以緩慢的速度被動解除蛇縛咒。

踏上地面，雙腿驀地癱軟，關節猶如打了麻藥般癱軟無力。我被自己的體重壓垮，跪倒在地，腦袋發暈。死拖活爬來到窗邊，攫緊白色矮桌，攀了上去。

吁了口氣，沿著牆緣癱下身去。

純白的桌面上，一本封面繪有白兔的筆記本，映入眼簾。

挪開冊子，撐起上身向外看，停車場有輛醒目的黑色轎車，加長型的外觀極易辨識。

「我沒事。」我緊蹙眉宇，說：「剛才有客人來了。」

匡啷一聲，詩櫻拋下整盤餐點，出手攙扶，完全無視四散在地的飲料和食物。

「雁翔？」

「客人？」

「就在剛才，妳與真正的蛇咒主人錯身而過了。」

我將邱琴織的到來、對話與自白，全盤托出。

詩櫻的透亮雙眸儼然是個驚愕探測器，每戳破一個祕密，眼珠便大上一圈。

眼觀鼻，鼻觀心，她垂著頭，雙眼噙淚。

「怎麼會這樣……怎麼辦，琴織她會做傻事的。」

環顧四周，卻沒找到我的腕環機。
「通訊的話，先用我的手機吧。」
接過詩櫻的3310古董機，所幸先前已摸索過，這回省去不少時間。
嘟嘟響後，電話接通。
「唉唷——小詩櫻，想不到妳會打電話給我！」
「抱歉啊，阿光。」
「……」他咋舌說：「居然是小翔。」
「前面的停頓是怎樣？」不待他廢話，我說：「你之前不是很在意邱琴織那傢伙嗎？」
「是啊，怎麼了？」
「你說，連她專用的凱迪拉克車號都記住了，是真的還假的？」
「真的。」他嘿嘿一笑，好像頗為得意，說：「要我告訴你嗎？」
「麻煩你了。」
他說出一串車碼，我則牢牢暗記在腦中。
「小翔哪時對小琴織有興趣啦？」
「一言難盡。」
「我以為你跟小詩櫻是官配。」
「誰跟你官配，哪來的官，哪來的配？」
不再瞎扯，立刻切斷通訊。
詩櫻歪著頭，湊上前問：「車號能做什麼呢？」

「用對地方就能找到那傢伙。」望向點滴架，架上掛著未用完的輸液袋。「詩櫻，能幫我拿那個來嗎？」

「不行，身體沒有需要的人不能亂用。」

「至少能讓我更有精神嘛。」

她蹲下身，收拾散落於地的飲料與食物，將密封包裝的幾個麵包放在我面前的桌上。

「點滴不是這樣用的，而且，裡面真正有營養的東西很少，還不如吃些甜麵包。」她鼓起腮幫子，將菠蘿麵包推了過來，說：「這個才能讓血糖恢復正常。」

「聰明的女生真令人討厭。」

「笨笨的女生會害死你。」

她打開包裝，將麵包塞到我面前。

上了賊船，就得出航。

嘆了口氣，無可奈何，只得吃起麵包。不愛甜食的我竟吃得津津有味，甚至有點愛上這微甜的口感，飢餓的力量真偉大。不知真是因為她所謂的「血糖恢復」，抑或單純心理作用，嚥下最後一口時，雙腳不再疲弱，能夠順利起身步行。

與此同時，蛇縛咒也被體內靈力解消了，四肢終於恢復自由。

換了身衣服，在詩櫻的掩護下成功瞞過護理師，溜出醫院。

步出電動門，才發現這裡原來是輔仁大學附設醫院，繞過停車場來到馬路邊，時間剛過十一點三十五分，距離午間新聞的播放時刻，還算充裕。

前提是邱琴織那傢伙有好好遵守時間。

「病好得挺快的嘛，阿米巴少年。」

我甚至懶得回頭，撇嘴便說：「李輕雲，該不會妳連現在的發展都預視到了吧？」

「怎麼說呢……」一派輕鬆的她伸了個懶腰，說：「細節是抓不準，結果倒是挺明白的。」

我環顧道路四周，又往車道踏出一步。

「至少我就不知道你現在打算做什麼傻事，不過，畢竟只是阿米巴蟲，用大腦的皮質外組織，就能推算出你的下一步行動。」

「能讓妳動用大腦組織細胞，也算夠光榮了。」

「帶著這份榮耀安享晚年吧。」李輕雲眨起一眼說：「跟櫻櫻一起。」

「唔咦——這是什麼意思？」

我哼笑一聲，看準一輛速度不快的黑色豐田凱美瑞，向前一躍，讓對方煞車不及，直撞上來。

由於旋轉角度恰到好處，車子只有輕碰我的肩頂，毫髮無傷。落地翻滾數圈之後，抓住空隙，朝李輕雲使了眼色。

她箭步奔來，雙手按上我的胸口，擠皺精緻的五官堆砌出焦急的驚慌神色，慌忙對著車內駕駛揮手，希望他下車幫忙。

「櫻櫻，快打一一〇報警，沈雁翔受傷了！」

「可、可是，雁翔剛剛在空中改變角度，確實避開了撞擊點，理當沒有大礙——」

「叫妳打，就快給老娘打！」

「是、是……」

可憐的詩櫻只得噘起嘴尖，垂首撥打電話。

豐田車主開門察看，我擰起雙眼，抖動臂膀故作痛苦，低聲呻吟。

新莊分局效率極好，還不到兩分鐘，警車就到了。因為是受傷事件，警察不會只騎摩托車來，這正是我的盤算。中年禿頂的警員步下警車，緊皺眉頭，確認現場環境。

「感覺沒有很嚴重，喂，你問話。」

另一名警員年輕不少，隨口應諾，走向豐田汽車。

中年警員望向我，正欲開口，我全身肌肉一縮，縱身躍起，朝警車的方向狂奔。因應現代科技發展，中央政府著手改制配備，各地警局都在警車內安裝新式的平板電腦，用來與分局或其他單位聯絡。

當然，同時連結了某些更強大的系統。

一跳上車，我埋首操作裝在駕駛座右側、音響面板上的觸控式電腦，才剛開啟系統，便聽見中年男子的敲窗聲和模糊不清的咒罵。

詩櫻從副駕駛座進入警車，伸長臂膀，越過我的胸口，摁下中央控制鎖。

「詩櫻，妳在這裡做什麼？」

「我會開車唷。」

「這不是答案……」我的視線沒有移開螢幕，嘆了口氣，說：「我們沒辦法開車，只有阿光那種機器狂人才玩得起短路發動，更別提現在的新車多半不能這樣搞了。」

「短路發動？」詩櫻偏著頭，眨眨眼說：「直接發動就好了。」

「說什麼傻話，如果沒有鑰匙——」

我朝方向盤側邊一摸，喀啦一聲清響。詩櫻瞇起雙眸，衝著我笑。

「我會開車唷。」

「妳說過了。而且，不准用這種好像會冒出愛心的語氣撒嬌！」

「讓我開車嘛。」

「這可不是鬧著玩的啊……」嘴上這麼說，我仍將椅背調為七十五度仰角，將駕駛座讓了出來。我說：「到時候可不是小小的妨礙公務就能了事哦。」

「嘿嘿，聽起來真刺激。」

還給我嘿嘿笑，真是一點緊張感也沒有。

握上方向盤，她的神情轉瞬冷峻，凜然專注。車子甫一發動，油門便像遷徙時遇上鱷魚的非洲水牛，猛衝暴進，身於副駕駛座的我還來不及繫安全帶，有如直面狂風，全身向後仰定。

「詩、詩櫻，我我我我還沒繫安全帶……」

「不要緊的，那種東西，本小姐也沒有繫。」

「妳連人格都變了是吧！」

看不見時速，心中猜想應已突破八九十公里。

立於車子前方不遠處，兩名警員雙雙掏出手槍，對準我們。

透過後照鏡，只見李輕雲立定於前，雙臂一攤，身上制服掉飄落地面。藍髮翩飛，白皙無瑕的背和豐滿渾圓的臀，毫無遮掩，一覽無遺。

兩名警察被這突來的舉動震懾住，無暇顧及其他。

詩櫻轉動方向盤，車子打了個彎，將一切麻煩甩在腦後。

「李同學犧牲好大哦。」

「是、是啊……喂喂喂，詩櫻！」

「椅墊不舒服嗎？」

「是車速太快了，真的太快了啦！」

「放心，這速度很剛好，非常舒適。」

「姑且不管妳這奇怪的判準，」我斜瞪向她，說：「重點是妳根本不知道目的地吧！」

這才發現問題所在，她一面傻笑，一面放慢車速，停靠路邊。

我鬆了口氣，甩甩頭，確定頸部上下依舊確實連結。

警方的新式平板系統，綜合功能已相當接近過往的超級電腦，啟動完畢，點選畫面中的「車號追蹤查詢」，跳出一個小框，要我輸入警察證號。真是個情理之中、意料之外的障礙。我打開車內置物櫃，裡頭只有一把黑色手槍、幾張用途不明的影印紙和一本FHM過期雜誌。化妝鏡隔板同樣一無所獲。

「莫非這兩個警察精明到會把警察證放在身上？」

「不是本來就該帶在身上嗎？」

「是嗎？」取出口袋裡的折疊皮夾，攤給她看。「我就不會把身分證帶在身上。」

「唔咦？」詩櫻偏著頭，從我的皮夾中取出健保卡。「哇，是小學照片耶！」

「別亂看！」

她用指尖點了點我的學生證，說：「警察證是工作證的一種，性質近似學生證，是必須帶在身上的東西，不在車內也是情有可原的。」

「希望妳是錯的。」

連後座門上的凹槽都搜過了，整輛車卻一點像樣的東西都沒有。看來是束手無策了。

「雁翔，你家裡有車嗎？」

「妳瞧不起人嗎？」

「不，我只是覺得你好像對車子不太熟悉。」

我噘起嘴，皺下眉頭，平攤雙手，說：「願聞高見。」

「不是高見，只是碰巧看見。」

詩櫻輕聲笑了，伸手打開總是率先搜索的副駕駛座置物櫃，取出手槍，努了努下巴，示向深處。

「嘖，妳眼睛真的很利。」

那是一張寫著「警察人員升官等考試」的報名單，中間則有警正官等訓練合格證書和警察證的影本。將影本上的證號填入框格，終於進入追蹤系統，隨即填入阿光給我的凱迪拉克車號。

顯示出來的位置，讓人有些驚訝。專注思忖，我呼出一口長息。邱琴織將工廠設置於萬事不便的凹灣碼頭，必定另有縝密計畫，她不是「想一不想二」的直線思維。

「原來如此。」打從心裡感到欽佩，那傢伙的如意算盤打得很精。我說：「若想大量使用蛇咒水，除了必須鄰近水源，更得將工廠蓋在計畫執行地的附近。」

注視追蹤光標的位置，我揚起嘴角，輕笑一聲。

「新莊副都心捷運站，就是她的最終舞臺。」

詩櫻正色頷首，踏出右腳，踩下油門。注意到螢幕上寫著「Alarm」的按鈕，我毫不猶豫按了下去。

哦嗚——哦嗚——警笛發出震天價響。

與此同時，無線電沙沙聲中傳來兩則訊息：

一、兩名青少年在貴子路上搶奪一部警車。

二、桃園機場捷運線的新莊副都心捷運站，被狀似蟒蛇的不明怪物佔據了。

第十二節　對峙

四方火光一片，牆垣磚瓦散落於地，眼前的光景儼然是人間煉獄。

鄰近副都心站的新北大道七段，警車、消防車和救護車翻覆傾倒，隨處可見滿面鮮血的傷患，哀號呻吟，此起彼落。

我被眼前景象震懾住，皺著眉說：「慢了一步嗎？」

「不。」詩櫻指著捷運站二樓，停於軌道連接處的白色列車。「琴織就在那裡。」

「直覺？」

她搖搖頭，沒說下去。

直視前方，盡量不去意識周遭地獄般的慘狀，邁開腳步。

「雁翔，我有個請求。」詩櫻垂著頭，雙眼瞇成一線，說：「雖然有點強人所難……」

「怎麼了？」

「接下來的戰鬥，請不要使用靈裝。」

「那怎麼行，對方是蛇咒的首領，是蛇窩的女王，不出個將軍級的氣派接駕，說不過去吧？」

「靈裝不是你能駕馭的術式，弄個不好——」

「靈魂會消滅，我知道。」揚起嘴角，輕聲笑道：「我一直都知道。」

「唔咦？」

她說過的話我可一句也沒忘記，不具信賴關係的靈裝是岌岌可危、如履薄冰、不堪一擊的牽絆，總有一天會消滅我的靈魂。儘管如此，卻是我最後也最強大的力量。

「詩櫻，我從聽聞此事的那天起，一直是以『靈魂會消滅』為前提與妳並肩作戰的。」

「可是，這樣一來你真的會……」

「妳得答應我一件事。」

注視她略顯疑惑的雙眸，我將灌滿勇氣的掌心疊上她的手背。

「請在老虎恢復自由時，好好帶祂回家。」

——然後，代我拯救心柔。

她睜得又圓又大的烏亮眸子，顯然已理解我的言外之意。

不待回話，我跨出右腳，頭也不回朝斷垣殘壁和殘肢碎肉交疊而成的捷運站走去。

捷運站外，十幾名雙目翻白、肩頭無力的蛇泥偶，頸上纏繞一道寬如粗繩的黑紋。以黑紋為底，延伸而出的漆黑大蛇，宛如依附圖騰而生的巫毒妖物，吐出邪惡的鮮紅蛇信。倘若蛇咒寄宿者擁有十梁君一半的力量，可就麻煩了。

舉目四望，注意到周遭的重裝特警正圍起封鎖線，將蛇泥偶盤據的捷運站全面封鎖。他們的武裝足以媲美國軍，不只配有穿甲用的重型狙擊槍，更有未曾見過的高科技能量兵器。

一名年約三十，留著八字鬍的方臉大叔直直朝我走來，他筆挺的黑色制服左胸，繡有精緻的閃電標誌。

「我是雷霆特勤隊的伍騰佐，新莊副都心捷運站受到恐怖攻擊，現在已經封鎖——喂！」

側閃身子，我飛快從他左邊穿越，一把扯斷封鎖用的電擊膠條，全力衝向捷運站。甩在身後的特警掀起一陣騷動，似乎正為該不該強制拉我回去發生爭執。

這世界需要比精密武裝更瘋狂的東西，面對超常之物，就得用超常之力。

捷運站轉眼已近在眼前，此時近得足以算清敵人總數。

十八名蛇泥偶和十八條漆黑大蛇。

呼一口氣，張開雙臂，身後突然傳來詩櫻的聲音。

「雁翔，不能使用靈裝！」

不知何時，她也跟著衝過封鎖線，奮力甩開兩位緊追在後的女警，朝此奔來。

我揚起嘴角，望向她擔憂的眸子，瞇起眼笑。面對睜大蛇眼瞪視我們的蛇泥偶，沉住氣，悠悠開口。

「九天九氣，百萬天兵。上總天魔，下察幽冥。」

「唔咦？」詩櫻停下腳步，雙眼圓睜。

「千神拱手，萬魔導形。吞星食月，三界之尊……」

十多名蛇泥偶一擁而上，張開偌大蛇口，呲牙咧嘴猛襲過來。他們的動作快得出奇，揮舞四肢的詭譎模樣彷彿沒有關節，毫無規律可循。

緊盯前方，我佇立不動，念出最後一句。

「玉皇敕命，不得容情，急急如律令！」

右掌朝前伸去，螺旋氣流轟然迸出。

耳裡一點雜音也沒有，作為介質的空氣全被靈術驅動，凝聚收束的風陣捲起蛇泥偶，向外猛推。

距我最近的十二位蛇泥偶摔飛出去，著地之後翻滾數圈，才在封鎖線旁靜靜伏倒，不再動作。

雷霆的武裝隊員重整列隊，藉著這股攻勢展開反擊，數人數槍，精準朝向蛇身射擊。穿入烏黑巨蟒的子彈毫無作用，破口轉瞬恢復原狀。打在宿主蛇泥偶身上的子彈亦無作用，絲毫未感痛覺的模樣，不因子彈而震懾停止，比殭屍還要麻煩。

即便如此，連綿不絕的子彈依舊牽制住蛇怪的高速行動力。

「想不到你會施展破魔咒。」

「總不能讓妳出手吧。」我搔搔頭，說：「萬一拿回法印前妳先躺平了，豈不是白忙一場。」

詩櫻抿著嘴，低頭苦笑，看來這玩笑開得不是時候。

拉起襯衫，我從褲腰之間抽出一本筆記，上頭原本繪有一隻白兔，此時，手中多了根胡蘿蔔。

「唔咦，那是我的筆記。」詩櫻又驚又喜，眨了眨眼，歪著頭說：「兔兔手上本來就有蘿蔔嗎？」

「感覺牠在封面上有點孤單，就畫了個小點心給他。」

「哇。」詩櫻甜甜地笑了。「兔兔一定很開心。」

閱覽筆記裡的咒語，比起獲得蘿蔔的白兔，我的收穫更為豐富。謝啦，不知名的兔兔。

剩下的六名蛇泥偶邁步衝刺，懸於頸上的黑色大蛇，蜷曲身軀向後微仰，隨時要撲攻過來。被我擊飛的蛇泥偶正掙扎著重回戰場，與雷霆特警隊近距離交鋒。

看來這些傢伙不只肉體近似殭屍，意志力和耐久力也極為相像。

在雷霆的槍火覆蓋下，大蛇的重生速度受到抑制，能夠順利朝我攻擊的不到三隻，儘管如此，也無法確保抵達邱琴織面前時，體內留有足夠的靈力。

再度使出破魔咒，同樣無法消滅蛇泥偶。對上打不死的嘍嘍，就像空打布沙包，拳拳沒到肉。

其中一隻蛇泥偶轉向詩櫻，上前突擊，卻吃了扎實的一棍——原來是警察鎮暴用的黑色伸縮短棍，不知何時，她神不知，鬼不覺地偷得此物。

遠處幾名蛇泥偶猛烈攻擊雷霆隊員，血盆大口之下，是三雙充滿恐懼的眼睛。

一道黃色身影閃上前去，在大蛇眼前胡鑽亂竄。

「小倉，妳在這裡做什麼？」

「眼鏡哥哥說翔哥哥需要幫助咪！」

小倉一面喘氣，一面飛快穿梭，蛇怪搖頭晃腦，完全跟不上她的速度。

我嘖了一聲，掏出仍在口袋的老式手機，撥出號碼。

「唷呼。」電話那頭傳來吊兒郎噹的聲音：「戰況如何？」

「你這傢伙在想什麼啊！」

「小翔，我查到一個很有趣的理論。」

明明不可能被人偷聽，他仍壓低聲量，說：「狩獵者只要遇上絕佳的獵物，都會上了癮似的脫不了身。」

回頭一望，只見蛇泥偶肩後的黑蟒全被小倉吸引，左擺頭，右甩腦，眼裡沒有我、沒有詩櫻，也沒有雷霆特警隊員。

望向專注捕捉小倉而忘乎周遭的黑蛇，不禁失笑。

想不到，飽富靈力的動物，終究還是動物。成了仙的老鼠，仍得被蛇追。

我背誦出小兔筆記裡的護身敕符咒，為小倉安了一道防護。

「謝啦，阿光。」

「哦。」阿光嘻嘻笑了兩聲，說：「踹爆邱家大小姐的屁股吧！」

這還用說，不踹到她喊聲主人，可不甘心。

「詩櫻！」

聽見喊聲，詩櫻停下動作，烏黑的明眸與我相會。她舞動的模樣絲毫不似戰鬥中的少女，飛揚的髮絲，伴隨珠落玉盤的鈴鐺清響，自成一齣敘事歌舞劇。

一把拉起她嬌小白皙的手，我露齒一笑。

「擒賊，先擒王；打蛇，打七吋。」

她眨了眨眼，旋即展開笑靨。

「棍子已經準備好了。」

槍林彈雨之中，槍響與蛇嘶，伴著盤旋上空的直升機，交織一曲名為超常的奏鳴曲。無序的混亂，嘶吼、火光、黑煙，瀰漫四周。

我與詩櫻手牽著手，背向地獄，前往蛇窟的最深處。

桃園機場線的副都心捷運站是條相當年輕的路線，原應明亮整潔而富現代感的內部設計，此刻已被毀損得鋼筋裸露，一片狼藉。所經之處，滿地玻璃碎片與破裂凸起的地磚，稍不留意即有絆倒受傷之虞。不少傷者環抱身軀，瑟縮角落，滿懷恐懼的目光射線般地刺向我倆。

利牙啃咬留下的巨大齒痕，比外面的蛇口大上一倍，恐怕能夠輕易嚥下一頭獅子。

或者老虎。

「嗚……」詩櫻驀地停下腳步。

「怎麼了？」

「好痛。」她彎下腰，翻起右腳，說：「扎到碎玻璃了。」

蹲低身子查看，她的右鞋確實踩中一塊碎片，刺進內裡。

她連忙擺手，淺淺一笑，說：「只是小傷，不打緊的。」都什麼時候了，居然還撐著包容一切的溫柔笑臉。

我搖搖頭，嘆了口氣，雙手朝後方伸。

「上來。」

「唔咦？」

「女生的鞋子太薄，走起來不安全，我揹妳吧。」

「我、我還能走。」

「腳部受傷的戰士會扯後腿，趁現在不太嚴重，快上來。」

「我會小心不再踩中的。繼續走吧，不要緊的。」

我瞄了她一眼，垂下眉毛。

「抱歉，我太遲鈍了。」

「唔咦？」

「我明白了，妳是不願意讓我揹。」刻意加長嘆息，我說：「畢竟我是個惹人厭的麻煩傢伙。」

「才……」

說時遲，那時快，她從後方一撲，無尾熊般環住我的頸子，雙腿夾在我的腰間，柔軟軀體緊貼在後。

「才不是！」倚在耳邊，她的聲音近得讓我險些耳鳴。「我喜歡給人揹，很喜歡、超喜歡、最喜歡了！」

「好、好啦，妳這樣子我根本沒辦法走路。」

「莫非是我太重了……？」

「才不是。」我雙頰一熱，低聲說：「也不能說不是，只是……」

「啊──你嫌我胖，你居然嫌我胖！」

「我才沒有那樣說！別亂腦補，身體也別亂動！」

背上擔負著詩櫻的生命，以及重量，踏上靜止不動的電扶梯。這樓梯未免高得太過分了，暗自決定多賞邱琴織一拳。

捷運列車映入眼簾時，呼吸尚屬平穩的我，額上已滿是汗水。

規律的掌聲，在瀰漫著啜泣低語的氛圍中，顯得格外突兀。

「等你很久了，沈雁翔。」

邱琴織在敞開大門的末節車廂內，恭迎賓客般帶著歡快的微笑，絲毫不把周圍遍布的火光、斷鐵和鮮血放在眼裡。

她的臉龐雪白澄淨，手臂、頸部和額頭卻浮現清晰的蛇紋，與蛇泥偶的醜陋紋路不同，她的刻痕宛如蟒蛇攀爬所留下的細緻曲紋，散發魔性的美麗。

蛇咒的主人，蛇妖的首領，蛇窟的女王。

「你動作太慢，我的僕人等得不耐煩，自己先吃起來了。」

她露齒一笑，眼裡閃現幾分瘋狂。

注意到從我背後躍下的詩櫻，她瞪大雙眼，驚懼表情一閃而過，隨即怒目而視。

「你這傢伙，無論如何都要拖師姐下水嗎？御儀宮如此，願景館如此，現在又如此！」

「不是的，琴織。」詩櫻舉步向前，微蹙眉宇，說：「自始至終，蹚進渾水、移轉靈力、承受詛咒，都是我自己的決定，無關他人。」

「不是，是沈雁翔這傢伙……」邱琴織瞠目大喊：「師姐，他是惡人，是這世界不需要的人，是否定太虛兩儀的人，是鄙夷玄天眾神的人！他奪走了妳的一切，在我的計劃裡，他不能活！」

「什麼樣的計劃呢，琴織？」詩櫻的聲音不住顫抖，彷彿正在哭泣。「什麼計劃讓妳走上如此末路？蛇咒是黑暗術式，反於靈力和靈術，是墮落巫者使用的惡道玄術，為什麼妳不惜囚禁數百人，也要將詛咒散佈於世？又為什麼要傷害這麼多無辜的人？」

詩櫻的眸子泛出淚光，聲音輕柔得像母親對嬰孩的耳語，羽毛一般，細紗一般，輕拂耳畔。

「誰才是無辜之人呢，師姐？」

邱琴織嗤之以鼻，呵笑一聲，她的眼眶發紅，直盯詩櫻。

「人世從來是以多數為真理，數大者勝，數少者服；凡俗者眾，自然數大，難道凡庸之人即是真理？只要稍有不同便成異類，我是、沈雁翔是，師姐妳也是！」

邱琴織的背後，黑霧蔓延，烏黑煙幕擴散四方，逐漸掩住白熾耀眼的燈光。

「一旦接受蛇咒，便能獲得靈力，化一為二、化二為四、化四為十六，不消數日，全臺灣將無處不是靈力者，我們將成為多數，將成為真理，將不再受人欺壓！」

她的瞳珠化成直立橢圓，猶如爬蟲類的眼器，儼然是蛇的眼睛。

「計劃完成之後，我們將拯救平凡的人類，將成為救世主，將成為世界的主宰！」

「琴織。」

詩櫻搖搖頭，宛如頂了千斤沉鐵，極其緩慢。

「妳錯了。」

那雙眼眸不再飽含淚光，只剩堅定的視線和不屈的意志。

「人們將蛇咒宿主稱為『蛇泥偶』的原因，妳明白嗎？泥偶沒有思維、沒有意志，也沒有靈魂，徒存一具詛咒之蛇寄居的空殼軀體。他們身上有條看不見的提線，由操偶師——亦即琴織妳，全盤掌控。」

詩櫻微蹙眉宇，定睛凝睇邱琴織的邪惡蛇眼。

「那不是人，而是泥偶；那不是妳追求的真理，只是無情的屠殺。」

「即便如此，凡夫從此不再庸俗，是我給他們重新理解世界的機會。」

「我們難道就理解了這個世界？」詩櫻的春蔥細指輕撫頸上的蛇紋，斂起面容，雙目凜然。「靈術、詛咒、妖物、仙怪與神明，將之全數理解都還不算理解世界，何況我們根本尚未明瞭此些超常之事，有何資格以救世主自居？何德何能立為主宰？根本不明白這個世界，談何拯救？」

「無知的人們，會群起攻擊難以理解之事，協助理解不也能夠避免廝殺？」

「所以用此刻的屠殺避免未來的廝殺嗎？」

「蛇咒沒有殺人，他們有心跳、有呼吸、有意識，他們都還活著！」

「那種令人悲哀的狀態，終究不能稱為生命，那是比死還更空洞，幽暗至極的虛無之形。沒有自由意志的人，只是泥偶；泥偶，並不是人。」

詩櫻的神情變得更為肅穆，越發蹙緊的眉，似乎正因邱琴織的執迷不悟深感痛苦。

「琴織，無論妳想成就多遠大的目標、多至關的偉業、多美好的願景，只要手段伴隨一絲惡意，最終成果都將是邪念惡行所生的業障惡果。」

邱琴織咬緊牙關，下顎發顫，怒目瞪視。

「師姐明明知道，這些低賤凡人所能做出的卑劣惡行……」

她哼出鼻息，聲音被怒火燃起，震顫有如滾水之鍋。

終於，望向詩櫻的目光不再是那個崇敬師姐的師妹，而是蛇窟的女王。

「沈雁翔，你不知道無知的廢物有多糟糕吧？」

「看著妳，很難想像還能更糟。」

「那是你見識淺薄。」

完全不受挑釁的她，目光如炬，皺緊的眉宇卻稍微舒緩了些。

「我的父親是邱家大房的么子，雖無集團接班人資格，卻是御儀宮的重要覡祝。」見我微蹙眉頭，邱琴織搖了搖頭，說：「你這不學無術的傢伙，覡祝相對於巫祝，專指男性的巫者。」

我瞟向詩櫻，她只輕輕頷首，首肯示意。

「我的父親比誰都還善良，比誰都更愛這個世界。每天都在除害、佈道、施法，忙得連家也不肯回一趟，光要見他一面，都難如登天。」

眼角瞥見街道已被更多蛇泥偶盤據，原本人數眾多的雷霆部隊傷亡慘重，成了深陷蛇窩的獵物。

邱琴織微皺眉頭，咬著下唇。

「明明拯救無數凡人，卻被誣為神棍，誣為斂財的道士。街頭巷尾全是流言蜚語，把我父親說成為了錢，什麼事都做得出來的大惡人。是啊，為了錢……巫祝覡祝哪能賺到什麼錢。就因為這些平凡的廢物、垃圾、人渣，這些無法真確理解世界的混蛋，得到好處卻忘恩負義，父親才決定自我了斷！」

「不是的。」詩櫻厲聲打斷：「邱道士並非耐不住流言壓力而自殺，他不是這麼脆弱的人，更不是會貿然拋下兒女，執意尋死的人。琴織，妳明白自己無法成為靈術師，甚至對蛇咒如此著迷的原因嗎？」

「因為只有偉大的蛇神才理解我的強悍，接受我的靈力！」

「不是的！」

詩櫻的聲音頭一次壓過邱琴織，她的音尾震盪，收束不住的氣息持續顫抖，驀然岔開呼吸，喘又不似喘的模樣令人有些不捨。

「師姐是有史以來最強大的靈巫，不可能了解我的想法。」

邱琴織的雙眸恢復瘋狂，瞳孔再次收攏，化作蛇眼。

她背後的黑霧逐漸凝聚成長管狀，定睛瞧去，管狀物有如帕德嫩神殿的希臘白柱，壯碩粗大，外頭包覆倒映光澤的漆黑鱗片。

柱狀頂端慢慢浮現一雙不亞於她，滿目瘋狂的金色大眼。那是個比十梁君的軀體更大，比蛇泥偶的蛇怪更壯的巨型黑蟒，光是吐信，舌根就比我整條手臂粗。幻化成形的巨蟒，幾乎佔據半截車廂。

「無法成為靈術師的原因，我比誰都明白。」

邱琴織吁出一口氣，輕輕撫摸偌大蛇首，咧嘴一笑。

「因為我是蛇神的主人。」

黑蟒張開深淵般的龐大蛇口，朝我猛襲而來。

詩櫻撲上前，環抱住我，躲開攻勢，雙雙趴倒在地。

捷運車廂還有數十名毫髮無傷卻飽受驚嚇的乘車百姓，貿然開打，後果難以想像。

源源不絕的蛇泥偶，正沿著手扶梯進入月臺。外頭槍聲大作，直升機越來越多，耳中充斥警笛和警報的嗡嗡響。地面被大火燒出一片橘光，光暈向上散射，半個新莊被黑蛇騷動所引起的業火燒得滾滾發燙，無垠蒼穹蒙上層層火霧。放眼望去，儼然成了籠罩煉獄烈焰的罪惡之都。

扶起詩櫻，握住她小巧柔軟的手，並肩踏進捷運車廂。

「妳不會贏的。」我瞪著邱琴織說：「今天，明天，或更遙遠的未來，妳都會是輸家。」

「看來你數學不太好。」她揚起嘴角，張開雙臂，說：「捷運站內外，包含你身後的月臺，已被蛇咒傀儡團團包圍，再過不久，整個新莊都將成為我的囊中物。況且，直到現在，你都沒弄明白整個計劃，對吧？」

「不就是個大型潑水計畫嗎？」

她的眉頭一皺，蛇眼瞪大一瞬，頃刻又恢復原狀，說：「畜生的第六感總是特別敏銳。」

「妳以為我沒弄懂這個把戲？妳以為我會乖乖上當？妳之所以在這裡乾等，才不是為了等我。之所以在此乾等，是因為捷運站在正午準點，會進行系統總換水。」

「總換水？」詩櫻歪著頭問：「那是什麼？」

「每個公共軌道系統，包含臺鐵、高鐵和捷運，都和民宅一樣接了自來水管線。公共用水必然大於個人用水，若沒有定期清汙更換，管中不只容易堵塞，淨水品質也不穩定。正因如此，公共設施會定期進行總換水，將設施內的水通通換掉，囤積的放出去，乾淨的送進來。」

「換水系統跟蛇咒計劃有什麼關係？」

「妳忘了願景館下面那個工廠，是在生產什麼嗎？」

「生產什麼的，當然是蛇咒水……」詩櫻驀地摀住嘴巴，「啊，我知道了！」

「就地理位置而言，沒有比副都心捷運站更合適的最終舞臺了。」我揚起嘴角，說：「這裡是距離中港大排最近的一站，水源管線都會經過該處的控制系統，加上機場捷運線是全臺灣最高的快捷運輸工具，從桃園市途經新北市抵達臺北市，不只穿越人口最稠密的地段，更能一次通過總人口最多的住宅沿線。綜合判斷，沒有比這裡更適合散布蛇咒水的地方了。」

邱琴織淺淺微笑，臉上神情彷彿聽得津津有味，我當然明白，此刻的解說也在幫她爭取時間。

「雖不知妳打算如何利用列車潑灑蛇咒水，但我說過了，妳不會成功。」

邱琴織的笑臉讓我有點不自在。雖不自在，卻不擔心。

「話說回來，妳不怕摔倒嗎？」見她微皺眉頭的狐疑模樣，我露齒一笑說：「我們要發車了。」

「了」字才剛結束，車廂的對開自動門噗嘶一聲驀然闔上，邱琴織瞪大雙眼，抬頭察看系統跑馬燈，卻什麼也沒見著。車廂猛然一晃，緩慢行進，四平八穩，逐漸提起速度。

桃園機場捷運線第五二〇號列車，從新莊副都心捷運站出發了。

「該死。」邱琴織咬牙說道：「這到底是怎麼回事！」

「哦唷呼唷——！」

車廂廣播突然響起，那吊兒郎當的聲音讓我不禁揚起嘴角。

「這邊是莊崇——啊，不對，要用假名——是莊阿光的緊急廣播唷！大家抱歉呀，突然發車什麼的。唉呀，我也是百般不願意，就很剛好，強者我朋友的超強駭客實力搭配小弟土製的干擾裝置，一不小心就讓車子開走了。唉呀呀，小琴織，我也是百般不願意呀！」

「那個死王八蛋……」邱琴織的下唇簡直咬出血來了。

「雖然這樣有點狐假虎威——唉呀，確實是虎威，這成語真棒！」阿光一派輕鬆的聲音，讓邱琴織的雙眸瞪到眼珠都快要掉出來似的。他說：「身體不要緊的人快快躲到別的車廂吧，最末節車廂很快就要變成老虎和蟒蛇的戰場了！」

聽聞此言，原本瑟縮於各節車廂的乘客，遲疑數秒，一哄而散，就近逃往其他車廂。

「接下來就靠妳們囉，小詩櫻。」他隔了一秒。「啊，還有小翔。」

「不要把暱稱講出來啊，白癡！而且為什麼我像是附帶的！」

廣播徒存沙沙雜訊。

我將藏於口袋的舊式手機——詩櫻的3310掏出來，擺在空蕩蕩的座位上。儘管輕得近乎無感，近距離戰鬥時，任何一絲重量都可能成為致命阻礙。這支手機真的救了我們很多次，中港大排一次，醫院外面一次，這裡又一次。

「真愚蠢，就算現在斷了水源也來不及了。」邱琴織哼笑一聲，伸出食指，說：「車廂上頭，裝了霧昇集團的大型水霧降溫器，就算沒有填滿，也已裝了半桶以上的蛇咒水，搭配丟在裡頭的玄穹法印，仍是最強、最快也最有效率的蛇咒噴灑器。」

她瞪著我，按下腕環機上的某個快捷鈕。

「現在，它已確實啟動了。」

「傷腦筋啊。」我搔抓後腦，扭扭脖子。來自窗外的噴濺水聲，依稀可聞。我說：「我啊，對妳的父親、妳的過去、妳的計劃、妳的動機、妳的什麼嘰哩呱啦的事物，絲毫沒有興趣。現在的我只想暴打妳一頓，奪回法印，將靈力還給詩櫻，其他一概不管。」

「抱歉，玄穹法印在我用完之前，絕不會交給你。」

「我知道。我會踏著妳的屍體走過去的。」

雙掌大張，心中默唸的破魔咒順勢打了出去。

邱琴織避之不及，黑蟒扭轉身軀，以龐大的形體阻擋，破魔咒在蛇軀上開了個孔，卻立即修補回來。不愧是蛇窟的女王。

「靈術？」她笑了笑，說：「仗著師姐的靈力，雖然只是三腳貓功夫，你這傢伙倒進步不少。」

「多謝誇獎。」

「可惜你既不是道者，也成不了靈術師。」

「放心，我沒那個打算。」側過身子，三步併作兩步，掠過黑蟒來到她面前。「我啊，也不是個愛玩三腳貓法術的人。」

側腿橫踢，我讓全身力氣集中於脛骨，一擊將她踢飛，撞在車廂底部，脆弱的看板砸出一道裂痕。

『不夠。』黑虎低沉的聲音傳入腦中。『汝之力量，終究不夠。』

嘆了口氣，撇撇嘴，暗中感謝祂毫無激勵作用的殘酷提醒。

邱琴織站起身子，背後黑蟒彷彿感知主人的憤怒，大嘴猛張，隨時要啃噬撲來似的，嘶聲大作。

「沈雁翔，你打算一直用這種辦家家酒的姿態跟我戰鬥？」

「跟女孩子玩，總不能一開始就玩摔角。」

「真不湊巧。」她抹掉嘴角血沫，笑道：「我只想跟你玩摔角。」

黑蛇驀地衝來，詩櫻箭步一挪，用半長不短的鎮暴棍敲上蛇首。收回動作，她站穩腳步，回身側踢，截斷列車中央兩米高的鐵桿。

丟下鎮暴短棍，詩櫻將列車鐵桿甩了一圈架於身後，蹲低馬步，左掌朝前，凜然而立。

「師姐……」

邱琴織咬著牙，遲遲沒有動作。反之，圓柱般粗大的黑蟒繞開詩櫻，朝我襲來。

詩櫻用棍梢抵住蛇頸，橫掃鐵桿，用超乎想像的力量將整條巨蟒打落地面。

伴隨轟然巨響，原以為完全鎮住的黑蛇，倏地蜷起身軀直向我撲，張開血盆大口，閃電般飛快，絕不可能閃過。

體內泛起一陣熟悉的舒爽涼意，靈力宛如奔流之水迅速漫過全身，隨即迸出體外。

黑虎將軍，凜然躍出。

祂的巨爪猛地一揮，黑蟒閃避不及，頸部吃了一掌，蛇軀留下清晰的鮮紅爪痕。

大蛇毫不退縮，收起長尾轉瞬揮來，黑虎瞥了詩櫻一眼，趴伏在地，讓蛇尾掃上身去。吃了紮實的一擊，祂漆黑的面孔明顯緊皺，低聲怒吼。

注意到黑虎的顧忌，我拉住詩櫻的手，悄聲說：「詩櫻，後面的乘客大概嚇壞了。」

「畢竟這種光景實在是……」

「妳人在這裡，我和黑虎都無法放手戰鬥。」

「我不會走。」她目光凜然，說：「無論什麼理由，我都不會離開你。」

「我不是要妳走，是要妳幫我。」

「唔咦？」

「邱琴織那傢伙說了，玄穹法印就在車廂上方的水霧降溫器裡頭。」

抬眼確認邱琴織的方向，她正專注應付動作敏捷的黑虎將軍。

「若能早一步關掉機器，取出法印，她就全盤皆輸了。」

望向窗外，儘管車速不快，卻仍保持在時速四十以上，不是能直接爬上去的狀況。

「不知道有什麼上去的辦法。」

「這個嘛，」詩櫻瞇起眼笑，「爬上去不就好了？。」

「這速度是要怎麼爬上去？」

「徒手當然是沒辦法，但……」

她從書包裡取出兩個閃亮的金屬物品。

我不禁失笑，除了搖頭，做不出其他反應。這女孩真是充滿了驚奇。

「妳啊，跟別人借的東西，要好好還回去。」

她吐了吐舌，將手上兩個金屬裝置——在中港大排使用的『致命吸引爺』——藏在身後。

「遵命，雁翔爸爸——」

「誰是妳爸爸！」

輕彈她的額頭，我背過身去。

「千萬別死了，我可是拼著老命在救妳。」

「你也是，千萬不能胡來，別忘了要來御儀宮抬轎子。」

「這種時候還提那件事……」

詩櫻小跑起來，朝前端車廂奔去。

黑虎將軍身上多了數道咬痕，儘管比對手多出四肢足爪，卻仍屈居下風。黑蟒雖是遍體鱗傷，邱琴織源源不絕的靈力卻不斷修復受損蛇軀，長此以往，黑虎鐵定會吃敗仗。

「沈雁翔，你差不多該認真玩了吧？」

「別對我抱太高的期望。」

「你的實力我也親眼見識過了，在夜市那邊，還有工廠那裡。」

她覷著銳利的蛇眼，咧嘴一笑。

「你最強的靈裝呢？」

「對付妳這種人，不需要靈裝。」

「這我可不能當作沒聽見。」

巨蟒長身一曲，剎那間，另一顆蛇首自黑蟒身軀派生出來。

一條身軀，兩顆蛇首，雙頭大蛇凜然而立。

兩張蛇口同時開展，兵分二路，襲向黑虎。黑虎左支右絀，閃躲其一，避不過其二，蛇牙啃咬，蛇身順勢捆上，蛇口利牙溢出鮮血，深可見骨的啃噬讓黑虎痛苦狂吼。

「見雙頭蛇者，其命已絕矣。」邱琴織咧嘴邪笑，「聽過這個俗諺嗎？」

「不只聽過，我還知道孫叔敖最終打死了雙頭蛇的結局。」

「你是不是忘了，我可愛的黑蛇利牙有著讓人動彈不得的蛇縛咒。」

被牢牢咬住的黑虎，逐漸被蛇縛纏繞，漆黑蛇紋環住虎身，遍布虎軀。

「你的寵物已經動彈不得，唯一的方法便是召回神明，附體靈裝。還是說，你的靈魂和肉體早已承受不了靈裝帶來的負面效應？」

黑虎忍住痛楚，反向啃咬蛇身，黑蟒卻毫無鬆口的意思。

『伊所言甚是，汝再無承受靈裝之能耐。』黑虎的聲音在耳中迴盪。

這點我比誰都明白。

『……什麼？』

踏出一步，我聳聳肩，說：「我還真是被人小看了。」

「這話是什麼意思？」邱琴織斂起笑容。

「誰規定我只能養一隻寵物。」

「你體內本來就只有一隻。」

我搖晃食指，望向黑虎痛苦至極的表情，在心底說：別忍耐了。

「你這傢伙在盤算什麼?」

邱琴織皺緊眉頭,來回望向我與黑虎。

連眼前的百姓都保護不了,又該怎麼拯救心柔;連眼前的敵人都擊退不了,又該如何守護詩櫻。

『汝不後悔?』

愚問,我可是每分每秒都在後悔。

心底升起的暖意,或許是出於終將贖罪的釋然。複雜的思緒讓我驀然發現,自己對接下來可能迎接的未來,以及終將面臨的結局,毫不畏懼。

反而有些期待。

邱琴織咂咂嘴,大概對我游刃有餘的態度極為不滿,手臂一揚,第二張蛇口直接往黑虎的頭顱咬去。

黑虎凝睇蛇首,半覷雙眼,文風不動,傲然迎接蛇口之吻。

蛇牙與虎皮,轉瞬便要相迎。

虎將軍仰首狂吼,一隻晶瑩奪目的銀色狐狸輕靈躍出。

突來的巨變,遏止黑蛇的攻勢。銀狐身子一旋,飛撲而上,咬住蛇頸,細小尖銳的牙列直接嵌入鱗片。啃入皮下,狐狸猛一扭頭,連皮帶血扯下一口,在蛇軀之上留下一道清晰的腥紅開孔。

邱琴織瞠目結舌,半張開嘴,唇瓣開闔,一時無法言語。

體內靈力起了波瀾,如浪潮般洶湧,沁涼氣息漸趨發熱,彷彿亟欲回應我的決意,體內波動給予炙熱的強烈反響。

銀狐輕盈蹬步,遠離蛇身,甫一落地,回身便想衝門而逃。

背誦出事先準備的封魔咒,我用數道無形的牆垣,將狡猾迅速的狐狸團團困住。

狐狸被咒術構成的無形靈陣包圍，四處衝撞，卻無法脫身。

我走上前，瞪視奪走心柔靈魂的銀色妖狐，沉住怒氣，平靜開口。

「我想跟你做個交易。」

狐狸停下衝撞，動也不動，直望向我。祂的眼睛晶亮透徹，像兩枚由鑽石打磨的橢圓寶珠，不見瞳仁，卻可清晰感覺強大的靈力波動。

「我會放你自由，但你必須幫我打倒這條蛇。」我拍了拍左臂，說：「如果同意，就到這裡面來。」若不同意，我就當場將祂滅了，重新關回黑虎將軍的胃袋。

「兩次靈裝？」邱琴織哈哈大笑。「你真以為自己是覡祝等級的道者？真以為自己是靈術師？真以為自己承受得了兩位靈物？你的靈魂，會飛散得比金紙香灰還快啊！」

「那也是個挺不賴的結局。」我露齒而笑，「多虧有妳，我總算明白了一件事。」望向黑虎虛弱的神情和狐狸高傲的俯視，心中意念無比堅定。

「所有神明，都是為了照料、守護和賜福，才降臨於世的。」

詩櫻說過的話，原封不動送給黑虎、銀狐，以及邱琴織。

黑虎圓睜炯亮的雙眼，清楚表達內心的訝異，透過澄澈的虎眼，我看見狂傲不羈的野性和凜然正氣的神性。祂的軀體因作戰而殘弱，渾身是血，遍體鱗傷，唯有那雙炯炯有神、烈日一般的堅毅眼眸，映出強悍無比且難以搖撼的猛獸鬥魂。

我不認為心柔如此脆弱，脆弱得輕易被狡猾的狐狸精佔據肉體。

我是明白的。

心柔不是被強佔肉體，而是靈魂先行離開肉身，空無一物的身軀才被妖物乘機占有。為了讓我專注於社團，致力於足球練習，除了通勤上學外，她無時無刻都在為我分憂解勞。

我是明白的。

讓心柔倒下的不是銀色的狐妖，更不是吞噬銀狐的黑虎，而是我。她的靈魂早在妖物佔據之前，便已離我遠去。

讓心柔昏迷不醒的人，自始至終，毫無疑問的，就是我。

「從前，疏於注意，我傷害了身邊重要的人；現在，我會竭盡全力，保護數以千計的無辜百姓。」

直盯黑虎透亮的眼眸，希冀對方明白我的決意。

「我會守護九降詩櫻。」

黑虎文風不動，微覷雙眼，彷彿正思忖著什麼。

銀狐停止掙扎，隔著封魔咒，定睛凝睇，彷彿正盤算著什麼。

俄頃數秒，恍如億萬斯年。

摒住氣息，等待神明審判。

我需要力量，儘管那是足以撕毀靈魂的力量。

悔恨、懊惱、無助、絕望，盤據心中的情緒逐一消散，被重新鎔鑄的意志凌駕。

嶄新的決意，全新的期望。對於逝去的過往，我已無能為力；此刻，我能挽救尚存曙光的當下，能拯救每個需要我的人，能守住每個對我的期望。為了達成這個目的，性命與靈魂，全都輕如鴻毛。

在我眼前，狐狸和黑虎的身影漸趨淡薄，猶如蒸發一般，頃刻消失無蹤。

體內燃起的靈力之脈，彷彿注入磅礡洪水的山泉，凍寒徹骨的椎刺轟擊肉體，全身無處不劇烈震顫。猛烈痛楚有如萬針穿刺，深及骨緣並繞轉幾周，搗弄肌肉絲條，連皮帶肉一股腦地向外撕扯。

「嗚啊啊啊！」

仰首向天，嘶扯喉嚨狂吼。

高聲吶喊，疼痛非但沒有減緩，反而跟隨冰凍之感攀上脊髓，巨槌重擊似的狠狠衝撞大腦。

伴隨劇痛，雙臂逐漸刻出銀白色的紋路；刻痕仍是虎紋，卻染上了狐狸的白星亮銀。

車廂燈座早在戰鬥過程毀壞，四下一片陰暗，理應伸手不見五指，我的雙眼卻無比明晰，看得一清二楚。鼻腔嗅覺變得更為敏銳，辨析能力顯著提升，輕吸口氣，甚至能聞出兩節車廂外，某位女士刺鼻的玫瑰香水味。聽覺同樣倍數增幅，周遭嘈雜的聲響好似分門別類，比以往更易判別聲音的種類和來向。

雙腳變得輕盈靈巧，腹部原有的微弱痛楚，此刻已然消失。

虎與狐，截然不同的力量。

雙重靈裝，凜然而立。

邱琴織瞪大雙眼，疵牙咧嘴，那副面孔簡直與雙頭巨蟒化作一體。

「這種抱佛腳式的靈裝，哪能打倒我的雙頭黑蛇！」

雙頭巨蟒驅身攻來，一左一右，咧開血盆大嘴，銳利的尖牙比拇指還大。

我定睛凝神，在大腦發出指令以前，體內靈力有如冷泉激流，向著四肢，向著胸口，向著預備動作的任何部位遊走。

身形一立，邁出步伐。

平常一步之遙，此時以五倍之速前進。超越肉體能耐的敏捷引起關節一陣劇痛，痛楚的代價，是眨眼便已來到蛇窟女王邱琴織面前。

她被突來的攻勢震懾住，倒抽了一口氣。

「這是什麼速度……」

「顯然，是狐狸的速度。」

沒能及時收回黑蛇的她，與我之間僅剩不足一公尺的極短距離。

「接著，是老虎的強度。」

咬緊牙關，感受臂膀肌肉飛快收縮，拉扯引動，揮出右拳。

飽滿結實的一拳，狠狠擊上邱琴織的左頰。指頭打中頰骨的瞬間，鈍物衝撞的聲音被狐狸敏銳的聽覺捕捉，清脆響音震盪大腦，霎時以為自己敲碎了她的頭顱。

邱琴織連人帶蟒向車廂另一端摔飛出去，她的嘴角溢出一絲鮮血。

「你這該死的傢伙……」

巨蟒右側蛇首不待主人起身，甩動身軀，以迅雷不及掩耳之勢衝刺過來。在我眼中，高速的定義全盤改寫，就像按下慢速鈕，視野內的一切事物慢得如同定格，讓人懷疑時間是否仍在流轉。

伸出手，一把掐住襲來的蛇頸，左側蛇首趁勢突擊，急如星火的電掣速度被狐狸的視野修正成老態龍鍾的悠然緩步。抬起右拳，猛力敲上掐住的右蛇首，旋即回身，抬起右腿，將襲來的左蛇首踢向旁側。

虎與狐的聯袂，力量與速度的結合，讓邱琴織毫無招架之力。

為了避免傷及前段車廂的無辜百姓，我揪住黑蟒龐大的身軀，朝淨空的後四節車廂走去。

手一放，巨蟒重重撞上列車牆板。

邱琴織伸直右臂，黑蟒順從臂膀所示，張開血盆大口直衝過來。我向旁側閃躲，右蛇首咬上車廂連接處，蛇身猛力撞上車板。她咧嘴一笑，左拳握起，左蛇首迎上前來，再次衝撞車身。

轟然一道震天價響，車廂連接處無法承受二度衝撞，應聲斷裂。

末端四節車廂斷開連結，左右搖晃，脫離隊列。

我拋開邱琴織，轉身奔馳，高高躍起，趕在距離拉開之前攀回前節車廂。

緊追在後的邱琴織，沿途撞斷車廂的接點，扯開喉嚨大笑。

列車飛快行進，切斷連結的四節車廂失去原有速度，輪子與軌道擦出金黃火光，頃刻完全脫軌，在半空中翻滾幾圈，發出巨大的金屬響聲，將高聳的林口段軌道大橋撞斷。

四節車廂，連著長達一百公尺的軌道橋樑，重重墜落，砸在新北大道上。

震耳欲聾的轟然巨響，伴隨著遮天蔽日的濃密飛灰。

我咬著牙，雙手各抓一頭蛇首，使勁將其甩飛出去。無法抵禦雙重靈裝的邱琴織，狠狠撞倒三根鐵柱，癱在椅列之間。她費了一番功夫撐起身子，亟欲背水拼搏，赫然驚覺雙頭巨蟒昏厥在旁，無法動彈。

黑蟒的實力著實強悍，換作平常絕無敵手，可惜卻遠遠不及雙重靈裝的壓倒性力量。

「我不承認。」

邱琴織眼裡噙著淚水，顯露在外的齒列咬緊下唇，脹紅的雙腮與先前猙獰的模樣判若兩人。

「憑什麼你這種人，能得到我想要的一切！」她尖聲嘶吼：「憑什麼你能得到師姐的力量，憑什麼你能駕馭靈裝，憑什麼你能輕易打倒我！憑什麼！憑什麼啊！」

我右足一蹬，居高臨下俯視著她。

猛地將她揪起，使勁一推，重重砸上車廂牆板。

「妳的苦惱，是妳自己的問題。」我瞪直雙眼說：「妳的問題，從來也不該化作他人的災難！」

右拳揮落，在她左頰留下一抹清晰的腫脹。

邱琴織的五官因擠皺而扭曲，顫抖雙唇，仰首瞪視。

雙頭大蛇稍微清醒，起身正欲回救，我立定不動，身體迴旋，以兩記迴旋踢將兩顆蛇首逐一踹開。大蛇向後仰倒，蜷起身軀反攻回來，不打算繼續糾纏的我，心中默念破魔咒，將滿是靈力的雙拳送上前去，猛擊兩張蛇口的下顎。

蘊藏靈術的重拳，將雙頭巨蛇震得粉碎，有如風化泥塊四散半空，化作一陣深邃的黑霧。

霧影之後，耀眼的豔陽透著窗，映入車內。

「如妳所言，我不是道者，更不是靈術師。」

緊扣她的腦袋，將她的視線轉往窗外，直面日光。

「我只知道怎麼竭盡全力，守護應當珍惜的人事物。」

似乎以為我要送上最後一擊，她闔起雙眼，眉宇不再深鎖。

我則吁了口氣，鬆開手，遠眺窗外。

已經夠了，戰鬥結束了，一切都結束了。

「殺了我。」

聽聞此言，我微蹙眉宇。

「殺了我……」邱琴織緊抓我的小腿，指尖顫抖，眼中閃過一絲瘋狂。「你不殺我，待我恢復實力，依然會殺了你，依然會持續散布黑蛇咒。」

她的指甲掐入我的腿肉，有僅存的力量做最後的掙扎。

我回以鼻息，嘆了口氣。

「恕難從命。」

她咬著牙，尖銳的指爪擰得更緊了。

伸手指向她的身後，努了努下巴，揚起嘴角。

「最疼愛妳的師姐哭成那副模樣，我怎可能殺妳。」

「師姐……？」

邱琴織回過頭，瞪大雙眼，渾身僵直不敢動作。

九降詩櫻立於車廂中央，黑色髮絲隨著列車左搖右擺，右鬢鈴鐺規律的叮鈴聲，清脆悅耳，迴盪不已。俏麗嫻雅的臉上，招牌似的大眼氤氳一片，攔不住的淚水順著頰邊弧度涔涔落下，滑過小巧的酒窩，流經柔和的笑靨，抵達頰面盡頭，珍珠似地簌簌落於地面。

下起小雨的白皙臉蛋，依然掛著熟悉的溫暖笑臉，任憑淚珠落下。

看見她手中耀眼的金黃環狀物，我才放鬆肩頭，周身換了氣般通體舒暢。

詩櫻抬高手腕，讓邱琴織清楚望見該物。

玄穹法印，奪回來了。

「結束了，琴織。全都結束了。」

「師姐……」

「若妳願意回頭，邱道士一定會很高興。」詩櫻抿嘴一笑，抹去淚水，優雅地蹲下身子。她說：「琴織的爸爸，是全臺灣唯一一位挺身與黑蛇神作戰的人。」

「父親他……跟蛇神作戰？」

「不只作戰，更是第一位將黑蛇神作為宿神，與其共生的蛇咒靈覡。」

「這就是父親為人唾棄的原因？」

「不是的，御儀宮的修道者沒有這麼小心眼。邱道士是大家的榜樣，教導大家如何面對強悍的惡意神靈，甚至出面將之馴服。邱道士是御儀宮最有威望的靈覡之一，我也曾經受過他的指教，學習關於黑蛇神的應對知識。」

詩櫻瞇起眼笑，將邱琴織的臉龐捧在手心。

「沒有任何人的話語能讓他自殺。那麼疼愛琴織、那麼關心我、那麼喜歡御儀宮的邱道士，怎麼可能因為那種理由拋下我們？」

「但是……」

「之所以選擇死亡，是因為發現了真相。」詩櫻的神情轉趨黯淡。「黑蛇神之所以乖乖寄宿於邱道士體內，並非基於互信，而是為了盤據人類肉身，散布詛咒。」

「詛咒……難道是黑蛇咒？」

「是的。自始至終，黑蛇神都是為了這個目的，才與邱道士建立寄宿關係。寄宿關係，除非雙方協議解除，否則只能等到一方吞噬他方才會終結。」

「我的父親，是被蛇神害死的？」

「是。」詩櫻低垂雙眼，說：「在某次除靈的任務中，邱道士故意用盡靈力，與體內的黑蛇神產生懸殊的不對等，形成蛇神必須吞噬宿主，否則將一同毀滅的決定性局面。」

邱琴織唇瓣打顫，肩頭低垂，全身癱軟。

「琴織，害死邱道士的，正是邪惡的黑蛇神。」

「父親阻止了黑蛇咒擴散……」邱琴織抱著頭，「而我卻……」

「琴織。」

「殺了我！拜託妳們，殺了我啊！」

邱琴織環抱身軀，彷彿扎了萬根針似的，渾身發顫。

詩櫻仍然保持溫暖柔和的美麗笑容，她的笑臉，讓我看見了結局。

輕輕頷首，轉過身子，伸長左臂。

結束了，你可以走了。

彷彿等待許久，銀色狐狸飛迅躍出，穿越數節車廂，通過毀壞的車門，高高躍起，消逝於半空之中。

霎時，身體像頂了數萬枚鉛塊，沉重得難以站立。

靈裝的力量果然非同小可，對肉體的殘害也同樣不容小覷。

「殺了我，快殺死我啊！」

邱琴織失控的吼聲迴盪在車廂內，歇斯底里的模樣像個丟失孩子的母親，死命撕抓髮絲，彷彿試圖取回自身價值一般，不斷搔抓，不斷撕扯，烏黑細髮一把又一把落在淺黃的列車地板上。

詩櫻抬起手臂，邱琴織預期將是一記掌摑，咬緊下唇，緊闔雙眼。

冷不防地，詩櫻傾身向前，張開雙臂將邱琴織擁入懷中。她抱得特別用力，纖細手臂甚至在衣上壓出皺痕。邱琴織的臉龐倚著那頭濃密烏亮的長髮，圓睜雙眼，半張開嘴，掩不住溢滿心窩的萬分訝異。

「我不會讓妳死。」

詩櫻的聲音，清風一般淨澈，羽毛一般纖柔，蘊藏的意念卻磐石一般堅定。

「妳就這麼死去的話，萬一黑蛇神再起爐灶，誰來與祂搏鬥？」

「可、可是我……」

「妳怎麼能死呢？」

詩櫻抱得更緊了，她的唇瓣輕輕打顫，因抽泣而哽咽。

「妳不在的話，誰來當我最愛的師妹？」

那一瞬間，我看見邱琴織最真實的表情。

不是疑惑，不是驚訝，那張瓜子臉上只有無窮無盡的，對詩櫻的敬愛。

她終於任憑懸在眼裡的淚珠盡情流淌，撲簌簌地落於詩櫻肩頭，隱沒於純白的制服襯衫內。

我想，那些複雜的千思萬緒，終會隨著淚水抵達詩櫻的心中。

列車速度緩了下來，向外望去，蔚藍晴空下，只見整齊排列的歐式建築，無庸報站也能知道所在位置。從副都心站抵達林口站，還沒離開新北市，我們卻已走出最痛苦也最難捱的深淵，準備迎接深沉幽夜後最美也最珍貴的曙光。

最後一哩路，是我的獨奏曲。

先前布了局，就得好好收官。

「雁翔。」詩櫻覷起雙眸，攫住我的臂膀，鼓著腮幫子。「你這大傻瓜，又做傻事了。」

「情勢所逼。」

「才不是。」她的眼睛瞇成一線，踮起腳尖湊上來，整張臉近在眼前。「全在計畫之中，對吧？」

「妳真的越來越懂我了。」

「從剛剛開始就不再走動……連簡單的步行都辦不到了嗎？」

「真是敏銳的觀察力。」

露齒一笑，心中卻滿是苦澀。一旦將靈力返還詩櫻，尚未與黑虎和解的我，將面臨遭到吞噬的結果。就算完成和解，過度使用靈裝的此刻，全身肉體業已呈現崩潰狀態。

靈裝尚在，腿卻無法動彈，連貼地挪動都辦不到。

嘗試揮手，發現臂膀不聽大腦指令，兀自癱軟，沒有動作。

看來已經死了呢，我。

身上黑紋消失之時，靈魂也會消滅。

「咦？」

瞪大雙眼注視雙臂，臂膀不見黑色虎紋，取而代之的是一條條炫目的純白虎紋。白色虎紋，讓我看得目不轉睛。

詩櫻將玄穹法印置在胸前，掌心向上，平舉雙臂。

法印脫離掌握，懸浮半空，規律旋轉。她拉住我的雙手，悄聲念起咒語。

「詩櫻，妳在做什麼？」

「我在施咒。」

「施咒？」我不禁苦笑，「我的肉身已經全毀，靈魂準備消滅，事到如今……」

「你親口與我約定好的。」

雙手倚在我肩上，她踮起腳尖，瞇起雙眸，用極細的氣音說：

「我們家，還有轎子等著你抬呢。」

「咦？妳說什……」

眼前被紅撲撲的白皙嫩頰掩住，緊闔的雙眼近在眼前，細長的睫毛格外醒目，小巧昂挺的鼻尖輕輕倚靠，溫暖的鼻息，輕柔地拂於臉頰之上。

詩櫻微仰起頭，將潤澤飽滿的柔軟唇瓣覆了上來。

那是我和她的，第二個吻。

第十三節　虎騎士

「小翔，你看！」

阿光將《元週刊》雜誌扔上桌面，蓋住我為了打瞌睡而鋪上的充氣枕頭。

瞟了一眼專欄特輯，心底一震。

他咧開嘴笑，拍拍我的肩，說：「超酷的吧？」

「酷你個頭。」飛快將雜誌塞進抽屜，我壓低聲音說：「〈機場捷運劫持事件：御儀姬鎮伏雙頭蛇〉？這是哪門子的武俠小說標題，光看就覺得假。雖然沒拍到我，但黑蛇和詩櫻的照片也太清楚了吧。」

「唉呀，你別因為內文只提到小詩櫻就嫉妒嘛。」

「沒被提到才是最好的狀態。」

「話說，小琴織最後會怎麼樣啊？」

「百分之百會被槍斃吧。」我撐著頭說：「你想，先不提百姓的傷亡，光警方和雷霆兩個單位，死亡人數就超過兩百，你覺得民眾輿論和中央政府能留她活路嗎？」

「唉，我都還沒跟小琴織吃過飯呢。」

「你的眼光真的有夠差。」

「我又不像某人，深得九降大小姐喜愛。」阿光壓低聲音，說：「我們這樣算不算做賊不成轉賓客？」

「那是什麼亂七八糟的自編俗語？」

「一個月前，我們還在各個廟宇翻牆偷盜，現在，你不只是御儀宮首席靈巫的男朋友，更擔負起抬轎繞街的要角。」

「我才不是她的男友。」

屋子的木門被人輕輕推開，叮鈴一聲，詩櫻探頭進來，頸部以下全藏於門後。

「雁翔，準備好了嗎？」

「呃，還好。不對，嗯，很好。」

都怪阿光胡言亂語，害我被這突來的現身嚇得結結巴巴。

「妳為什麼只探了顆頭進來？」

「因為……」她頰上泛起紅暈，說：「晚、晚點你就知道了！」

砰地一聲關上門，她趴踏趴踏地跑走了。

我與阿光面面相覷，他的臉上除了溢於言表的不屑之外，更挾帶幾分蔑視穢物的鄙夷。

「真是個混帳王八蛋。」他撇撇嘴說：「身在福中不知福。」

「別胡說，我可是很不幸的。」

星期六，美好的假日，我卻被迫待在御儀宮，靜候苦工的警鐘敲響。御儀宮的殿前庭站滿鸞生與工作人員，服裝各異，有明顯可辨的道袍，也有不知職位的白棉短袍。

我身上則穿了鑲有金龍繡邊的朱紅長袍。

「轎生！」回過頭，一位大叔喘著氣跑來，說：「請去正殿確認靈姬的著裝狀況，拜託了！」

「靈姬啊……」

阿光瞇著眼，死盯石牆的模樣彷彿有了透視能力。

「蠢阿光，這麼想看的話，乾脆代替我去好了。」

「我可不會這麼不解風情。」用力拍我的肩，他說：「去吧，美麗的靈姬正等著你呢。我會潛藏在人群之中，死命拍照的——當然不是拍你。」

阿光揚著手中的相機，轉身要走，卻被我一把拉住。

「謝啦。」我搔搔頰側，說：「這幾天的事，多虧有你。」

愣了幾秒，他給出一個爽朗的笑容，什麼都沒說，頭也不回地踏出門外。

御儀宮前殿的正後方，便是起轎的位置，偌大的紅木轎子擺在中央，醒目程度堪比跨年煙火。轎前掛起薄紗，周邊有著些許落漆和刮痕，經年累月的外觀見證了繞街活動的悠久歷史。

儘管住在新莊十多年了，卻未曾聽聞這種將巫祝擬作神靈的繞街活動。

一位年紀與我相仿，卻因為夾起瀏海，露出額頭而顯得格外成熟的少女，在廂廊的柱子邊攔住我。她的丁香紫道袍與御儀宮的制式色彩略有不同，或許是來自其他宮廟的協力人員。

「您就是沈雁翔頭轎生嗎？」

「頭轎生？」

「頭轎生指的是帶隊抬轎的人，也是您今天的職稱。」

「這、這樣啊……」

「抱歉，今年的準備流程很混亂。」儘管口中說著道歉之語，她的表情卻毫無變化。她說：「往年琴織師姐主導的時候，各項流程井然有序，廟際之間的人員溝通也較順暢。」

「完全可以想像，畢竟那傢伙是個一板一眼的完美執行者。」

「對吧？」她的嘴角揚起不到一毫米的幅度，轉身說道：「請隨我來。」

少女的背影，讓我想到第一次入廟參觀的情景，分明是不久之前的事，卻恍如隔世。穿越廂廊長道，來到正殿後方稱作後埠的位置，此處搭有近似辦桌的大紅棚子，外圍額外蓋上一片赤紅塑膠布，宛如一頂大帳房。

越過後埠，便是不供外人參拜的後殿。

甫一入內，沉穩而莊嚴的身影映入眼簾。

九降詩櫻收緊雙腿，挺起背脊，端坐於木工精緻的深褐高椅。

她身上是一層又一層的精緻彩袍，最底層是白色，向外依序是淺黃、深褐、淺紅，最外邊是大紅緞袍。袍子左側繡有白龍紋，右側有著白虎紋，正胸處則有一輪太虛兩儀，陰陽分明。

臉龐打上一層白底，比平常白了一輪，頰邊則有淡淡的緋紅。

雙手交疊置於腿前，動也不動的姿態，猶如一尊神像。

見我入內，她微瞇雙眼，卸下肅穆神情，切換為熟悉的溫暖笑臉。

「覺得如何呢？」她柔聲問。

「人很多，事也很多，但整體而言還算平順。」

「這樣啊。」她嫣然一笑，說：「你明知道我問的不是這個。」

眼神胡亂游移的我，無法直視盛裝華麗的她。原先樸質優雅的古典美，略施脂粉之後宛如錦上添花，更顯柔媚，風姿綽約，集嬌豔與空靈於一身，渾然天成，將她純粹的美貌展現得淋漓盡致。

「對了。」我摸索口袋，說：「之前，我撿到了妳的鈴鐺。」

「啊，原來是你撿去了。」她瞇起雙眼，優雅地笑。「在你手上，我很放心。」

真是一番既欣慰又害臊的話語。

雙頰一熱，連忙取出鈴鐺，遞上前去。

叮鈴。她搖了搖頭。

「暫時由你保管，好嗎？」

「哦、哦……」

寬敞的殿堂瀰漫著漫長的靜默，期間，我始終眼觀鼻，鼻觀心，不敢見她半分。

「你不看看我嗎？」

「看了，但看不久。」我搔搔頰側，乾笑幾聲，說：「就像直視太陽一樣。」

周圍幫忙梳妝的少女偷偷笑了，我的臉上一陣炙熱，熱至耳根。

詩櫻雙腮的茜紅成了桃紅，透出大白粉底，藏都藏不住。

距離御儀宮靈姬——九降詩櫻著裝完畢的預定時間，還剩三十分鐘。穿著數層袍子繞街，鐵定要熱死了，但她絕不會喊苦，就是熱死也不會吭聲。

時間流逝極其緩慢，許久不得清閒，一時不太習慣。

離開靜謐的大殿，倚靠廂廊的牆，仰望澄澈的藍天。

眼角望見那頭海藍色的中長髮。

「一個人耍自閉嗎，阿米巴少年？」

「妳就不能說『沉思』嗎？」

「咦？」李輕雲偏著頭，問：「阿米巴蟲會沉思？」

「如果妳是來閒扯的，就快快滾蛋。」

「真冷淡啊，就不能來看看美麗的『御儀姬』，和可憐的抬轎生『虎騎士』嗎？」

「喂喂，虎騎士是什麼鬼東西？」

猛然想起蛇泥偶的代稱，登時恍然大悟，這些詭異至極卻恰到好處的別稱，都來自這個傢伙。

「媒體的報導也是妳的傑作？」

「稍微調整了局部內容。」她露齒一笑，說：「櫻櫻的身分是藏不住的。市井小民們，尤其阿米巴蟲等級的你，私下搪塞一個別稱，沒有照片、沒有影像也沒有話題，媒體自然毫無興趣。」那樣也好，省得麻煩。虎騎士這名字上了專欄的話，也未免太弔詭了。

「我不認為妳會特地跑來說這些。」

「沈雁翔。」她用食指捲起藍色髮尾，說：「你對追捕狐狸，有沒有興趣？」

「這是什麼意思？」

「狐狸，不論修成仙、墮作妖，甚至化成精，唯一不變的是狡猾、奸詐和喜歡毀人姻緣的本性。」

李輕雲操作腕環機，將一份文件傳送過來。

「儘管佔據肉體的妖怪沒有吞噬宿主的能力，但緊密連結的漫長時間內，可能或多或少保存著宿主殘留的意識和記憶，當然，或許也有你們所稱的靈魂。」

低頭查看傳來的文件，裡頭有幾張照片、幾枚空拍圖，以及一份特徵資料。

略顯模糊的照片中，一道纖細的獸影，正躍過工廠屋頂，穿梭樓房之間。

衛星追蹤器的盤面閃爍紅光，顯示該物此刻還在新莊。

正欲追問，李輕雲卻已不見蹤影。

「翔哥哥。」小倉掙扎著淺黃鼠身，鑽出胸前口袋，說：「你要去追狐狸咪？」

「當然，我可不會放過任何可能拯救心柔的機會。」

「不過，翔哥哥的老虎還在嗎？」

輕擰詩櫻寄放的鈴鐺，我沉默不語，沒有應答。烈日之下，鈴鐺光澤顯得格外晶亮。

稍加整理長度及肩的蓬鬆亂髮，揪起一撮短小的馬尾，以鈴鐺充作髮帶，束於腦後。

『汝，準備好了？』

愚問，我可從未鬆懈過。

迴盪體內的沉穩聲音，泛起周身一陣舒適的暖流。並非沁涼，亦非凜寒；並非微溫，亦非炙熱。南風般和煦的宜人暖意，在體內蔓延。

藉由錶面倒影，看見自己由黑轉白，彷若雪絮的翩飛蓬髮。

臂膀和腿足，逐漸浮現縞白的虎紋。

取出與阿光一同製作，極費功夫的半罩式純白面具，掛於右耳，遮掩右半臉。面具唯一的鏡片顯示出附近的地圖，更在預設的路線和地點上，標明相關描述。

感應到我的眼珠，面具介面自動開啟。阿光一手打造的主系統，運作效能果真不同凡響。

啟動通訊系統。

「阿光。」

『嗨，小翔想去哪兒啦？』

「這還用說嗎？」我覷起雙眼，露齒一笑。「當然是去抓狐狸。」

頓足一蹬，翻過御儀宮堡壘似的廂廊，越過樓宇般的殿堂。
跨出神域，返回俗世；步下靈魂的天平，踏出玄靈的領域。
若說遊俠是為了享受自由而奔走，那騎士便是為了守護他人而邁步。
騎馬者稱作騎士，騎象者稱作象騎士。
那麼，騎白虎的呢？

全書完

書末彩蛋　睡美人

伴隨兩道敲門聲，熟悉的身影出現眼前。

雁翔比平常早了十分鐘，身旁依然跟著那位可愛的少女。

「跟女朋友的感情還是那麼好。」我頂著雁翔的手臂說。

「別胡鬧，只是普通朋友。」

他身旁的女孩垂著頭，雙腮滿是紅暈。少女的鬢髮綁了顆鈴鐺，繫著紅色蝴蝶結，很女孩子氣。

他輕輕頷首，凝視平躺病床，昏迷不醒的妹妹，問道：「護士姐姐，心柔還好嗎？」

「老樣子囉。」

儘管知道答案相同，他也總會出言詢問，不厭其煩的程度簡直像害怕自己終將不再關心似的。

雁翔似乎過得很不開心，雖有父親金援，卻總是孤單一人。這幾個月多了些朋友，讓人放心不少。

他低頭在心柔耳邊說了幾句話，起身要走。

「這麼快就要走啦？」

「是啊，晚點還有要事。」他瞄向鈴鐺少女，說：「或者說，很多事情。」

在他改口的瞬間，鈴鐺少女鼓起腮幫子，似乎略有不滿。

看來關係並不單純呀，這兩個孩子。我抿著嘴偷笑，默默打量他們的互動。

「對了，雁翔平常也要小心一點哦，這陣子新莊不怎麼太平，一下子排水系統失控，一下子捷運站被劫持，生命紀念館還被墜落的車廂砸垮。大家都聽過墜機，墜捷運倒是頭一回。」我露齒一笑，拍拍他的肩，說：「當然，身為學生的你好好念書就行了，這些事情離我們很遠，別擔心。」

雁翔聳了聳肩，竊笑幾聲，視線游移。

我對那名溫婉的鈴鐺少女笑了笑，說：「妳要多幫我們家雁翔一下，他這小子特別不乖。」

她瞇起雙眸，嫣然一笑，優雅地欠了欠身。這女孩的笑容很美，讓我不禁想起古裝劇裡的高雅格格。

「那我走囉。」雁翔打開門，揮手離去。

「打擾您了。」鈴鐺少女朝我鞠躬，身子呈九十度，腳、身、髮恰好化作一個ㄇ字。

「路上小心，有空多來醫院玩。啊，不對，是多來探望心柔。」

她輕聲笑了，跟在雁翔身後離開病房。鈴鐺少女看起來十分貴氣，舉止卻平易近人，像個深具教養但太過拘謹的豪門千金。說是千金，卻毫無架子，像個體恤百姓的小公主，又像習慣服侍他人的小僕役。

不可思議的女孩。

要說不可思議，心柔也是個不可思議的存在。失去意識兩年以上，心肺功能和身體狀況卻絲毫不受影響，正常得像健康之人。

叩叩兩道敲門聲，傳入耳中。

踏進病房的是一位身材高挑，留著銀白長髮的美麗女人。

她臉上白得像裹了三層粉，髮絲則是介於銀白之間的亮淺灰，既非銀，亦非白。

我極不禮貌地打量對方，謹慎問道：「您是心柔的家屬或朋友嗎？」

她的服裝並非名牌，一身乳白連身短裙緊裹身軀，纖細蜂腰和豐腴大腿盡顯無遺。足蹬高跟白色及膝長靴，臉上脂粉未施，全身散發高貴不凡的氣質，和不容親近的高冷氣場。

「我是心柔的守護神。」

她的聲音太細，太柔，一時之間聽不清楚。剎那間，她伸出食指，輕點我的前額。

「妳做什——咦？」

身子突然變得很重，猶如扛了六缸米，搖頭晃腦，站不穩腳。我撐在心柔的病床上，不願倒下。

那女人文風不動，面無表情，凝視雙腿發軟的我。

這個人很危險，是衝著心柔來的，我得保護她……

銀髮女人對我失去興趣，蹲下身子，額頭靠上心柔的鼻尖，悄聲說：「我回來了，小狐狸。」

視線越來越模糊，眼前只剩白光和迷霧。

女子身影糊成一團，彷若純白煙幕，與病床連成一線，逐漸無法辨別。

唯獨心柔的手清晰可見，那隻軟弱無力的小手，已有兩年不曾動作。

替她擦身子時，曾發現她的四肢很輕，彷彿沒有重量。

伸出手，想在昏厥之際捉住什麼。

剎那間，我簡直不敢相信自己的眼睛。

心柔白皙的小手，竟緩緩伸了過來。

書末彩蛋　睡美人　完

外傳　機場捷運劫持事件的另一端

「你們還要看多久？」

瞪了眼前兩名警察一眼，我拾起散落一地的衣物，慢條斯理，一件件穿回身上。

望向警車搖晃不已的模樣，駕駛者八成是櫻櫻。世界已然踏上我尚未準備好的未卜之途。

拍拍兩名警察的肩，我說：「演得很好，可以解散了。」

「呃，李小姐要不要來分局坐坐，我們老闆說很久沒見到妳了。」

「沒空。」

按下眼鏡右側的啟動鍵，鏡片出現一個長方形視窗，視窗內有數個正方形小框。右上角的畫面裡，沈雁翔與櫻櫻已經抵達副都心捷運站。

再過數秒，她們會與雷霆的正規部隊接觸，隨後聯袂面對邱琴織。

操作眼鏡撥號，耳中聽見兩次嘟嘟聲。

「小輕雲？」一聲音直接傳入連接內耳的微型通訊器。「真是稀客。」

「莊崇光，說好的東西備妥了沒？」

「光光出廠，使命必達。」

「……」

「就是已經備妥的意思。」

「好。」

切換左鏡片畫面，聯絡位於副都心捷運站的現場指揮官伍騰佐大叔。

「伍指揮官，我是李輕雲。」

「總、總長？」

「有個寫了我姓名的包裹，稍後會送到你們手上。」

「報告總長，包裹已經收到了，但是……」

「別管用途。」我停頓幾秒，確認右鏡片中沈雁翔的行動，說：「大約十五秒後，『御儀姬』和『虎騎士』就會與目標接觸。在此之前，將包裹裡的物品交給狙擊班，安裝到捷運列車上。」

「安裝……總長，請問該用什麼方式裝設？」

「空拍機不要接近戰區，遠程狙擊就好。」

「報告總長，機場捷運附近沒有同高的建物，要準確射到目標物上，可能有點——」

「你是要我親自動手？」

「不、不用勞煩總長。」伍指揮官提高音量，說：「我會派出最精銳的狙擊手，負責此項任務。」

「麻煩你了。」切斷通訊，我清清喉嚨，說：「莊崇光，你還在線上吧？」

「那當然。」

「你聽起來有很多問題想問。」

「是這樣沒錯。」莊崇光嘻嘻竊笑，說：「被中央政府的反恐怖行動菁英部隊——超常事例與特殊應變勤務大隊，AKA雷霆特勤隊的現場指揮官稱作總長的小輕雲，到底是何方神聖呢？」

「字面上的意思。」

「我可以很不小心地將妳的姓氏連結到三軍統帥身上嗎？」

「隨你高興。」

右鏡片的畫面裡，沈雁翔已開始與「雙頭蛇」邱琴織交戰，目前沒有乘客傷亡，風險層級尚未提升。尚未而已。

「莊崇光，沈雁翔和櫻櫻的狀況就交給你了。」我確認鏡片上的時間，說：「幾分鐘後會出一點事，總之，就交給你了。」

「唔。」

「怎樣？」

「這語氣真不像妳啊，小輕雲。平常的妳，一定會說『沒顧好沈雁翔和櫻櫻的話，你就死定了！』。」

「沒顧好沈雁翔和櫻櫻的話，你就死定了！」

「是是是……」

備妥一切後援，我乘車前往預視之中，損害最嚴重的新北大道七段。

在新莊分局的協助下，生命紀念館往青年公園方向的大道早已封鎖完畢，禁止車輛通行。

由於沈雁翔出乎預料的舉動，原先預視的未來發生重大轉變。在既定的未來中，他會將櫻櫻的靈力據為己有，在完全不知蛇咒侵襲的狀況下任她死去。此刻，身於全新的未來，他與邱琴織的接觸成為決定性的差異，弄個不好，櫻櫻的安危仍舊堪慮。

目前確定沈雁翔會啟動雙重靈裝，卻未見到更詳細的始末。

令人不安。

何況眼前有個重大急迫的危險，必須優先防免。

抵達位於新北大道七段封鎖線，一個生面孔朝我行禮。

「你是現場總指揮嗎？」

「是，我是新莊分局的副分局長，敝姓熒。」

「回報狀況。」

「報告李總長，周圍住宅正在疏散，預計三分鐘後全部完成。」

「明白了。」

無法確定列車抵達的正確時間，目前只能粗略估算損害範圍。

掉落的四節車廂會砸在生命紀念館附近，毀壞四棟建物，應不至於造成太大損傷。

「報告總長，列車來了！」

「下令封鎖線人員後退，與目標隔出五十公尺。」

警官用腕環機傳達我的指令，封鎖線內的警員紛紛起步，向後退去。

倘若估算正確，生命紀念館崩毀之後，產生的泥灰將嚴重影響視野。

桃園機場捷運線第五二〇號列車，業已駛上逐漸攀升的登高路段，車頭掠過視線時，列車中後段驀然傳來巨響，刺眼火光自車底迸發而出，刺耳噪音彷彿切割之刃，簡直要將耳膜劃破。

末端四節車廂的連結處明顯斷開，列車前後分離，與預視到的光景一模一樣。

沈雁翔改變的不明未來，再次由我拼湊完成。

靜待估算好的脫軌時機，預視畫面卻發生先前未見的意外。

「全員撤退！」我瞪大雙眼，猛揮臂膀，高聲大喊。「指揮官，撤掉整條封鎖線！全部往後——」

捷運高架大橋承受不了列車脫軌時的衝力，轟地一聲震天價響，橋下樑柱紛紛崩裂，細小裂痕逐漸連成一線，化為巨大破口。

混凝土內的鋼筋受力彎曲，突破表層，穿刺而出。

長達一百公尺的軌道大橋，崩毀墜落。

「後退，全部後退！」

我使勁揮手，拉起身邊看愣了眼的年輕指揮官，往後奔跑。

「撤去封鎖線！全部後——」

遮天蔽日的黑影，掩住視線。

將身邊的警官推倒在地，撲在他身上，咬緊牙關，抱頭自保。

轟隆一聲，沉重的軌道大橋將視線所及的一切形體砸毀，揚起比預視中更為濃厚的泥灰，彷若海嘯，伴隨強風衝撞軀幹。儘管壓低身子，仍能明顯感受來自四方的強力風壓。

身於樑柱之間的我，幸運撿回一命，細小碎石打在背上，雖僅皮肉傷，卻疼得要命。

撐起上身，我喘著大氣說：「喂，你沒——」

話說一半，旋即止住。

我冒著危險嘗試保護的年輕警官，腹部被一根直徑超過十五公分的鐵條貫穿。

鮮血汩汩流出，動也不動的他，毫無生命跡象；距離鐵條不到五公分的我，卻僥倖生還。

這什麼噁心巴拉的世界。

咬緊牙關，確認四肢無事，才啟動眼鏡的通訊系統。

「各區人員回報損害……」

耳中傳來規模各異的噩耗。

放眼望去，毫無完物。倒塌的軌道與墜落的車廂，壓毀生命紀念館周圍的全部建物，除此之外，南向方圓五百公尺內的所有住宅，無一倖免，全數遭殃。而且，我們並未撤離該區的住民。

「總長，我們現在該做什麼……？」

真是個天殺的好問題，我們還能做什麼？

預視能力有其極限，但如此慘況，絕對是估算誤差的責任。

我必須擔負這些人命，擔負這些意料之外的悲劇。

沉住氣息，望向眼前那名提問的菜鳥警員。

「優先確認生還者，現場人員和周圍住民，一個都不能漏。」頓時覺得口乾舌燥，我說：「關於機場捷運劫持事件的區域封鎖，我會聯絡雷霆和蒼溟……就這樣吧。」

「總長，那個，請問……您沒事吧？」

「沒事。」

怎麼可能沒事。

人類真的很渺小，面對比自己大一吋的東西，便束手無策。人類的平均身高不足兩米，世上大於兩米的人事物卻不計其數，遭逢危難的剎那之間是否真能防免，又是否真能抵抗。

藉由預視能力看見的末日威脅，已然近在眼前，那些足以挺身抵禦的人們仍然不成氣候。

世界的存續，時空的維繫，如此龐大的棋局，我玩得起嗎？

眼眶不禁感覺一陣溫熱。開什麼玩笑。這種等級的絕望，別想打倒我。

人類很渺小，身高僅一百五十五公分的我，又更渺小。即便如此，我比誰都清楚，世上存在超越凡常的人事物，那些形同神妖邪魔的人們，若能同心協力並肩作戰，絕對能為我們守住這個世界。
今日小小的挫敗，只需吸進一點空氣，呼出一些晦氣，便能重新站起來。
按下右側鏡片的通訊鈕。
「我是李輕雲，參與機場捷運劫持事件勤務的雷霆各大隊，請協助新北大道七段方圓一公里內的訊息封鎖作業，拘禁並搜索現場媒體，將所有可能的目擊者和可能留存的影像及錄音，全數拘留或沒收。」
望向左鏡片顯示的標準時間，再過幾分鐘，便是一點整。那時，沈雁翔的戰鬥也將劃下句點。
切換頻道，點開新的通訊視窗。
「我是李輕雲，此為專屬勤務之協力請求，請蒼溟容留司新北分部調派管制人員協助大範圍訊息抹除。請於下午一點十五分整，以生命紀念館原址為圓心，施放範圍兩公里的電磁脈衝，清洗電磁記錄。」
這樣就夠了。在真正的威脅抵達之前，必須保護手上僅存的底牌。
吁一口氣，發現噙於眼眶的濕霧，早已消散。取出化妝鏡，用濕紙巾擦拭佈滿臉面的泥灰。
按照預視的流程，接下來還有事要做。
現在的沈雁翔，尚難面對真正的威脅。
他需要成長，需要所有能夠支配的力量。他需要我的幫忙，比誰都更需要。
卻不需要知道，在岌岌可危的薄冰之下，我究竟做了些什麼。
永遠不需要。

外傳　機場捷運劫持事件的另一端　完

後記　神明眷顧的比翼鳥

大家好，我是秀弘，感謝大家拿起這本書。

已經打算結帳的各位，謝謝你們的支持，我會繼續努力創作的；還沒下定決心結帳的，可以先翻到中間段落，看看波長合不合。

無論如何，謝謝看到這段文字的各位。

總之趕緊進入打頭陣的感謝單元。

《玄靈的天平——白虎宿主與御儀靈姬》（下稱《天平》）的出版，必須感謝長期支持我寫作的父母、被迫幫我校稿和當評審的業珩、當了我多年讀者因此比誰都還了解這個系列的堂弟、遠在美國但寫了超長心得的啟瑞、被我不斷打擾卻仍畫出精美封面的韭方老師、願意讓我具名感謝的成功高中范曉雯老師以及恆毅中學張文潔老師、所有按讚支持「秀弘今天依舊寫不出來」粉絲專頁的讀者，以及願意給本書機會、讓我不用自費出版的秀威出版社。

當然，買下本書的各位亦為我誠摯感謝的對象。

沒有你們，就沒有這本書，也不會有名為秀弘的我。

你們讓我完整。謝謝。

※　※　※　以下文字可能會有劇透風險，建議先讀完本書　※　※　※

第二樂章，讓我與各位談談《天平》這本書。

先聊聊本書的幾個冷知識。本書原名只有《玄靈的天平》五個字，副標題是二〇二〇年之後方便與其他書籍區別，並強調內容特色而追加的，這是第一個冷知識。另一個鮮為人知的是，本書有個更早期的書名，叫《永夜後的湛藍》（下稱《湛藍》），主角同樣是雁翔與詩櫻，故事雖然涉及靈力，卻是個不折不扣的科幻作品。

第三個冷知識，《天平》其實是「聖眷的候鳥系列」共同世界觀的其中一本書，這個系列截至二〇二一年已經寫完七本原稿了（後面再談）。與此相關，更鮮為人知——怕是連我堂弟都不知道——的是，早在二〇一五年時，我就著手鋪陳這個共同世界觀了。

這時不得不先提到一個廢棄稿件。

《湛藍》寫於二〇一五年二月二十六日，用於投稿當年度的輕小說新人獎。以結果論，那是一則失敗的作品，人物平板、結構鬆散、成分過多，連決選的資格都沒有。與它同年誕生的是名為《虛無的彌撒曲》的作品，投稿另一個不同的新人獎，同樣沒進決選。

這兩本書，才是候鳥系列真正的始祖。

那《天平》呢？

《天平》是為了參加二〇一六年的輕小說新人獎而「回爐重鑄」的作品，初稿寫作時間為二〇一六年三月二十四日至同年四月二十九日，並於二十九日壓底線投稿參賽，並獲得評審青睞，成為決選的六篇作品之一。

雖然最終未能得獎，但那時的一位編輯對我說：「決選作品的水準都差不多，每本書的程度都是金賞標準。」這句話讓我明白，這則故事是有機會的，這個世界觀也是有機會的。

因此我才持續創作雁翔與詩櫻的故事，以及與其相關的數本長篇書籍。

直到順利成書的這個瞬間，我也依然耕耘著這個龐大的系列。

話說回來，各位手中的《天平》，與二〇一六年的版本差別大得簡直只剩結構相同，人物飽滿度和細部設定都經過大幅調整。主要原因當然是年歲增長（哭啊），次要原因則是共同世界觀寫完更多本書，有更多「彩蛋」必須塞回來。

故事主題的部分，最初設計為「為了拯救特定之人，是否就能犧牲他人性命？」坦白說，這是個很「法律」的問題，是個「比例原則」問題，但我並未使用法律人的方式描述。我常笑稱這是一本「用十三萬字討論比例原則」的小說，原因當然與我的本業有關，另一個理由，則是我本人對於「生命」這個概念略有迷惘，需要深入探討之故。

雖說我最具世俗價值的身分是律師，但比起單純的法律問題，我更願意探究哲學問題。沒有答案的問題往往能夠連結極富哲理的基本價值，那種基本價值，幾乎就是一本長篇小說所能建構的範圍。

每個問句都是一本小說，有志創作的人真的別再執著於靈感，應該重視「尋找問題」的功夫才是。

再來得談談本書獨特的彩蛋設計。

各位喜歡〈書末彩蛋〉的設計嗎？

候鳥系列的每一本書都有這個環節哦，其內容要不是直接連結續作，要不就是直接踩去同系列的其他書籍。我知道一定有人想說「欸欸雁翔救老半天結果妹妹沒有醒啊」，我也只能攤開雙手說「哎呀這是雁翔和詩櫻的故事嘛，而且我最愛的人物是詩櫻啊」（喂喂）。

明擺著就是彩蛋的章節其實沒什麼，《天平》裡面有一大堆彩蛋，不知道讀者能夠找出多少呢？致敬的彩蛋、遊戲的彩蛋和系列的彩蛋，林林總總可能有數十個之多，隨著後續故事的進展，能夠解析的彩蛋也會倍數增加。

如果對後續故事有興趣的話，請用力把《天平》介紹出去吧！（欸）

※　※　※　以下文字沒有劇透風險，請安心閱讀　※　※　※

最後，則是道歉的環節。

眾所皆知，我是個句子很多、分行很多且廢話特多的作家，首先遭受衝擊的就是我的責編石先生，以下摘錄一段寫實的對白。

（時間是我交出一校稿的隔日）

「老師你好，有些稿件的事情想與你討論。」

「好的。」我那時已嗅出不太對勁的氛圍。「請問是字數太多嗎？」

「字數本身是沒什麼問題，重點是頁數……坦白說，這麼厚的書，真的很難讓讀者買單。」

「那、那、那請問我應該調整多少頁呢？」

「大概，三十頁吧。」

「嚇————————！」（這是倒抽一口氣的聲音）

（隨後便是我地獄般的減少頁數時程）

真的很對不起，明明字數也沒多少，頁數卻比大家都多。隔著電話，我都能看見責編頭上的紫青和網點了。——真的非常不好意思！

接下來得向繪製精美封面的韭方老師道歉。

我想，韭方老師是耐不住我堪稱萬里長城等級的厚臉皮，以及詛咒信件般的煩人請求（？）才接下委託的（喂）。至於為什麼我要騷擾韭方老師呢？因為韭方老師是候鳥系列封面繪師的不二人選啊！——各位是否以為我是狂粉？才不是咧，我是在找封面繪師的過程中「偶然」看見老師的某則作品，當下時間彷若靜止，玄靈般的魔幻剎那，我聽見詩櫻鬢髮鈴鐺的叮噹聲，她搭著我的肩說：「秀弘，請讓韭方老師畫出最完美的我。」

當晚，我決定死纏爛打、死拖活逼、以命相脅（？），用跪的也要把韭方老師跪出來（喂喂）。我的心願是，聖眷的候鳥系列無論如何，每一本書的封面都一定得是韭方老師不可（喂喂喂）。

我的責編可以為我從頭到尾只想找韭方老師這點佐證！（法律人職業病）

因此，我得向韭方老師道歉，抱歉讓您有這麼可怕的回憶，但我還是得說：您畫的詩櫻太可愛了啊，謝謝您！老是死纏爛打真的非常抱歉，對不起！——最後還是：謝謝您！

當然，還得向幫忙挑出海量問題的母親大人、業珩和士閔致歉，稿件如此粗糙真的很抱歉，讓你們熬夜看那麼多字實在非常抱歉，讓你們看那麼不舒服的初稿也真的萬分抱歉。對不起，未來的書籍也麻煩你們了！（欸）

最後，我也得向詩櫻道個歉，真的很對不起，明明妳是候鳥系列裡面最強的人物，在《天平》裡卻完

全失去力量。對不起，不過一切都是雁翔的鍋，真的與我無關！（這是哪門子道歉）

很高興這個版本收了以李輕雲為視角的外傳短文，各位應該從中能夠嗅出不太對勁的氣息吧（笑）。未來倘若有幸繼續延伸這個系列，就會慢慢揭示這位藍髮少女的祕密囉。

謝謝各位閱讀本書。我是秀弘，未來有緣再見！

※　※　※　附錄：過往刷本會有的閱讀問卷　※　※　※

說明：過去我曾印過書籍原稿給親朋好友閱讀，單純膠裝的講義大小版本稱為「自印原稿」，加上彩色封面但並未出版的稿件的則是「自印刷本」（各位手中的出版稿則被我稱為「正本」）。我印出的每冊稿件，後面都有一份閱讀問卷，用來統計讀者對於故事的喜好。於此附上，若有讀者願意填寫，請將答案私訊到「秀弘今天依舊寫不出來」的臉書粉專，我會詳細查看的。萬分感謝！

Q1、人物：請按名次，選出三位（或以上）您所喜愛的故事角色。
Q2、情節：請按名次，選出喜愛的故事情節（數量不限）。
Q3、燃點：請按名次，選出「感覺很燃」的故事情節（數量不限）。
Q4、萌點：請按名次，選出「感覺很萌」的故事情節（數量不限）。
Q5、其他建議與心得（開放式問題）。

釀奇幻60　PG2614

玄靈的天平
——白虎宿主與御儀靈姬

作　　者	秀　弘
責任編輯	石書豪
圖文排版	陳彥妏
封面設計	韭　方
封面完稿	劉肇昇

出版策劃	釀出版
製作發行	秀威資訊科技股份有限公司 114 台北市內湖區瑞光路76巷65號1樓 電話：+886-2-2796-3638　傳真：+886-2-2796-1377 服務信箱：service@showwe.com.tw http://www.showwe.com.tw
郵政劃撥	19563868　戶名：秀威資訊科技股份有限公司
展售門市	國家書店【松江門市】 104 台北市中山區松江路209號1樓 電話：+886-2-2518-0207　傳真：+886-2-2518-0778
網路訂購	秀威網路書店：https://store.showwe.tw 國家網路書店：https://www.govbooks.com.tw
法律顧問	毛國樑　律師
總 經 銷	聯合發行股份有限公司 231新北市新店區寶橋路235巷6弄6號4F 電話：+886-2-2917-8022　傳真：+886-2-2915-6275

出版日期	2021年9月　BOD一版
定　　價	350元

讀者回函卡

Printed in Taiwan

國家圖書館出版品預行編目

玄靈的天平：白虎宿主與御儀靈姬/ 秀弘著. --
一版. -- 臺北市：釀出版, 2021.09
面；　公分. -- (釀奇幻；60)
BOD版
ISBN 978-986-445-507-2(平裝)

863.57　　　110011278